Stefan Lehrner

Ömers Team

Zwischen zwei Welten – Teil 1

AF209231

Stefan Lehrner

Ömers Team

Zwischen zwei Welten – Teil 1

Bibliografische Information der Deutschen Nationalbibliothek:
Die Deutsche Nationalbibliothek verzeichnet diese Publikation
in der Deutschen Nationalbibliografie; detaillierte
bibliografische Daten sind im Internet über http://dnb.dnb.de
abrufbar.

Die automatisierte Analyse des Werkes, um daraus
Informationen insbesondere über Muster, Trends und
Korrelationen gemäß §44b UrhG („Text und Data Mining") zu
gewinnen, ist untersagt.

Lektorat: Sumeja Abdula
Verlag: BoD · Books on Demand GmbH, In de Tarpen 42,
22848 Norderstedt, bod@bod.de

Druck: Libri Plureos GmbH, Friedensallee 273, 22763 Hamburg

ISBN: 978-3-7693-5555-0

I

Der erste Schultag im neuen Jahr begann für die 3AFMB turbulent. Als Professor Lehrner das Klassenzimmer betrat und die Schüler mit einem freundlichen „Willkommen im neuen Schuljahr 3AFMB!", begrüßte, schien es zunächst, als würde niemand ihn wahrnehmen. Die ausgelassene Stimmung ließ ihn ungeduldig werden. Die Gespräche und das Lachen der Schüler wurden nur lauter, bis der Professor mit genervtem Ton fragte: „Es ist jetzt das dritte Schuljahr, und ihr habt immer noch nicht gelernt, wie man sich benimmt?"

Die Unruhe flaute nur langsam ab. Mit einem resignierten Seufzen setzte sich der Professor an seinen Tisch und wartete. Erst nach einigen Minuten kehrte Ruhe ein, als die Schüler sich allmählich selbst zur Ordnung riefen. „Psst! Seid leise!", hörte man aus verschiedenen Ecken des Raums. Schließlich stand der Professor auf, räusperte sich und sagte streng: „Meine Dame und alle anwesenden Herren, niemand von euch ist gezwungen, hier zu sein. Ihr habt die Schulpflicht hinter euch. Ihr seid freiwillig hier. Und von Freiwilligen erwarte ich, dass sie wissen, wie sie sich zu verhalten haben. Ist das klar?"

Ein betretenes Nicken ging durch die Klasse, die meisten Schüler schauten entweder auf den Boden oder aus dem Fenster. Ömer, der in der hinteren Reihe saß, dachte grimmig: *Na super, wenn er schon am ersten Tag so schlecht gelaunt ist, wie wird dann das restliche Schuljahr?*

Plötzlich wurde die Tür mit einem Krachen aufgerissen, und Sebastian trat ein, ohne anzuklopfen. „Ah, Sebastian", sagte

Professor Lehrner trocken. „Sozialdienst bei Hausmeister Grummel?"

Sebastian verdrehte die Augen. „Ja. Mistkübel ausleeren und saubermachen."

„Schön", erwiderte der Professor kühl. „Das nächste Mal pünktlich, bitte. Ich habe keine Lust, alles doppelt zu erklären, nur weil du wieder zu spät bist."

Sebastian wollte protestieren. „Aber ich—"

„Keine Ausreden! Setz dich einfach. Da hinten, vorletzte Reihe, am freien Tisch."

Langsam schlurfte Sebastian zu seinem Platz, warf seine Tasche auf den Tisch und ließ sich auf den Stuhl fallen, der direkt neben dem Fenster stand. Er lehnte sich zurück und begann, mit seinem Kugelschreiber zu spielen.

„Also", begann der Professor nach einem Moment des Schweigens, „wer mag erzählen, wo er oder sie in den Ferien war?"

Tino meldete sich. „Ich war mit meinen Eltern in Kroatien, in Split."

Das löste sofort eine hitzige Diskussion aus. „Hajduk Split ist doch viel besser als Dynamo Zagreb!", rief ein Schüler. „Quatsch, Dynamo ist unschlagbar!", schoss ein anderer zurück. Die Stimmen wurden lauter, bis Professor Lehrner scharf dazwischenfuhr: „Ruhe! Wir sind hier nicht im Stadion."

Als es wieder still war, hob Kimberly die Hand. „Professor Lehrner, warum haben wir einen Tisch mehr als letztes Jahr?"

Er sah sie überrascht an. „Das ist dir aufgefallen? Es gibt zwei Gründe: Erstens haben wir einen neuen Schüler, den ihr alle schon kennt: Sebastian." Einige Schüler lachten leise. „Zweitens bekommen wir nach den Herbstferien eine Austauschschülerin aus der Türkei, genauer gesagt kommt sie aus Yozgat. Sie heißt Aylin. Sie wird uns im neuen Mixed-Futsal-Team unterstützen."

Neugierde breitete sich aus. „Wie alt ist sie?", fragte ein Schüler. „Hat sie einen Freund?", rief ein anderer. „Spricht sie Deutsch?", kam es aus der hinteren Reihe.

Der Professor ignorierte die unangemessenen Fragen und wandte sich stattdessen wieder Kimberly zu, die erneut die Hand gehoben hatte. „Spielen wir dieses Jahr kein Street-Soccer 3S mehr?", wollte sie wissen.

„Nein", antwortete er. „Das Bildungsministerium hat Professor Lammer gebeten, mit seinem Konzept auf große Tour zu gehen. Das bedeutet, dass er uns dieses Jahr nicht mehr zur Verfügung steht."

Ein kollektives Raunen ging durch die Klasse. Die Schüler mochten Professor Lammer sehr und waren traurig, ihn nicht mehr zu sehen. Gleichzeitig freuten sie sich für ihn, dass er mit seiner Erfindung Erfolg hatte.

In der hinteren Reihe herrschte eine Mischung aus Stille und Tagträumerei. Ömer saß neben Oliver, der verstohlen auf Kimberly starrte. Während Oliver mit schüchterner Bewunderung Kimberly beobachtete, dachte Ömer an Sara. Die Erinnerung daran, wie sie im Feriencamp gemeinsam gegen die Cyberkriminellen gekämpft hatter, war noch lebendig.

Sebastian hingegen saß unbeeindruckt in der vorletzten Reihe, spielte weiter mit seinem Kugelschreiber und warf hin und wieder einen Blick nach draußen. *Futsal?* dachte er. Hoffentlich ist das besser als dieses langweilige Street-Soccer 3S vom letzten Jahr.

Die Stunde setzte sich mit einer lebhaften Diskussion über Urlaubsdestinationen fort. Fast die gesamte Klasse hatte während der Sommerferien beeindruckende Reisen unternommen: von den Staaten des Balkans über Osteuropa bis hin zu Asien und den USA. Als die Schüler von ihren Erlebnissen erzählten, war Professor Lehrner beeindruckt und bemerkte schmunzelnd: „Es scheint, als hätten wir hier einige Globetrotter unter uns." Sein Ton wurde versöhnlicher, und er fügte hinzu: „Reisen ist eine der besten Möglichkeiten, Vorurteile abzubauen. Ich hoffe, ihr habt viele spannende Begegnungen gemacht."

Mit diesem positiven Abschluss entließ er die Schüler am Ende der Stunde in die Pause. Vor der Schule warteten Ömer, Oliver und Kimberly auf ihre Freunde aus der 3BHBMT. Die drei standen entspannt in der warmen Herbstsonne, während sie die Schülerströme beobachteten, die das Gebäude verließen. Ömer ließ seinen Blick schweifen und dachte über den vergangenen Sommer nach. Die gemeinsamen Erlebnisse im Feriencamp, als sie die Cyberkriminellen überlistet und der Polizei übergeben hatten, hatten die Gruppe enger zusammengeschweißt. Doch die anschließenden Ferienpläne hatten sie für einige Wochen voneinander getrennt.

Sara und Ömer, Bibi und Dario – diese Beziehungen schienen klarer. Doch wie es zwischen Oliver und Kimberly stand? *Das wusste wahrscheinlich nicht einmal die beiden selbst,* dachte Ömer schmunzelnd. Er erinnerte sich an den Moment im Lagerfeuerlicht, als Oliver Kimberly geküsst hatte – und die darauf folgende Ohrfeige. Doch trotz dieses Vorfalls lag seitdem eine spürbare Spannung in der Luft, die keiner von beiden zu klären schien.

Endlich kamen Sara, Bibi und Dario aus dem Schulgebäude. Bibi trug eine kurze weiße Shorts, ein dunkelblaues Polohemd und eine weiße Kappe, durch deren hintere Öffnung ihr Pferdeschwanz fiel. Sara hatte sich für einen Minirock und ein luftiges Spaghetti-Träger-Shirt entschieden. Ömer bemerkte, wie sein Atem stockte, als Sara sich eine Haarsträhne aus dem Gesicht strich, während sie die Stufen zu ihm hinunterkam. Ihr Lächeln traf ihn mitten ins Herz.

„Hallo, mein Lieber", sagte Sara sanft, während sie ihm einen Kuss auf die Wange gab. Ömer spürte, wie ihm die Röte ins Gesicht schoss, und murmelte: „Hallo Sara, ich freue mich so, dich zu sehen."

Sara lächelte verschmitzt und wandte sich neckend an die Gruppe: „In Notsituationen kann Ömer seinen Mann stehen und alles perfekt meistern, aber sobald er mich sieht, wird er plötzlich ganz einsilbig."

Ömer wollte etwas Schlagfertiges erwidern, doch die Worte blieben ihm im Hals stecken. Stattdessen sagte er: „Gehen wir zu Starbucks?"

Die Idee schlug sofort ein wie ein Blitz. Ein kollektives „Ja, lass uns gehen!" ging durch die kleine Gruppe, und ohne zu zögern, machten sie sich auf den Weg. Das Lachen und die angeregten Gespräche erfüllten die kühle Abendluft, während sie die belebte Straße entlanggingen. Das neue Schuljahr hatte begonnen, und in diesem Moment schien alles möglich. Der Zusammenhalt zwischen ihnen fühlte sich unerschütterlich an – als könnten sie gemeinsam jede Hürde meistern, egal ob in der Schule, auf dem Spielfeld oder an geheimnisvollen Orten, die nur sie kannten.

Schon beim Betreten des Starbucks wurden sie von einer warmen Wolke aus Düften empfangen. Der bittere Geruch von frisch gemahlenen kolumbianischen Kaffeebohnen mischte sich mit der Würze von Chai Latte und der verführerischen Süße von geschmolzenem Cheddar, der über Paninis lief. Es war wie eine olfaktorische Umarmung, die jeden von ihnen einhüllte. Die moderne Einrichtung, die Mischung aus Holz und Metall, schuf eine Atmosphäre, die gleichzeitig gemütlich und lebendig war.

Die Bestellung ging zügig. Jeder zückte sein Smartphone, um die kontaktlose Bezahlung zu erledigen – eine Bewegung, die so synchron und routiniert wirkte, als hätten sie dafür trainiert. Kurz darauf saßen sie in den tiefen, weichen Polstermöbeln,

11

die strategisch um niedrige Tische arrangiert waren, und nippten an ihren Getränken. Doch noch bevor Ömer einen Schluck von seinem dampfenden Cappuccino nehmen konnte, platzte die Frage aus ihm heraus, die ihn schon die ganze Zeit beschäftigte.

„Olli, wie zur Hölle hast du diese Falltür im Hauptquartier der Cyberkriminellen gefunden?" Seine Stimme war neugierig, beinahe drängend. „Ich habe gesucht, wirklich überall, und trotzdem habe ich nichts gesehen."

Oliver lehnte sich entspannt in seinem Sessel zurück, ein halb schelmisches, halb nachdenkliches Grinsen auf den Lippen. „Um ehrlich zu sein … ich weiß es nicht genau." Er kratzte sich verlegen am Hinterkopf und ließ seinen Blick über die Gesichter der anderen schweifen. „Ich glaube, es hatte irgendwas mit dem Spiegel zu tun. Der war … speziell. Keine Ahnung, was genau, aber das war definitiv kein normaler Spiegel."

Kimberly, die gerade einen Schluck von ihrem Iced-Latte nahm, runzelte die Stirn. „Speziell? Was meinst du damit, Olli?"

Er hob die Hände und deutete mit den Fingern die Form eines Spiegels an, als wollte er ihn in der Luft nachzeichnen. „Es war, als wäre die Oberfläche mit einer besonderen Beschichtung versehen. Eine Legierung vielleicht, die Licht oder Reflexionen verändert hat. Als ich hineingesehen habe, ist mir eine Wandfliese aufgefallen. Sie sah plötzlich … anders aus. Irgendwie leuchtend, wie unter einem unsichtbaren Licht."

„Das klingt ja wie aus einem Spionagefilm", murmelte Bibi ehrfürchtig, während sie an ihrem dampfenden Tee nippte.

Oliver nickte langsam. „Vielleicht. Aber ehrlich? Ohne Kimmy hätte ich das nie entdeckt."

Kimberly, die gerade ein Stück Brot mit Marmelade bestrich, hielt in der Bewegung inne und blickte überrascht auf. „Ich? Was habe ich denn gemacht?"

„Was du gemacht hast?" Oliver lächelte breit. „Du hast uns die entscheidenden Hinweise gegeben! Ohne das Tagebuch, das du entziffert hast, wären wir nie auf die Idee gekommen, den Spiegel überhaupt genauer anzusehen."

Während er sprach, legte er seine Hand leicht auf ihren Unterarm. Die sanfte Berührung ließ Kimberly für einen Moment innehalten. Sie spürte die Wärme seiner Hand durch den dünnen Stoff ihres Pullovers, und ihr Herz schlug unwillkürlich schneller. Oliver sah sie an, mit einem Blick, der tief in sie hineinzudringen schien.

„Das war doch nichts Besonderes", stammelte sie, und eine leichte Röte stieg in ihre Wangen.

„Doch, das war es", sagte Oliver leise, aber bestimmt. Er ließ seine Hand auf ihrem Arm ruhen und sprach weiter, seine Stimme war warm und ehrlich. „Ohne dich wären wir völlig verloren gewesen."

Kimberly fühlte sich hin- und hergerissen zwischen Verlegenheit und einem zarten Stolz. Als sie schließlich seinen Blick erwiderte, konnte sie nicht anders, als zu lächeln. Oliver lächelte zurück, und für einen Moment schien der Trubel des Starbucks um sie herum zu verschwinden, als wäre es nur noch die beiden in dieser stillen, unausgesprochenen Verbindung.

„Ihr zwei seid echt ein Dream-Team", kommentierte Bibi grinsend, brach den Moment und ließ die beiden zurück in die Realität gleiten. Oliver zog seine Hand zurück, ein leichtes Lächeln auf den Lippen, während Kimberly schnell ihre Aufmerksamkeit auf ihren Bagel mit Cheddar lenkte. Doch beide wussten, dass dieser Moment mehr war, als sie laut zugeben würden.

II

„Guten Morgen, mein Lieber!", rief Sara gut gelaunt, als sie von Ömer von zu Hause abgeholt wurde. Sie drückte ihm einen flüchtigen Kuss auf die Lippen, und ihr strahlendes Lächeln ließ seinen Puls ein wenig schneller schlagen.

„Guten Morgen", erwiderte Ömer und spürte das vertraute Kribbeln in seinem Bauch. Es war immer dasselbe: Schon allein der Gedanke an Sara ließ ihn lächeln. Sie zu sehen, ihre Hand zu halten und mit ihr Zeit zu verbringen, war das Beste an seinem Tag.

Während sie Händchen haltend losgingen, zog Ömer seine freie Hand in die Tasche seines Hoodies. „Warte mal", sagte er plötzlich und blieb stehen. Sara sah ihn verwundert an, während er etwas Kleines aus der Tasche hervorzog. Es war ein feines Armbändchen, schlicht, aber mit einem kleinen Anhänger in Herzform, der im Sonnenlicht funkelte.

„Was ist das?", fragte Sara überrascht, ihre Augen weiteten sich vor Neugier.

„Ein kleines Geschenk", sagte Ömer leise und sah sie liebevoll an. „Ich weiß, dass du dein Armband im Sommer verloren hast, als … na ja, du weißt schon. Im Lieferwagen. Du hast es damals erwähnt, und ich wollte, dass du ein neues hast. Es soll dich daran erinnern, dass ich immer bei dir bin, egal was passiert."

Sara schluckte und streckte die Hand aus, und Ömer legte ihr das Armband vorsichtig um das Handgelenk. Der Anhänger schimmerte in einem zarten Silberton.

„Ömer … das ist so schön", flüsterte Sara, ihre Stimme war ein wenig brüchig. „Danke. Du weißt gar nicht, wie viel mir das bedeutet." Sie umarmte ihn fest, legte ihren Kopf an seine Schulter und schloss die Augen. Für einen Moment war es, als würde die Welt um sie herum verschwinden.

„Es bedeutet mir auch viel", sagte Ömer leise. „Und ich wollte, dass du immer etwas hast, das dich daran erinnert, dass ich für dich da bin. Egal, was passiert."

Sara löste sich langsam von ihm, ihre Finger glitten sanft über das Armband. „Das werde ich nie vergessen. Und ich werde es nie wieder verlieren. Versprochen."

Händchenhaltend machten sie sich auf den Weg zur Schule. Dort warteten Kimberly und Oliver bereits auf sie. Kimberly begrüßte Sara und Ömer herzlich, während Oliver vor lauter Unruhe nur ein knappes „Hi" herausbrachte.

Ömer zog die Augenbrauen hoch und fragte: „Was ist denn mit dir los? Du siehst aus, als hättest du gerade was ganz Großes erfahren."

Oliver grinste nervös und fuhr sich durch die Haare. „Ach, nichts … ich bin einfach total gespannt auf die Austauschschülerin. Weißt schon, wie das wohl so wird."

Kimberly drehte sich zu ihm und stieß ihm spielerisch, aber mit einem Hauch von Nachdruck, in die Rippen. „Olli, echt jetzt? Du machst hier so ein Drama, dabei kommt sie erst in zwei Monaten! Zwei Monate, Olli! Beruhig dich mal."

Oliver zuckte mit den Schultern und grinste entschuldigend. „Na ja, ich finde es halt spannend. Es ist doch cool, jemanden aus einem anderen Land kennenzulernen."

Kimberly schmunzelte, aber ihre Augen blitzten spitz. „Schon klar, aber vielleicht solltest du die Zeit bis dahin nutzen, um ein bisschen runterzukommen." Ihre Stimme hatte einen leicht neckenden Ton, doch es lag auch ein Hauch von Eifersucht darin, den sie nicht ganz verbergen konnte.

Ömer grinste breit und verschränkte die Arme. „Zwei Monate, Olli? Und du bist jetzt schon völlig aus dem Häuschen? Das ist ja fast wie Weihnachten, wenn man als Kind schon im Oktober anfängt, die Tage zu zählen."

Oliver hob abwehrend die Hände und lachte nervös. „Okay, okay, ich hab's kapiert. Zwei Monate sind noch lang. Ich höre ja schon auf, darüber zu reden."

Kimberly nickte zufrieden, konnte sich aber ein weiteres Grinsen nicht verkneifen. „Na gut. Ich bin gespannt, ob du die nächsten zwei Monate durchhältst, ohne ständig davon anzufangen." Während sie sprach, glitt ihr Blick flüchtig zu Saras Handgelenk, wo sie das neue, funkelnde Kettchen bemerkte. Einen Moment lang hob Kimberly leicht die Augenbrauen, sagte jedoch nichts und ließ das Thema unkommentiert. Stattdessen richtete sie ihre Aufmerksamkeit wieder auf das Gespräch und lehnte sich entspannt zurück.

Oliver wechselte das Thema, doch der erwartungsvolle Ausdruck in seinen Augen blieb – und Kimberly bemerkte ihn genau.

„Neue Austauschschülerin?", fragte Sara überrascht.

„Ja genau", sprudelte Oliver heraus, „wir bekommen eine Austauschschülerin aus der Türkei. Sie heißt Aylin und wird mit uns gemeinsam Futsal spielen."

Sara sah Ömer direkt an, die Verwirrung in ihren Augen war unverkennbar. „Und wann wolltest du mir das sagen? Dass ihr eine türkische Austauschschülerin bekommt, die auch noch mit euch Futsal spielen wird? Oder hast du es einfach vergessen, mir zu erzählen?"

Ömer kratzte sich verlegen am Hinterkopf. „Ähm … ich dachte nicht, dass es wichtig wäre."

„Nicht wichtig?" Sara verschränkte die Arme vor der Brust. „Naja, ich finde es schon wichtig, wenn ein neues Mädchen mit meinem Freund Futsal spielt."

„Was ist eigentlich Futsal?", setzte sie nach, ihr Tonfall betont beiläufig, aber ihre Augen ließen Ömer nicht aus dem Blick.

Ömer tat, als hätte er das „mit meinem Freund" überhört – oder zumindest als hätte es ihn nicht getroffen, wie sie es gehofft hatte. Er begann stattdessen, ihr ausführlich zu erklären, wie Futsal gespielt wird. „Es ist wie Hallenfußball, aber schneller und mit anderen Regeln", erklärte er. Er beschrieb das kleinere Spielfeld, den besonderen Ball und die schnelle Dynamik des Spiels.

„Aha", sagte Sara schließlich, als er fertig war. Doch ihre Gedanken waren woanders. Es war nicht Futsal, das sie beschäftigte, sondern die neue Austauschschülerin. War sie attraktiv? Sportlich musste sie ja sein, schließlich würde sie Futsal spielen. Würde Ömer sie vielleicht interessant finden?

Ein Gedanke ließ sie besonders verunsichert zurück: Warum hatte Ömer nicht reagiert, als sie ihn als ihren Freund bezeichnet hatte? Es war das erste Mal, dass sie das laut ausgesprochen hatte, und er hatte es einfach ignoriert. Was, wenn er nicht dasselbe für sie empfand?

Ihre Gedanken rasten, während sie gemeinsam die HTL für Maschinenbau betraten. Der übliche Trubel des Schulmorgens ging an ihr vorbei, als sie gedankenverloren Ömers Hand losließ. Vielleicht machte sie sich zu viele Sorgen. Oder vielleicht hatte sie recht, und die neue Schülerin würde alles ändern.

Bereits der zweite Schultag begann für die Schüler der 3AFMB stressig. Es schien, als wollten die Professoren den Stoff des gesamten Schuljahres in einer Woche hinter sich bringen. In der ersten Einheit stand Fertigungstechnik auf dem Programm, ein Fach, das bei den Schülern nicht gerade beliebt war, aber als essenziell für ihre Ausbildung galt. Der Professor begrüßte die Klasse mit einem breiten Grinsen, das nichts Gutes verhieß.

„Guten Morgen! Wir starten gleich mit einem Überraschungstest. Ich möchte überprüfen, was ihr euch vom letzten Schuljahr gemerkt habt. Nehmt alle einen Zettel heraus und schreibt auf."

Ein kollektives Stöhnen ging durch die Klasse, doch der Professor ließ sich davon nicht beirren. Er schrieb drei Fragen an die Tafel:

Welche Formel wird verwendet, um die Schmelztemperatur einer Legierung zu berechnen?

Nennen Sie drei typische Verfahren zur Oberflächenbehandlung von Maschinenteilen und deren Zweck.

Erklären Sie das Prinzip der Wärmeleitung in metallischen Werkstoffen.

Kimberly lächelte selbstbewusst. Für sie war das kein Problem; sie kritzelte die Antworten in wenigen Minuten hin. Oliver hingegen war weniger entspannt. Er schaffte es, zwei der drei Fragen zu beantworten, war sich aber bei der zweiten nicht sicher. Ömer hingegen quälte sich durch die Aufgaben. Er schrieb die Antworten auf, fühlte sich jedoch nicht sicher.

Nach 20 Minuten sammelte der Professor die Zettel ein. „Nun", sagte er, „diese Fragen sind Grundwissen aus dem letzten Jahr. Wer sie nicht beantworten konnte, sollte sich Gedanken machen." Oliver hob die Hand. „Professor, finden sie es nicht unfair, das Jahr gleich mit einer negativen Note zu beginnen?" Der Professor sah ihn durchdringend an. „Das ist der Stoff vom letzten Jahr, Oliver. Jeder von euch muss das können."

Nach Fertigungstechnik folgte Mechanik, ein weiteres anspruchsvolles Fach. Der Stoff behandelte die Grundlagen von Drehmomenten, Hebelgesetzen und die Berechnung von Kräften in starren Körpern. Auch hier war volle Konzentration gefordert, und die Schüler sehnten sich nach der Pause.

Als endlich die Pause begann, strömten die Schüler aus dem Gebäude. Kimberly, Oliver und Ömer gingen gemeinsam in den Supermarkt um die Ecke, um sich mit einer Jause zu versorgen. Ömer, der noch immer über den Morgen nachdachte, stöhnte: „Die dritte Klasse ist gar nicht so gemütlich, wie ich mir das vorgestellt habe."

Kimberly, die sich spielerisch bei Oliver eingehängt hatte, neckte ihn: „Du denkst doch nur an Sara, gib es zu. Es ist doch nicht anders als in der zweiten Klasse. Wenn du später mal viel Geld verdienen willst, solltest du dich ein bisschen mehr anstrengen."

Ömer verzog das Gesicht, schwieg aber. *Irgendwie hat sie ja recht*, dachte er, *aber ich bin einfach noch nicht wieder im Lernmodus.*

Kimberly wandte sich zu Oliver. „Olli, wie lief's bei der Überprüfung in Fertigungstechnik?"

„Es ging", flunkerte Oliver, doch Kimberlys vorwurfsvoller Blick brachte ihn schnell zum Schweigen. „Na gut", gab er zu. „Ich habe zwei von drei Fragen geschafft. Wobei ... bei der zweiten bin ich mir nicht sicher."

Kimberly nickte nachdenklich. „Der Professor ist echt streng. Aber das heißt, wir müssen uns besser vorbereiten."

Nach der Pause folgte endlich der praktische Teil des Schultages: die erste Futsal-Einheit. Vor der Turnhalle wartete Professor Deutsch bereits auf die Schüler, die mit ihren Sportsachen bepackt herbeieilten. „Willkommen im neuen Schuljahr", begrüßte er die Jugendlichen mit einem breiten Lächeln. „Heute fangen wir mit etwas an, das euch gefallen wird: Futsal."

Ein leises Raunen ging durch die Gruppe. Viele hatten von Futsal gehört, aber nicht alle hatten es je gespielt. Der Professor hob die Hände, um Ruhe zu schaffen. „Für diejenigen, die es nicht kennen, hier eine kurze Erklärung. Futsal ist eine schnelle und dynamische Variante von Fußball, die vor allem in der Halle gespielt wird. Jetzt hört genau zu, damit wir gleich loslegen können."

Er begann, die Regeln mit einer energischen Stimme zu erklären. „Erstens: Die Teams bestehen aus fünf Spielern, inklusive Torwart. Zweitens: Die Spieldauer beträgt zwei Minuten oder endet, sobald das erste Tor fällt. Drittens: Der Ball ist speziell für Futsal gemacht – er springt weniger, was präzise Pässe und Ballkontrolle fördert. Und viertens – und das ist wichtig – ihr dürft den Ball nicht über Hüfthöhe schießen. Wer das macht, riskiert, dass der Ball an die Gegner geht."

Er sah sich um und fügte hinzu: „Jetzt bildet Teams, und wir starten. Ich möchte Einsatz sehen!"

Die Schüler rannten in die Umkleiden, zogen sich schnell um und fanden sich bald in der Halle wieder. Nach kurzer Diskussion wurden die Teams festgelegt:

Professor Deutsch klatschte in die Hände. „Los geht's! Team 1 gegen Team 2. Ihr kennt die Regeln. Ich will schnelles Spiel sehen!"

Das erste Spiel begann sofort hektisch. Ömer, der die Rolle des Kapitäns in seinem Team übernommen hatte, rief Anweisungen und versuchte, die Positionen zu koordinieren. Kimberly schnappte sich den Ball gleich zu Beginn und spielte einen präzisen Pass zu Oliver. Der zielte direkt aufs Tor, doch der Schuss ging knapp am Pfosten vorbei.

Auf der anderen Seite bewies Sebastian seine Schnelligkeit. Mit einem gezielten Dribbling ließ er zwei Spieler von Team 1 stehen und brachte den Ball direkt vor das Tor. Ein schneller Schuss, und der Ball landete hinter der Linie.

„1:0 für Team 2!", rief Professor Deutsch. „Nächstes Spiel, sofort!"

Im zweiten Spiel trat Team 1 gegen ein anderes Team an. Diesmal war Kimberly in Topform. Sie dribbelte geschickt an zwei Gegenspielern vorbei, spielte einen Doppelpass mit Ömer und schoss den Ball präzise in die Ecke des Tores.

„Tor für Team 1!", rief der Professor begeistert. „Das war ein sauberer Abschluss."

Das dritte Spiel war besonders spannend. Team 2 hatte sich erneut gut aufgestellt, doch diesmal wehrte Ömer als Verteidiger mehrere Angriffe ab. Als der Ball zu Oliver kam, sprintete er die Seitenlinie entlang und schickte einen perfekten Pass zu Kimberly. Sie zielte, aber der Torwart von Team 2 reagierte blitzschnell und lenkte den Ball ab. Der

Nachschuss von Tino traf schließlich ins Netz, und das Spiel war entschieden.

Nach mehreren kurzen, intensiven Spielen waren die Schüler erschöpft, aber auch zufrieden. Die Atmosphäre in der Halle war von Teamgeist und sportlicher Begeisterung geprägt. Selbst Oliver, den der Test in Fertigungstechnik etwas heruntergezogen hatte, fühlte sich motiviert.

Als die Schüler die Turnhalle verließen, sagte Ömer grinsend: „Vielleicht ist die dritte Klasse doch nicht so schlimm – zumindest, wenn wir Futsal spielen." Kimberly klopfte ihm lachend auf die Schulter. „Wird schon, Ömer. Ein bisschen Übung, und du wirst ein Futsal-Profi." Oliver stimmte ihr zu: „Naja, oder zumindest ein passabler Spieler."

Der Professor, der die Schüler verabschiedete, rief ihnen hinterher: „Gute Arbeit heute! Aber denkt daran, im nächsten Spiel geht es um Strategie, nicht nur um Geschwindigkeit." Die Schüler nickten, während sie zufrieden zur nächsten Unterrichtseinheit schlenderten.

Es stand Deutsch auf dem Stundenplan. Professor Lehrner hatte die Klasse in diesem Jahr auch in diesem Fach übernommen. Für ihn war es wichtig, als Klassenvorstand so viele Stunden wie möglich in seiner Klasse zu halten, um nah bei den Schülern zu sein. Er stand mahnend vor der Klasse, seine Arme verschränkt, und sagte: „Meine Herrschaften, in diesem Jahr wird es für alle, wirklich für alle, Zeit, auch im Unterrichtsfach Deutsch zu lernen."

Ein paar Schüler seufzten leise. Oliver verschränkte die Arme und dachte sich: *Wozu? Deutsch ist meine Erstsprache, das kann ich doch schon.*

Professor Lehrner bemerkte Olivers skeptischen Gesichtsausdruck und sah ihn mit hochgezogenen Augenbrauen an. „Oliver, das mag sein, dass du glaubst, Deutsch zu können. Aber im Hinblick auf die Abschlussprüfung werden wir uns intensiv mit Textsorten wie der Textanalyse befassen. Und da wird es ohne Lernen nicht gehen."

Er machte eine kurze Pause und ließ seinen Blick über die Klasse schweifen. „Wir werden sogenannte rhetorische Stilmittel kennenlernen. Die erkennt man in einem Text nur dann, wenn man sie auch kennt – und sie beim Namen nennen kann. Also, kennt einer von euch ein rhetorisches Stilmittel?"

Betretenes Schweigen. Niemand meldete sich. Schließlich hob Kimberly zögerlich ihre Hand. „Anapher", sagte sie leise.

Professor Lehrner nickte anerkennend. „Sehr gut, Kimberly. Die Anapher ist ein Stilmittel, bei dem sich ein Wort oder eine Wortgruppe am Anfang aufeinanderfolgender Sätze oder Satzteile wiederholt. Ein Beispiel wäre: ‚Ich lerne, ich wachse, ich bestehe.‘ Das betont die Aussage und macht den Text eingängiger. Das ist absolut korrekt."

Er sah in die Runde. „Noch jemand?"

Ömer hob vorsichtig seine Hand. „Ich glaube, ich kenne eine rhetorische Frage", sagte er.

Professor Lehrner lächelte leicht. „Fragst du mich das, oder weißt du es?"

Ömer lief rot an, fasste dann aber Mut und sagte zuversichtlich: „Ich weiß es!"

„Richtig geraten", sagte der Professor lachend. „Eine rhetorische Frage ist eine Frage, auf die man keine echte Antwort erwartet. Zum Beispiel: ‚Wer hätte nicht gerne längere Ferien?'"

Sofort schossen alle Hände in die Höhe, und die Schüler riefen durcheinander: „Ich hätte gerne länger Ferien!"

Die Stimmung in der Klasse lockerte sich, und Professor Lehrner nutzte die Gelegenheit, um die Schüler mit weiteren Stilmitteln vertraut zu machen. Er erklärte die Metapher, den Vergleich, die Alliteration und die Ironie, wobei er für jedes Stilmittel ein Beispiel gab. Dazu teilte er ihnen Lernmaterial aus und sagte: „Sucht euch fünf Stilmittel aus der Liste heraus und versucht, sie in Textsorten wie Leserbriefe oder Meinungsreden einzubauen. Das wird euch bei der Abschlussprüfung helfen."

Die Stunde verging schneller als erwartet, und endlich zeigte die Uhr 16:20. Der zweite Schultag war vorbei.

Gechillt standen Ömer, Kimberly und Andi vor der Schule. Lucca und Tino waren bereits gegangen – sie hatten Fußballtraining in ihrem Verein. Oliver stieß erst später zu der kleinen Gruppe dazu, sichtlich erschöpft. Sein Hemd hing teilweise aus der Hose, und sein Rucksack baumelte schief auf seinem Rücken. Er sah abgekämpft aus.

„Was ist denn los?", fragte Kimberly besorgt. „Wo warst du?"

Oliver seufzte und ließ sich schwer auf die niedrige Mauer neben ihnen sinken. „Die Schule macht mich fertig", murmelte er. „Ich glaube, ich schaffe das Jahr nicht."

Kimberly hob die Augenbrauen und sah ihn sanft an. „Olli, mach dir keinen Stress. Heute war erst der zweite Schultag. Das packst du schon."

Auch Ömer und Andi nickten zustimmend. „Kim hat recht", fügte Ömer hinzu. „Es war immer so, und du hast es immer geschafft."

Doch Oliver war mutlos. „Es läuft einfach nicht rund", sagte er. „Die dritte Klasse ist die schwierigste, das sagen alle."

„Und?", stoppte ihn Kimberly sofort. „Nur weil es alle sagen, heißt das gar nichts. Du wirst es schaffen. Und wenn ich persönlich dafür sorgen muss!"

Sie lächelte ihn an und boxte ihm leicht auf die Brust. „Du hast es bis jetzt immer geschafft", fügte sie hinzu, „und diesmal wird es nicht anders sein."

Oliver hob den Kopf und sah sie an. Ihr Lächeln und ihre Zuversicht waren ansteckend. Er holte tief Luft und nickte. „Danke", sagte er schließlich, und ein kleines Lächeln stahl sich auf sein Gesicht. Vielleicht würde er es tatsächlich schaffen – mit ein bisschen Hilfe von seinen Freunden.

III

Ömer kam zu Hause an und warf seinen Schulrucksack in die Ecke des Vorzimmers. Er kickte die Schuhe achtlos von seinen Füßen, sodass sie quer im Flur landeten, und machte sich auf den Weg in die Küche. Dort öffnete er den Kühlschrank und griff nach einer Dose Cola.

„Merhaba anne[1]!", rief er.

„Merhaba Ömer, okul nasıldı[2]?", fragte seine Mutter, während sie Gemüse für das Abendessen schnitt.

„İyiydi[3]", antwortete er, während er die Cola öffnete.

Seine Mutter drehte sich zu ihm um, die Hände in die Hüften gestemmt. „Sana bin kere söyledim, sadece ‚iyiydi' deme. Anlat bakalım, nasıl geçti?[4]"

Ömer zuckte die Schultern und grinste leicht verlegen. „Özür dilerim. Bugün futsal oynadık. Futsal gerçekten güzel bir şey. Ayrıca Türkiye'den bir değişim öğrencisi gelecekmiş."[5]

„Ne zaman geliyor?[6]", fragte seine Mutter, die jetzt interessiert wirkte.

„Sadece sonbahar tatillerinden sonra[7]", antwortete Ömer.

Seine Mutter nickte kurz, stellte dann aber die Gemüse schneidenden Hände auf die Arbeitsplatte und sah ihn ernst an. „Ömer, artık üçüncü sınıfa geçtin. Bir cumartesi işi

---

[1] Hallo Mama!

[2] Hallo Ömer. Wie war die Schule?

[3] Gut.

[4] Ich habe dir schon tausendmal gesagt, du sollst nicht nur ‚gut' sagen. Erzähl, wie es war!

[5] Sorry. Wir haben heute Futsal gespielt. Das ist echt in Ordnung. Und wir werden eine Austauschschülerin aus der Türkei bekommen.

[6] Wann kommt sie?

[7] Erst nach den Herbstferien

bulmanın zamanı geldi. Aile bütçesine biraz katkıda bulunmalısın.[8]"

Ömer ließ die Dose Cola sinken und runzelte die Stirn. „Gerçekten mi? Üçüncü sınıf çok zor[9]", sagte er.

„İtiraz istemiyorum", erwiderte seine Mutter streng. „Cumartesi günü çalışmak sana zarar vermez. Bir süpermarkette iş bul. Bizim gibiler için uygun bir iş.[10]"

„Bizim gibiler derken ne demek istiyorsun?[11]", fragte Ömer, der jetzt misstrauisch wurde.

„Türk kökenliler işte[12]", sagte sie mit einem Hauch von Resignation in der Stimme.

Ömer schnaubte. „Gerçekten mi? Şaka mı yapıyorsun?[13]"

Seine Mutter seufzte. „Ömer, her zaman böyle. Süpermarkette işi biz alırız. Avusturyalılar yönetici pozisyonlarını alır.[14]"

„Tamam[15]", sagte Ömer schließlich, sichtlich mutlos.

---

[8] Ömer, du bist jetzt in der dritten Klasse. Es wird Zeit, dass du dir einen Samstagjob suchst und dich ein bisschen an den Familienfinanzen beteiligst.

[9] Echt? Die dritte Klasse ist die schwierigste.

[10] Keine Widerrede. Es schadet dir nicht, wenn du am Samstag arbeiten gehst. Such dir einen Job in einem Supermarkt. Das passt für Leute wie uns perfekt.

[11] Was meinst du mit 'Leute wie wir'?

[12] Naja, türkischstämmige halt.

[13] Meinst du das ernst?

[14] Ömer, es ist immer so. Wir bekommen die Jobs im Supermarkt. Die Österreicher bekommen die Jobs in der Führungsetage.

[15] Ok.

Er nahm sein Getränk und ging ohne ein weiteres Wort in sein Zimmer. Dort setzte er sich an seinen Schreibtisch, die Cola vor sich, und starrte eine Weile ins Leere. *Leute wie wir,* dachte er. *Werde ich das irgendwann ändern können?*

Die Worte seiner Mutter hallten in seinem Kopf nach. Arbeiten zu müssen, um die Familienfinanzen zu unterstützen, war keine Neuigkeit. Viele seiner Freunde hatten Samstagsjobs, aber dass es jetzt so direkt von ihm erwartet wurde, ärgerte ihn. Wenn er arbeiten gehen wollte, dann sollte das seine Entscheidung sein. Er wollte selbst bestimmen, wann und wie. Aber momentan passte es ihm überhaupt nicht. Die Schule war schon stressig genug, und die dritte Klasse war angeblich die schwierigste. Jetzt auch noch samstags zu arbeiten, würde ihm die wenige freie Zeit rauben, die er hatte. Noch etwas ließ ihn unruhig werden. *Wenn ich arbeite, bleibt mir noch weniger Zeit für Sara.* Das nagte an ihm. Sie war ihm wichtig – wichtiger als alles andere. Aber was waren sie eigentlich? Waren sie jetzt zusammen? War sie seine Freundin? Er wusste es nicht so richtig. Manchmal fühlte es sich so an, wenn sie ihn ansah oder ihn berührte. Doch es war kompliziert. Sie hatten nie darüber gesprochen, und er wusste nicht, ob sie das gleiche für ihn empfand.

Ich will einfach nur Zeit mit ihr verbringen, dachte er, und nippte an seiner Cola. Die Vorstellung, Samstagsstunden irgendwo in einem Supermarkt zu verbringen, während er stattdessen bei Sara hätte sein können, machte ihn wütend – auf die Situation, auf die Erwartungen, und ein bisschen auch auf sich selbst.

Er lehnte sich in seinen Stuhl zurück und schloss kurz die Augen. Wie soll ich das alles schaffen? Schule, Familie, Arbeit – und dann noch Sara? Ein Teil von ihm wollte einfach alles hinwerfen, aber ein anderer Teil wusste, dass er kämpfen musste – für sich und vielleicht auch für Sara.

Sara saß mit ihren Eltern am Esstisch. Das Abendessen war beendet, und der vertraute Klang von Tellerklirren und leisen Gesprächen erfüllte den Raum. Ihre Eltern sprachen über ihren Arbeitstag, die kleinen Probleme und Freuden, die sie erlebt hatten. Dann wandte sich ihre Mutter an sie.

„Sara, wie war die Schule heute?", fragte sie und musterte ihre Tochter aufmerksam.

Sara zögerte. Sie wusste, dass ihre Eltern sehr viel Wert auf ihre schulische Ausbildung legten. Der Wechsel von der Informatik-HTL zur Maschinenbau-HTL war damals ein schwieriges Thema gewesen, und sie wusste, dass ihre Eltern insgeheim immer noch bedauerten, dass sie den Informatikweg nicht weiterverfolgt hatte.

„Ähm …", begann sie, während sie ihre Finger unruhig aneinander rieb. „Es war ganz gut heute. Es ist ja erst der zweite Tag, da ist noch nicht so viel zu tun."

Ihre Eltern nickten zufrieden. Sie schienen erleichtert, dass alles reibungslos zu laufen schien. Doch Sara hatte noch etwas auf dem Herzen. Sie räusperte sich und sah ihre Eltern an.

„Da gibt es noch etwas", begann sie zögerlich. „Ich würde gerne einen Samstagsjob annehmen."

Ihr Vater blickte von seinem Glas Tee auf. „Einen Samstagsjob?", fragte er mit leicht besorgtem Ton.

„Ja", sagte Sara und bemühte sich, ruhig zu bleiben. „Ich möchte etwas Geld verdienen – für mich und für die Familie."

Ihr Vater runzelte die Stirn. „Meinst du das ernst? Wirst du dann noch genügend Zeit zum Lernen haben?"

Ihre Mutter schloss sich der Sorge an. „Die dritte Klasse ist sehr anspruchsvoll, Sara. Wir wollen nicht, dass du dich übernimmst."

„Natürlich", erwiderte Sara schnell. „Ich suche mir einen Job in einem Supermarkt. Dort kann ich flexibel arbeiten – mal mehr, mal weniger, je nach Bedarf. Und wenn dann Prüfungen anstehen, kann ich sicher die Stunden reduzieren. Es gibt immer Möglichkeiten, sich mit dem Arbeitgeber abzustimmen."

Ihre Eltern schwiegen einen Moment. Schließlich nickte ihr Vater langsam. „Also gut", sagte er. „Wenn du das wirklich möchtest, dann stehen wir dem nicht im Weg. Aber es gibt eine Bedingung."

„Welche?", fragte Sara.

„Sollten deine schulischen Leistungen darunter leiden, dann müssen wir das abbrechen. Die Schule hat Priorität – das ist dein Job."

Sara lächelte erleichtert. „Natürlich, Papa," sagte sie leise.

„Gut", sagte ihre Mutter, die noch immer ein wenig skeptisch wirkte. „Dann wünsche ich dir viel Erfolg bei der Suche. Aber denk daran: Wir sind hier, wenn du uns brauchst."

Sara bedankte sich leise, stand auf und nahm ihren Teller sowie das Glas, um sie in den Geschirrspüler zu stellen. Danach ging sie in ihr Zimmer, entschlossen, ihre Pläne in die Tat umzusetzen. Sara setzte sich an den Schreibtisch. Das Licht ihrer Lampe erhellte den Laptop, den sie hochfuhr. Ihr Magen kribbelte ein wenig – es war das erste Mal, dass sie sich offiziell für einen Job bewarb. Sie öffnete ein neues Dokument und begann, ein Motivationsschreiben zu verfassen. Sorgfältig wählte sie die Worte aus, um sich professionell und organisiert darzustellen.

Motivationsschreiben

Betreff: Bewerbung für einen Samstagsjob im Lebensmittelhandel

Sehr geehrte Damen und Herren,

mit großem Interesse habe ich Ihre Stellenausschreibung für einen Samstagsjob im Lebensmittelhandel gelesen. Ich bin Schülerin der Maschinenbau-HTL in Wien und möchte erste berufliche Erfahrungen sammeln, die mir helfen, meine organisatorischen und zwischenmenschlichen Fähigkeiten weiterzuentwickeln.

In der Schule habe ich gelernt, verantwortungsvoll und strukturiert zu arbeiten. Ich bin teamfähig, flexibel und gewohnt, mich auf neue Aufgaben einzustellen. Besonders die Arbeit im Kundenkontakt sehe ich als Chance, meine Kommunikationsfähigkeiten zu stärken.

Mit meiner Zuverlässigkeit und Belastbarkeit möchte ich Ihr Team tatkräftig unterstützen. Da ich motiviert bin und mich schnell in neue Situationen einarbeite, sehe ich in dieser Tätigkeit eine ideale Möglichkeit, neben der Schule praktische Erfahrungen zu sammeln.

Ich freue mich darauf, mich in einem persönlichen Gespräch vorzustellen und mehr über die Stelle zu erfahren.

Mit freundlichen Grüßen

Sara

Sie überflog ihr Schreiben ein letztes Mal und feilte an ein paar Kleinigkeiten, bis sie schließlich zufrieden war. Mit einem kurzen Nicken speicherte sie die Datei ab. Anschließend öffnete sie die Website, loggte sich ein und durchstöberte die Anzeigen. Eine davon stach ihr sofort ins Auge: „Aushilfe gesucht – Samstagsjob im Lebensmittelhandel."

Ihr Herz schlug schneller, als sie den Standort las. Das war ausgerechnet der Supermarkt in der Nähe ihrer Schule. *Das wäre ja perfekt,* dachte sie aufgeregt. Ohne zu zögern, lud sie ihr sorgfältig erstelltes Motivationsschreiben hoch, atmete tief durch und klickte entschlossen auf „Senden."

Ein kleines Fenster mit „Bewerbung erfolgreich gesendet" erschien, und Sara lächelte. *Der erste Schritt ist gemacht,* dachte sie. Sie klickte sich durch weitere Anzeigen, optimierte bei Bedarf ihre Unterlagen und bewarb sich bei mehreren Supermärkten. Es fühlte sich gut an, aktiv zu werden. Nachdem sie die letzte Bewerbung abgeschickt hatte, lehnte sich Sara zurück und spürte eine Mischung aus Aufregung und Erleichterung. *Jetzt heißt es warten und hoffen,* dachte Sara, während sie sich ihr Buch griff und den Abend entspannt ausklingen ließ. Doch obwohl die Worte auf der Seite vor ihr standen, kreisten ihre Gedanken ganz woanders. *Das wird Ömer überraschen,* dachte sie, und ein kleines, verträumtes Lächeln stahl sich auf ihr Gesicht.

Ömer war mehr als nur ein Freund für sie. Er war ihr Ömer – auch wenn sie es ihm noch nie gesagt hatte. Sie spürte, wie ihr Herz schneller schlug, wenn sie an ihn dachte. Aber es war kompliziert. Er hatte nie klar gezeigt, dass er sie auch so sehen könnte, und manchmal fragte sie sich, ob sie sich all die Momente zwischen ihnen nur einbildete.

Doch die Idee, ihm am nächsten Tag von ihrem Plan zu erzählen, erfüllte sie mit Vorfreude. *Vielleicht beeindruckt es ihn, dass ich selbst einen Samstagsjob suche*, überlegte sie. Sie stellte sich vor, wie er überrascht, vielleicht sogar ein wenig stolz reagieren würde. Es war nicht leicht, diese Gefühle in sich zu behalten, doch sie wollte nichts überstürzen.

Mit diesem hoffnungsvollen Gedanken ließ sie den Tag hinter sich und fiel in einen ruhigen Schlaf.

Endlich brach der neue Morgen an. Sara sprang aus dem Bett, ihre Energie sprudelte förmlich über. Sie konnte es kaum erwarten, nachzusehen, ob schon Antworten auf ihre Bewerbungen eingegangen waren. Doch gerade als sie ihren Laptop starten wollte, hielt sie inne. Es ist 6:30 Uhr in der Früh, erinnerte sie sich. Niemand wird um diese Uhrzeit schon meine Bewerbungen bearbeitet haben. Trotzdem konnte sie ihre Aufregung kaum zügeln. Sie war voller Tatendrang und freute sich schon jetzt darauf, Ömer von ihren Bewerbungen zu erzählen. Natürlich hätte sie ihm auch einfach eine WhatsApp schreiben können, aber das war nicht dasselbe. Sie wollte sein Gesicht sehen, wenn sie es ihm erzählte.

Heute war der Werkstatt-Tag, und sie freute sich darauf. Sie mochte die Arbeit an den Maschinen, das Gefühl, etwas mit den Händen zu erschaffen. Sie zog sich eine kurze Hose und ein Poloshirt an – sie würde sich in der Schule sowieso in die vorgeschriebene Arbeitskleidung umziehen müssen. Als sie auf die Uhr sah und feststellte, dass es kurz nach sieben war, konnte sie es doch nicht lassen, ihren Laptop einzuschalten. Vielleicht … nur vielleicht. Doch wie erwartet war keine Antwort eingegangen. Sie seufzte leise, schloss den Laptop wieder und schüttelte den Kopf über ihre Ungeduld.

Nachdem sie noch ein wenig Mascara aufgelegt und den Lidschatten nachgezogen hatte, griff sie sich die vorbereitete Jause von der Anrichte und rief ihren Eltern: „Tschüss – bis am Abend!" Mit einem kleinen Hüpfer verließ sie das Haus, bereit für den Tag und gespannt darauf, Ömer zu sehen.

Ömer dagegen fühlte sich weit weniger motiviert. Er lag noch im Bett und starrte an die Decke. Er hatte keine Lust aufzustehen, und die Gedanken an das gestrige Gespräch mit seiner Mutter zogen ihn noch tiefer in die Kissen. Sie war spät am Abend in sein Zimmer gekommen und hatte ihn gefragt, ob er schon eine Bewerbung geschrieben hätte. „Morgen", hatte er gesagt – ein typischer Versuch, das Thema abzuwimmeln. Aber gestern war heute noch morgen, und heute war morgen noch weit entfernt.

Er seufzte, stand schließlich doch auf und schlurfte zum Kleiderschrank. *Ich werde mir einen Job suchen,* dachte er. *Aber es muss ja nicht heute oder morgen oder übermorgen sein.* Er zog sich eine Jeans, ein schwarzes T-Shirt mit einem „New Model Army"-Aufdruck und seine abgetragenen Sneakers an. „Keep it casual", murmelte er vor sich hin.

Heute war Werkstatt-Tag, und das war zumindest ein Lichtblick. Alle dritten Klassen hatten gemeinsam

Werkstattunterricht, und die Möglichkeit, mit Sara in einer Gruppe zu sein, machte den Tag etwas erträglicher. *Vielleicht …, dachte* er. Der Gedanke, neben ihr an einer Maschine zu stehen oder mit ihr zu arbeiten, ließ ihn ein wenig lächeln.

Er griff seinen Rucksack, warf ihn sich locker über die Schulter und verließ das Haus mit einem leisen „Görüşürüz, anne.[16]" Ob der Tag besser wurde als der Morgen, hing vielleicht ganz davon ab, wie der erste Moment mit Sara verlief.

IV

Sebastian trat vor dem Supermarkt, die Hände tief in den Taschen seiner Kapuzenjacke, als er plötzlich Nover und Momo bemerkte, die ihn höhnisch anlächelten.

„Heh, wie ist es bei den Losern aus der 3AFMB?", fragte Nover spöttisch. Momo stieß ihm lachend den Ellbogen in die Seite.

Sebastian verzog das Gesicht zu einem bitteren Lächeln. „Wie soll's mir schon gehen? Ich bin jetzt ein Teil dieser Loser. Aber keine Sorge, ich bin wie ein Schläfer. Ich werde die Klasse von innen sabotieren."

Momo zog die Augenbrauen hoch. „Echt jetzt? Was soll das bringen?"

---

[16] Bis später, Mama.

Sebastian lachte abfällig. „Nach den Herbstferien kommt eine Austauschschülerin. Eine Türkin. Eine Ausländerin. Was soll ich euch sagen?"

Nover, der sich gerade eine Zigarette anstecken wollte, blieb mitten in der Bewegung stehen. „Eine Türkin? Und die lassen die bei uns rein?"

Momo, der in einem selbstironischen Tonfall sprach, erinnerte ihn trocken: „Du weißt schon, dass du auch ein Ausländer bist, oder?"

Sebastian winkte ab. „Das ist was anderes." Aber insgeheim dachte er sich, dass es eigentlich nichts anderes war. Er fühlte sich in der Masse aus Schülern mit unterschiedlichen Hintergründen oft unwohl, und das passte ihm eigentlich überhaupt nicht. Aber er machte das Beste daraus – für sich selbst.

„Was macht die Austauschschülerin überhaupt hier?", fragte Nover neugierig.

„Die soll beim Mixed-Futsal mitspielen", antwortete Sebastian achselzuckend.

„Ist das nur für die Dritte?", wollte Momo wissen. „Wir spielen das nämlich in der vierten nicht mehr."

„Keine Ahnung", brummte Sebastian. „Komm, gehen wir einkaufen. Ich brauche was für den Tag."

Nover grinste breit und flüsterte: „Oder holen wir uns unseren Fünf-Finger-Rabatt?"

Sebastian lachte, und Momo zuckte zustimmend mit den Schultern. Sie nahmen ihre Rucksäcke ab, öffneten sie einen Spalt und hielten sie locker in den Händen. So betraten sie den

Supermarkt. Sebastian steckte unterwegs ein paar Snacks in seinen Rucksack, während Momo und Nover sich Getränke und Süßigkeiten griffen.

„Ich kann nicht fassen, dass die hier immer noch keine elektronische Warensicherung haben", raunte Sebastian zu Nover, als sie an der Kühltheke vorbeigingen.

„Das ist unser Glück", erwiderte Nover grinsend.

Am Ausgang kauften sie nur die günstigsten Getränke und schafften es unbemerkt, mit gefüllten Rucksäcken den Supermarkt zu verlassen. Zufrieden schlenderten sie Richtung Schule, wo sie Ömer, Oliver und Kimberly vor dem Gebäude stehen sahen.

„Schau dir die an", murmelte Nover, während er verächtlich das Gesicht verzog. Momo lachte nur, und sie gingen wortlos an der Gruppe vorbei.

Ömer erzählte gerade, dass seine Mutter ihn dazu drängte, einen Samstagsjob zu suchen. Er machte keinen Hehl daraus, wie wenig begeistert er war. „Das gefällt mir gar nicht", klagte er und zog eine Grimasse.

„Warum nicht?", fragte Oliver mit einem Schulterzucken. „Seiner Familie finanziell beizustehen, ist doch in Ordnung."

Kimberly nickte. „Da hat er recht, Ömer. Ich helfe meiner Mutter auch jeden Samstag in ihrer Arbeit. Sie hat sich selbstständig gemacht, und jede Unterstützung zählt."

Ömer seufzte. Das war nicht die Antwort, die er hören wollte. Bevor er etwas erwidern konnte, sah er Sara auf sie zukommen. Sie sprang ihm übermütig entgegen und strahlte ihn an.

„Hi, Ömer!", rief sie fröhlich und gab ihm einen Kuss auf den Mund. Seine Laune hellte sich augenblicklich auf, und ein warmes Kribbeln durchlief ihn.

„Hi", sagte er, leicht verlegen, aber glücklich.

Sara begrüßte Kimberly und Oliver mit einer herzlichen Umarmung, dann drehte sie sich wieder zu Ömer. Beide platzten fast gleichzeitig heraus: „Ich muss dir was erzählen!"

Ömer lachte. „Fang du an."

Sara begann aufgeregt: „Ich habe gestern Bewerbungen für einen Samstagsjob abgeschickt! Ich suche mir was im Supermarkt. Es fühlt sich so gut an, etwas zu tun, um eigenes Geld zu verdienen!"

Ömer lief augenblicklich rot an, und Kimberly und Oliver brachen in schallendes Gelächter aus.

„Was ist denn los?", fragte Sara irritiert und sah Ömer fragend an.

„Ach, nichts", sagte Kimberly grinsend. „Ömer hat gerade die letzten zwanzig Minuten darüber gejammert, wie unfair es ist, dass er sich einen Samstagsjob suchen soll."

Sara warf ihm einen verständnislosen Blick zu. „Oh, Ömer", sagte sie leise.

Er starrte beschämt auf den Boden.

Nach einem Moment fasste Sara einen Vorschlag: „Weißt du was? Vielleicht suchen wir uns einfach gemeinsam einen Samstagsjob! Das wäre bestimmt lustig."

„Das klingt gut", sagte Ömer, und ein schüchternes Lächeln breitete sich auf seinem Gesicht aus. „Mit dir würde ich gerne arbeiten."

Kimberly schaute auf ihre Uhr. „Wir müssen rein", mahnte sie. „Es ist kurz vor acht."

Sie verabschiedeten sich von Sara, deren Klasse in einem anderen Teil der Schule lag. Ömer fühlte sich plötzlich viel besser. Mit Sara zusammen arbeiten? Das könnte vielleicht sogar Spaß machen.

Frau Professor Kurz klopfte energisch mit ihrem Stift auf den Tisch, als die letzte Schülerin ihren Platz einnahm. „Setzen, bitte", sagte sie in scharfem Ton. Die Klasse gehorchte augenblicklich. Die Atmosphäre in der 3BHBMT war anders als in der 3AFMB – strenger, disziplinierter. Das lag nicht nur daran, dass in dieser Klasse mehr Mädchen waren, sondern vor allem an Professor Kurz selbst. Mit ihrer strikten Art führte sie die Klasse mit eiserner Hand.

„Heute", begann sie mit fester Stimme, „haben wir einen besonderen Programmpunkt. In etwa 30 Minuten wird eine Mitarbeiterin der Arbeiterkammer eintreffen. Sie wird mit euch über das Thema Pflichtpraktikum, Samstagsjob sowie eure Rechte und Pflichten sprechen."

Die Schüler schrieben sich Notizen oder lehnten sich still zurück, als Professor Kurz fortfuhr: „Das ist ein wichtiges Thema, und ich erwarte von jedem von euch volle Aufmerksamkeit. Nutzt die Gelegenheit, eure Fragen zu stellen, damit ihr vorbereitet seid – sowohl für das Praktikum als auch für eventuelle Nebenjobs."

Sara, die neben Bibi saß, stupste ihre Freundin leicht an und flüsterte: „Das trifft sich gut, ich habe mich gestern für einen Samstagsjob beworben."

Professor Kurz zog die Augenbrauen hoch und richtete einen scharfen Blick auf Sara und Bibi. „Gibt es etwas, das ihr der Klasse mitteilen möchtet?", fragte sie mit ihrer unverkennbar strengen Stimme.

Sara lief rot an, zögerte kurz und räusperte sich dann. „Ähm, ich habe mich gestern für einen Samstagsjob beworben, und ich glaube, der Workshop passt gut dazu."

Die Professorin nickte, aber ihr Gesicht blieb ernst. „Das ist ein sinnvoller Schritt. Aber ich erinnere daran, dass Unterhaltungen während des Unterrichts unhöflich sind."

Dario, der in der letzten Reihe saß, hob seine Hand. „Müssen wir eigentlich alle ein Pflichtpraktikum im Sommer machen?"

Professor Kurz schüttelte den Kopf. „Nein, nicht zwangsläufig. Ihr müsst bis zum Ende der vierten Klasse acht Wochen Praktikum nachweisen. Wann ihr das macht, ist euch überlassen. Manche entscheiden sich dafür, es auf mehrere Ferien zu verteilen, andere absolvieren es in einem Stück. Näheres erfahrt ihr im Workshop."

Kaum hatte sie das gesagt, klopfte es an der Tür. Eine Frau mit einem freundlichen Lächeln und einem Laptop unter dem Arm trat ein. „Ist das hier die 3BHBMT?", fragte sie höflich.

„Ja, kommen sie herein", antwortete Professor Kurz, räumte ihren Schreibtisch frei und deutete auf den Platz am Lehrerpult.

Die Klasse war gespannt. Selbst Sara, die normalerweise schnell abgelenkt war, wollte aufmerksam zuhören, denn dieser Workshop war genau das, was sie brauchte.

Frau Professor Kurz klopfte mit einem Stift energisch auf den Tisch, um die Aufmerksamkeit der Klasse zu gewinnen. Die Schüler verstummten augenblicklich, und sie nickte der Referentin zu. „Bitte sehr, Frau Ayslan. Die Klasse gehört ihnen."

Die Frau, die soeben eingetreten war, trat mit einem warmen Lächeln an das Pult und stellte sich vor: „Guten Morgen. Ich bin Melek Ayslan von der Arbeiterkammer, und ich freue mich, heute hier zu sein. Unser Thema ist ‚Pflichtpraktika und Samstagsjobs: Eure Rechte und Pflichten' – etwas, das euch sicher alle betrifft."

Sie holte ihren Laptop aus ihrer Tasche, schloss ihn an den Beamer an und warf einen prüfenden Blick auf die Leinwand, auf der der Titel ihrer Präsentation erschien. Während sie sprach, bewegte sie sich ruhig und selbstbewusst, ihre Stimme war klar und wohlklingend, und sie schien genau zu wissen, wie sie die Aufmerksamkeit der Schüler aufrechterhalten konnte.

„Lasst uns zuerst darüber sprechen, warum dieses Thema so wichtig ist", begann sie, während sie sich mit beiden Händen leicht auf das Pult stützte. „Egal, ob ihr ein Pflichtpraktikum absolviert oder einen Samstagsjob annehmt – ihr solltet eure

Rechte kennen. Denn das schützt euch vor unfairem Umgang und sichert, dass ihr für eure Arbeit gerecht behandelt werdet." Sie ließ ihren Blick über die Klasse schweifen. „Wer von euch hat schon einen Samstagsjob oder überlegt, einen anzunehmen?"

Sara meldete sich eifrig und lächelte stolz. „Ich habe mich gestern für einen Samstagsjob in einem Supermarkt beworben."

„Das ist großartig, Sara", sagte Frau Ayslan mit einem ermutigenden Nicken. „Ein Samstagsjob kann nicht nur ein tolles Taschengeld bringen, sondern euch auch auf das Berufsleben vorbereiten. Aber es gibt einiges, das man wissen muss – besonders, wenn es um Arbeitszeiten, Bezahlung und Rechte geht."

Die Referentin klickte auf die nächste Folie, doch anstatt sie einfach abzulesen, erzählte sie frei. Sie erklärte, dass Pflichtpraktika in der HTL eine wichtige Rolle spielen, besonders im Bereich Maschinenbau. „Stellt euch vor", begann sie lebhaft, „ihr arbeitet in einem Unternehmen, das Maschinenteile herstellt. Dort werdet ihr in echte Arbeitsprozesse eingebunden. Es ist eine tolle Gelegenheit, um praktische Erfahrungen zu sammeln."

Während sie sprach, machte sie gelegentlich eine Pause, um Blickkontakt mit den Schülern aufzunehmen und sie einzubeziehen. „Das Praktikum muss mindestens acht Wochen dauern, und ihr könnt es auf mehrere Sommerferien verteilen. Wichtig ist, dass es bis zum Ende der vierten Klasse abgeschlossen ist." Sara lehnte sich nach vorne und nickte konzentriert.

Frau Ayslan ging auf die Rechte der Praktikanten ein und sprach dabei in einer Mischung aus Ernsthaftigkeit und Empathie: „Ihr habt Anspruch auf Pausen nach sechs Stunden Arbeit, und Überstunden müssen extra bezahlt werden. Im Maschinenbau liegt die Bezahlung oft höher als in anderen Branchen – manchmal zwischen 1.000 und 1.500 Euro brutto für acht Wochen. Das klingt gut, oder?"

Ein leises Murmeln ging durch die Klasse, und Dario hob die Hand. „Kann man das Praktikum auch während der Schulzeit machen?"

„Natürlich", antwortete sie und lächelte ihn an. „Wenn euer Stundenplan das erlaubt. Aber viele entscheiden sich für die Sommerferien, weil es dann leichter ist, die Wochen zusammenzubekommen."

Das Gespräch nahm Fahrt auf, als Frau Ayslan zum Thema Samstagsjobs überging. Sie beschrieb, wie wichtig es sei, die Einkommensgrenzen im Blick zu behalten. Sara meldete sich erneut. „Wie viel darf man denn verdienen, ohne dass die Familienbeihilfe gestrichen wird?"

„Gute Frage", sagte Frau Ayslan mit einem anerkennenden Nicken. „Die Grenze liegt bei 15.000 Euro brutto pro Jahr. Verdient ihr mehr, verliert eure Familie die Familienbeihilfe. Deshalb ist es wichtig, gut zu kalkulieren."

Während sie sprach, untermalte sie ihre Erklärungen mit praktischen Beispielen. „Stellt euch vor, ihr arbeitet jeden Samstag im Supermarkt für zehn Euro die Stunde. Bei acht

Stunden Arbeit und vier Samstagen im Monat kommt ihr auf 320 Euro im Monat. Aufs Jahr gerechnet wären das etwa 3.840 Euro brutto – also weit unter der Grenze."

Bibi meldete sich und fragte, ob man in den Ferien mehr arbeiten dürfe. „Ja", bestätigte Frau Ayslan, „solange ihr die 40-Stunden-Woche nicht überschreitet. Aber denkt daran, dass es wichtig ist, auch Zeit zum Ausruhen zu haben."

Die Präsentation endete mit einer Aufforderung, Fragen zu stellen. Sara hob die Hand und wollte wissen, was man tun könne, wenn ein Arbeitgeber die Regeln missachte. Frau Ayslan erklärte, dass sich Betroffene an die Arbeiterkammer wenden könnten, die in solchen Fällen unterstützt.

Am Ende applaudierte die Klasse höflich. Sara fühlte sich bestärkt und freute sich darauf, Ömer von all den hilfreichen Informationen zu erzählen. Es war ein gelungener Workshop, der nicht nur informativ, sondern auch motivierend gewesen war.

An diesem Tag trennten sich die Wege von Ömer und Sara bereits am frühen Morgen, da sie unterschiedliche Stundenpläne hatten. Für Ömer ergab es keinen Sinn, auf sie zu warten, und so war er allein unterwegs, mit einem Thema im Kopf, das ihn zunehmend belastete: Er musste sich einen Job suchen. Doch allein der Gedanke daran, ein Bewerbungs- oder Motivationsschreiben zu verfassen, brachte ihn auf die Palme. Was war überhaupt der Unterschied zwischen den beiden? Diese Frage ließ ihn nicht los, und er beschloss, Kimberly zu fragen – sie wusste schließlich immer alles.

Als die Schule endete, wartete Ömer in der Nähe des hinteren Schulausgangs auf Kimberly und Oliver, die noch etwas mit Professor Lehrner zu besprechen gehabt hatten. Es dauerte nicht lange, bis er die beiden durch die automatische Tür kommen sah. Wie immer hatte Kimberly sich bei Oliver eingehakt, während sie angeregt miteinander redeten.

„Hey, wisst ihr zufällig, wo sich Sara beworben hat?", fragte Ömer, kaum dass sie bei ihm ankamen. Er blickte hoffnungsvoll zwischen den beiden Hin und Her. Oliver zuckte nur mit den Schultern, doch Kimberly hob leicht den Kopf – ein Zeichen, dass sie, wie üblich, bestens informiert war.

„Also, ich bin mir nicht hundertprozentig sicher", begann sie und legte eine kleine Kunstpause ein, „aber ich habe vorhin auf der Mädchentoilette mitbekommen, dass sie sich beim Supermarkt hier in der Nähe beworben hat."

„Aha", sagte Ömer langsam, während er darüber nachdachte. „Dann werde ich es dort auch probieren."

Er blieb einen Moment nachdenklich stehen und fragte dann: „Kimmy, sag mal, was ist eigentlich der Unterschied zwischen einem Bewerbungsschreiben und einem Motivationsschreiben?"

Kimberly seufzte kurz und antwortete geduldig: „Ein Bewerbungsschreiben ist eher allgemein. Du schreibst, dass du dich für die Stelle interessierst und warum du dafür geeignet bist. Es ist wie ein erster Eindruck. Ein Motivationsschreiben geht mehr ins Detail – da erklärst du, warum du genau diese

Stelle willst und was dich daran motiviert. Es zeigt mehr von deiner Persönlichkeit und deinem Engagement."

„Phfff", machte Ömer abfällig und winkte mit der Hand ab. „Das klingt nach viel zu viel Arbeit. Ich probiere es ohne. Ich gehe jetzt einfach rüber und stelle mich persönlich vor. Das wird schon klappen."

Mit dieser lässigen Zuversicht verabschiedete er sich von Kimberly und Oliver, drehte sich um und marschierte los. Nach ein paar Schritten blieb er jedoch stehen, drehte sich nochmals um und rief den beiden zu: „Ich melde mich nachher und sage euch, ob es geklappt hat!"

Oliver und Kimberly blickten ihm mit einer Mischung aus Erstaunen und Belustigung hinterher. Schließlich brach Oliver in ein breites Grinsen aus. „Unfassbar, wie Ömer manchmal einfach macht, was ihm in den Sinn kommt."

Kimberly schüttelte den Kopf, konnte sich ein Lachen aber nicht verkneifen. „Ja, das ist typisch Ömer. Aber wer weiß, vielleicht klappt's ja wirklich. Er hat schließlich eine ganz eigene Art, Leute zu überzeugen."

Die beiden machten sich auf den Weg, noch immer amüsiert über Ömers unkonventionellen Ansatz, und fragten sich insgeheim, wie sein spontaner Plan wohl ausgehen würde.

Ömer wartete geduldig vor dem Ausgang des Supermarkts, bis ein Kunde herauskam und die automatische Tür für ihn öffnete. Schnell schlüpfte er hinein, bevor sie sich wieder schloss. Er wusste, dass das Büro der Marktleitung gleich neben den Kassen war, und steuerte direkt darauf zu. Sein

Herz schlug schneller, als er die mit einer Spiegelfolie verkleidete Tür erreichte. Er atmete tief durch und klopfte zaghaft an.

Die Tür öffnete sich nach wenigen Augenblicken, und eine Frau in mittlerem Alter stand vor ihm. Ihr Gesichtsausdruck wirkte leicht genervt, als sie ihn mit hochgezogenen Augenbrauen ansah. „Was möchtest du denn?", fragte sie knapp.

„Ähm … ich suche einen Samstagsjob", antwortete Ömer zögerlich und räusperte sich, um seine Stimme fester klingen zu lassen.

Die Frau musterte ihn von oben bis unten. „Hmm … und wo ist deine Bewerbung? Oder hast du vielleicht ein Motivationsschreiben oder einen Lebenslauf dabei?"

Ömer schüttelte den Kopf. „Ich bin Schüler. Ich habe noch nicht gearbeitet", erklärte er schnell, bevor sie weitermachen konnte.

„In welche Schule gehst du?", fragte sie mit einem Hauch mehr Interesse in der Stimme.

„In die HTL für Maschinenbau", sagte Ömer und straffte unwillkürlich die Schultern, als wolle er zeigen, dass er dafür qualifiziert war.

Die Frau betrachtete ihn erneut und nickte langsam. „Kräftig bist du ja", meinte sie schließlich. „Na gut. Ohne Bewerbungsschreiben oder Motivationsschreiben kann ich dich nur fürs Lager einteilen." Sie sprach schnell weiter, bevor Ömer überhaupt etwas sagen konnte. „Am Samstag kannst du anfangen. 15 Euro die Stunde. Geringfügig, also sechs Stunden pro Samstag. Passt das?"

Ömer war so überrascht, dass er nur nickte, doch die Frau wartete seine Antwort nicht einmal ab. Stattdessen hielt sie ihm ein Anmeldeformular hin und deutete auf einen Drehsessel im Büro. „Setz dich hier hin und füll das aus", sagte sie knapp, bevor sie selbst wieder an ihren Schreibtisch zurückkehrte.

Ömer setzte sich, nahm einen Stift und begann, das Formular sorgfältig auszufüllen. Er wollte keinen Fehler machen, denn dieser Job bedeutete, dass er seiner Mutter zeigen konnte, dass er es ernst meinte – auch wenn er sich insgeheim immer noch nicht sicher war, ob er wirklich arbeiten wollte.

Als er das Formular fertig ausgefüllt hatte, reichte er es der Frau. Sie nahm es, überflog die Angaben und lächelte dann zum ersten Mal. „Ömer heißt du? Schön", sagte sie, während sie das Formular ablegte. „Also, bis Samstag um sechs Uhr früh. Sei pünktlich. Wir verlassen uns auf dich."

„Ja, danke", stammelte Ömer, aber die Frau hatte bereits die Tür geschlossen. Er stand einen Moment verdattert da, dann breitete sich ein breites Grinsen auf seinem Gesicht aus. *Das ging ja fix,* dachte er, als er den Supermarkt verließ.

Er beschleunigte seine Schritte, denn er konnte es kaum erwarten, Sara von seinem Erfolg zu erzählen. Die Überraschung würde ihr sicher gefallen. Sein Lächeln wurde noch breiter, als er sich vorstellte, wie stolz sie auf ihn sein würde.

In der letzten Stunde des Schultages stand für die 1BHBMT das Fach GGP bei Professor Lehrner auf dem Programm. Das Thema war Globalisierung, ein breites Feld, das Professor Lehrner mit Begeisterung erklärte. Er sprach über die gesunkenen Transportkosten ab dem 20. Jahrhundert und die drastisch reduzierten Kommunikationskosten durch das Internet und günstige Telefontarife. „Ohne diese Entwicklungen", sagte er, während er durch die Klasse blickte, „wäre die Globalisierung, wie wir sie heute kennen, schlicht unmöglich."

Er verteilte Arbeitsblätter, auf denen verschiedene Aspekte der Globalisierung aufgeführt waren. „Arbeitet in Zweierteams", erklärte er. „Ihr könnt eure Handys benutzen, um die Antworten zu recherchieren. Aber denkt daran: Ich möchte fundierte Ergebnisse und keine Copy-Paste-Aktionen!"

Sara und Bibi saßen nebeneinander und begannen, die Aufgaben durchzugehen. Während sie suchten und diskutierten, lehnte sich Bibi plötzlich zu Sara und flüsterte: „Sag mal, hast du schon eine Antwort auf deine Bewerbung bekommen?"

Sara spürte, wie ihr Herz schneller schlug. „Ich weiß nicht", flüsterte sie zurück. „Meinst du, ich kann kurz auf meinen Webmail-Account schauen?"

Bibi grinste und zuckte mit den Schultern. „Klar, warum nicht? Professor Lehrner wird es bestimmt nicht merken, wenn du nur kurz schaust."

Sara öffnete hastig ihren Webmail-Account und tippte Benutzernamen und Passwort ein. Sie konnte kaum glauben, was sie sah: Da war eine Antwort vom Supermarkt, bei dem sie sich beworben hatte. Ihr Atem stockte, und sie fühlte sich plötzlich so aufgeregt, dass sie sich nicht traute, die E-Mail zu öffnen. Stattdessen schob sie das Handy zu Bibi.

„Du machst das", sagte Sara leise und versuchte, ihre Stimme ruhig zu halten, während sie Bibi ansah. Bibi grinste breit und öffnete die Nachricht. Ihr Gesicht erhellte sich, und sie sah Sara an. „Du hast den Job!", flüsterte sie begeistert.

„Echt jetzt?", Sara konnte es kaum fassen.

„Ja", bestätigte Bibi. „Und pass auf: Die Filialleiterin war so von deiner Bewerbung begeistert, dass du direkt in die Feinkost kommst. Keine Kisten schleppen, keine Regale einräumen. Feinkost, Sara! Das ist superchillig. Du sollst am Samstag um 7.00 Uhr mit deiner E-Card im Markt sein."

Sara fühlte sich, als würde sie gleich platzen vor Freude. Sie biss sich auf die Lippe, um nicht laut zu jubeln, und sah Bibi an. „Feinkost? Kein Schleppen?"

Bibi nickte eifrig. „Ich hab's doch gesagt: Du rockst das!"

Sara konnte kaum stillsitzen. Ein cooler Job und dazu in der Feinkost – das war besser, als sie es sich vorgestellt hatte. Jetzt musste sie nur noch Ömer auch dort unterbringen. Ein Samstagsjob zusammen mit ihm wäre einfach perfekt. Vielleicht konnte sie für Oliver auch etwas checken, aber das war erst einmal zweitrangig. Ömer war wichtiger – und sie würde dafür sorgen, dass es klappte.

Professor Lehrner entließ die Klasse ein paar Minuten früher als üblich. Sara, Bibi und Dario schnappten sich ihre Schulunterlagen und verstauten sie in den Spinden, bevor sie sich gemeinsam auf den Weg durch die Aula in Richtung Ausgang machten. Während sie plauderten, fiel Saras Blick auf Ömer, der auf einem der Sofas saß, die entlang der Wand aufgestellt waren. Er war völlig in sein Handy vertieft und bemerkte sie nicht.

Ein schelmisches Lächeln huschte über Saras Gesicht. „Wartet kurz", flüsterte sie Bibi und Dario zu und schlich sich leise hinter die Couch, auf der Ömer saß. Sie hob ihre Hände und legte sie sanft über seine Augen, sodass er nichts mehr sehen konnte.

„Heh, Sara, was machst du?", rief Ömer überrascht, während er hoch blinzelte. Sara ließ ihre Hände fallen, doch bevor sie sich zurückziehen konnte, griff Ömer ihre Handgelenke und zog sie sanft zu sich. Sie stolperte und fiel über die Rückenlehne der Couch – direkt auf seinen Schoß. Mit einem leichten Lachen drehte sie sich so, dass sie bequem saß, und sah ihm tief in die Augen.

„Ömer, ich muss dir etwas Tolles erzählen", begann sie, ihre Stimme vor Aufregung vibrierend. „Ich habe den Job im Supermarkt hier in der Nähe bekommen! Jetzt muss ich dich nur noch auch dort reinbringen."

Ömer grinste breit und lehnte sich zurück. „Schon erledigt", verkündete er triumphierend. „Ich habe mich heute vorgestellt. Ich bin im Lager."

„Echt jetzt?!", Saras Augen weiteten sich, und sie klatschte begeistert in die Hände. „Das ist ja der Hammer! Und was machst du genau?"

„Im Lager eben. Kisten schleppen, Waren sortieren, sowas halt. Und du?", fragte er neugierig.

„Ich bin in der Feinkost!" Sara konnte ihre Freude kaum verbergen. „Das ist so cool. Ich kann dir immer Käsesemmeln bringen."

„Und ich dir Getränke", erwiderte Ömer mit einem breiten Grinsen.

Die beiden lachten und schauten sich einen Moment schweigend an. Ömer war es egal, dass Saras Job vielleicht „besser" klang als seiner. Für ihn zählte nur, dass sie zusammen arbeiteten – und zusammen waren. Das machte alles einfacher, und irgendwie auch schöner.

„Weißt du", sagte Ömer schließlich, „ich habe zwar noch keine Ahnung, wie das mit der Arbeit wird, aber ich weiß jetzt schon, dass es gut wird – weil du da bist." Saras Herz machte einen kleinen Hüpfer, und sie spürte, wie sie ein warmes Gefühl durchströmte. Mit einem Lächeln lehnte sie sich leicht gegen ihn. *Ja*, dachte sie, *das wird gut.*

V

Der Wecker schrillte um 4:30 Uhr, doch Ömer war bereits wach. Es war das erste Mal, dass er vor dem Wecker aufgewacht war – naja, genau genommen hatte Sara ihm einen

Weckruf geschickt, und nur deshalb war er so früh aus dem Bett. Er grinste leicht, als er daran dachte, wie sie ihm fast befehlend gesagt hatte: „Schlaf ja nicht wieder ein!" Sie hatte eine Art, ihn auf die liebevollste Weise zu dirigieren, und er mochte das an ihr. Aber solche Kleinigkeiten wollte er sich jetzt nicht anmerken lassen.

Seine Mutter war anfangs stolz gewesen, als er erzählt hatte, dass er einen Samstagsjob gefunden hatte. Doch als er zugeben musste, dass er keine Bewerbung abgegeben und nichts dafür getan hatte, war die Stimmung schnell gekippt. „Ömer, sen tembel bir çocuksun![17]", hatte sie auf Türkisch geschimpft. Und sie hatte recht. Er hatte sich nicht bemüht, aber das Ergebnis zählte, oder? Und das Ergebnis war, dass er einen Job hatte.

Mit einem Sprung war er aus dem Bett und zog sich an. Erst jetzt fiel ihm ein, dass er überhaupt nicht wusste, was er anziehen sollte. Gab es Arbeitskleidung? Wahrscheinlich, sonst hätte die Filialleiterin etwas gesagt. „Wird schon passen", murmelte er sich selbst zu.

Was er den ganzen Tag tun würde, war ihm ein Rätsel. Kisten schleppen? Regale einräumen? Hoffentlich nichts allzu Stressiges. *Naja, was soll schon schiefgehen?*, dachte er und versuchte, sich selbst zu beruhigen. Draußen brach der Morgen langsam an, und die ersten Strahlen der aufgehenden Sonne fielen durch die Vorhänge. Er ging ins Bad, spritzte sich kaltes Wasser ins Gesicht und putzte gründlich die Zähne. Er

---

[17] Ömer, du bist ein fauler Junge!

erinnerte sich an die Zeiten, als er noch mit dieser Zahnpasta-App geputzt hatte, die ihm die Zeit vertreiben sollte. Jetzt war das überflüssig. Jetzt hatte er Sara. Und er wollte nie riskieren, mit schlechtem Atem von ihr geküsst zu werden. Wobei … warum war es eigentlich immer sie, die den ersten Schritt machte? Sollte er nicht öfter die Initiative ergreifen? „Muss ich besser machen", murmelte er. Aber waren sie eigentlich offiziell zusammen? Irgendwie nicht so richtig. Oder doch?

Im Kühlschrank fand er Feta, Hummus und Oliven. Perfekt für eine schnelle Jause. Er zog ein Fladenbrot aus der Brotlade und wickelte die Zutaten sorgfältig ein. Seine Mutter schlief noch, und er wollte sie nicht wecken. Sein Vater war längst auf dem Flughafen, wie an jedem Morgen. Ömer bewunderte ihn insgeheim. Von Yozgat nach Wien gekommen, ohne ein Wort Deutsch zu sprechen, und doch hatte er es geschafft, die Familie zu ernähren und immer für sie da zu sein. Sein Vater sprach mittlerweile gut Deutsch, ohne je einen Kurs besucht zu haben. *Der hat es echt drauf, dachte Ömer, „aber das Rollfeld ist nichts für mich."* Der Gedanke, bei jedem Wetter draußen zu arbeiten, machte ihn frösteln.

Leise zog er die Wohnungstür hinter sich zu, zog seine Schuhe an und warf einen Blick auf die Uhr. Kurz nach 5:00 Uhr. Wenn er den ersten Bus erwischen wollte, musste er sich beeilen. Er rannte die letzten Meter zur Haltestelle, gerade rechtzeitig, um in den fast leeren Bus zu springen. So leer hatte er einen Bus noch nie gesehen. „Cringe", murmelte er und setzte sich ans Fenster.

Um 5:45 Uhr stand Ömer schließlich vor dem Lagereingang des Supermarktes. Sein Herz pochte ein bisschen schneller als gewöhnlich, eine Mischung aus Aufregung und Nervosität. Aber er war auch zuversichtlich. Er würde das hinkriegen. Und mit Sara in der Nähe konnte sowieso nichts schiefgehen.

„Guten Morgen, Ömer", begrüßte ihn die Filialleiterin mit einem warmen Lächeln. Sie wartete bereits vor dem Eingang und streckte ihm die Hand entgegen. „Ich heiße übrigens Melina."

Ömer nahm ihre Hand, ein wenig unsicher, aber fest entschlossen, einen positiven Eindruck zu hinterlassen. „Guten Morgen", erwiderte er höflich. „Ja, ich bin bereit."

„Perfekt", sagte Melina mit einem zufriedenen Nicken. „Dann lass uns gleich loslegen. Ich zeige dir, wie hier alles funktioniert." Sie drehte sich um und führte ihn durch die langen Gänge des Lagers, vorbei an stapelweise sortierten Kisten und Regalen, die bis unter die Decke reichten. Die Luft war erfüllt von einem Mix aus Pappkarton, Reinigungsmitteln und frischen Lebensmitteln.

Sie führte ihn schließlich zu einer schmalen Treppe, die in den Keller führte. „Hier unten befinden sich unsere Kühllager", erklärte sie und öffnete eine schwere Metalltür, die einen Hauch von kalter Luft entließ. „Das hier ist der zentrale Dreh- und Angelpunkt. Alles, was gekühlt werden muss – Obst, Gemüse, Fleisch – wird hier gelagert."

Ömer nickte aufmerksam, während er die großen Kühlhäuser betrachtete, die sich entlang der Wand reihten.

Melina zeigte auf kleine Terminals, die an den Eingängen der Kühlräume angebracht waren. „Das hier sind die Scanner. Jede Palette, die du in die Kühlung bringst, muss vorher gescannt werden. Das System speichert genau, wo sich welche Ware befindet. Es ist entscheidend, dass die Kühlkette nicht unterbrochen wird. Das heißt: direkt vom LKW hier runter und ins Kühlhaus."

„Verstanden", sagte Ömer ruhig, während er einen der Scanner genauer inspizierte.

Melina deutete auf eine Palette, die mit verschiedenen Etiketten versehen war. „Hier, schau dir das an. Jedes Etikett gibt dir wichtige Informationen. Dieses Symbol zeigt dir zum Beispiel, dass die Palette in den Kühlraum gehört." Sie wartete kurz, bis Ömer nickte. „Das ist einfach, oder?"

„Ja, macht Sinn", bestätigte er und merkte sich die Details.

„Gut, dann zeige ich dir jetzt den Lastenaufzug", sagte Melina und führte ihn zu einem klobigen Aufzug mit sichtbaren Dellen und Kratzern. Sie öffnete die beiden schweren Flügeltüren. „Das hier ist unser Lastenaufzug. Damit transportieren wir alles nach oben und unten. Wichtig: Die Türen müssen immer vollständig geschlossen sein, sonst fährt der Aufzug nicht. Und wenn du das mal vergisst, darfst du die Treppe nehmen, um die Türen zu schließen."

Ömer grinste verlegen. „Ich werde daran denken."

„Das hoffe ich", erwiderte Melina mit einem Augenzwinkern, während sie den Knopf für das Erdgeschoss drückte. Der Aufzug setzte sich mit einem leichten Ruckeln und einem Knarzen in Bewegung. „Du wirkst noch etwas still. Alles gut?"

„Ja, ich versuche mir einfach alles zu merken", antwortete Ömer ernst.

„Keine Sorge", sagte sie lachend. „Hier geht es nicht um Raketenwissenschaft. Außerdem bist du nicht allein. Wir haben drei erfahrene Lageristen: Daner, Hazem und Jusup. Mindestens zwei von ihnen sind immer in deiner Schicht. Sie zeigen dir, was zu tun ist."

Als der Aufzug im Erdgeschoss hielt, trat Melina aus und führte Ömer zu einem weiteren Bereich des Lagers. Dort warteten bereits zwei Männer, die in Arbeitskleidung zwischen Regalen standen. „Das sind Daner und Hazem", stellte Melina sie vor. „Jungs, das ist Ömer. Heute ist sein erster Tag."

Daner, ein stämmiger Mann mit einem verschmitzten Lächeln, streckte ihm die Hand entgegen. „Na, der Neue. Willkommen bei uns. Glaubst du, du bist bereit für echte Arbeit?"

Hazem, etwas schlanker, aber mit einem schelmischen Blick, fügte hinzu: „Oder bist du nur hier, um dir ein bisschen Taschengeld zu verdienen?"

Ömer erwiderte ihren Blick gelassen und schüttelte beiden die Hand. „Ich bin hier, um zu arbeiten."

„Na, wir werden sehen", meinte Daner, der ihn abschätzend musterte. „Aber ich sag's dir gleich, Schule und Arbeit passen nicht zusammen. Wir haben uns für Geld entschieden. Macht mehr Spaß."

Hazem lachte zustimmend. „Genau. Während du dich mit Hausaufgaben herumschlägst, machen wir echtes Geld."

Ömer blieb ruhig und zuckte mit den Schultern. „Vielleicht kriege ich ja beides hin."

Daner hob eine Augenbraue. „Na, wenigstens bist du nicht auf den Mund gefallen. Okay, Junge, dann fangen wir an." Er führte Ömer zu einer Palette mit Getränkekisten. „Das hier muss in die Getränkeabteilung im Verkaufsbereich. Sieh dir die Etiketten an – sie zeigen dir genau, wohin die Kisten gehören."

Hazem schob ihm einen Hubwagen zu. „Hier, versuch mal, die Palette anzuheben. Einfach den Hebel pumpen, bis die Palette vom Boden abhebt. Das schaffst du, oder?"

Ohne eine Antwort abzuwarten, griff Ömer nach dem Griff des Hubwagens, schob ihn unter die Palette und begann zu pumpen. Die Palette hob sich langsam, und er schob sie mit einiger Mühe zum Lastenaufzug. „Was jetzt?", fragte er.

„Barcode scannen", sagte Daner. „An der Wand ist ein Scanner."

Ömer hielt den Code unter den Scanner, bis ein grünes Licht aufleuchtete. „Okay, was kommt als Nächstes?", fragte er, ohne zu zögern.

Hazem lachte. „Der Junge meint es ernst. Gut, wir zeigen dir die Tiefkühlabteilung. Da wirst du heute noch öfter landen."

Die beiden Männer führten ihn weiter durch das Lager, erklärten ihm die Abläufe und machten dabei immer wieder kleine Seitenhiebe über Schule und Arbeit. Ömer ließ sich nicht provozieren und konzentrierte sich auf die Details. „Vielleicht habt ihr recht", sagte er schließlich, „aber für mich ist die Schule der Weg, den ich gehen will."

Daner sah ihn an, diesmal ohne Grinsen. „Na gut, Junge, vielleicht bist du anders. Mal sehen, wie du dich schlägst."

„Zeigt mir einfach, was noch zu tun ist", sagte Ömer. „Ich bin hier, um zu arbeiten."

Die beiden nickten anerkennend, und Hazem klopfte ihm auf die Schulter. „Na dann, willkommen im Team. Jetzt geht's richtig los."

Sara stand vor der Filialleiterin, die sie mit einem herzlichen Lächeln empfing. „Guten Morgen, ich heiße Melina", stellte sie sich vor und reichte Sara die Hand. Sara erwiderte den Händedruck mit einem strahlenden Lächeln. „Ich bin Sara", antwortete sie höflich.

„Hier sind wir alle per Du", fügte Melina hinzu, bevor sie fortfuhr: „Deine Bewerbung hat mich wirklich beeindruckt. Wir Mädels müssen schließlich zusammenhalten." Ihre Worte hatten einen freundschaftlichen Ton, und Sara fühlte sich sofort wohl. „Deshalb habe ich dich für die Feinkosttheke eingeteilt. Du wirst dort gemeinsam mit Ivana arbeiten."

Sara nickte dankbar. „Vielen Dank, ich freue mich schon."

„Bevor du startest, gibt es noch etwas Papierkram. Hast du deine E-Card und vielleicht eine Bankkarte dabei?" Sara kramte in ihrer Tasche und reichte Melina die gewünschten Dokumente. „Perfekt", sagte Melina, während sie begann, ein Formular auszufüllen. „Welche Kleidergröße hast du? XS oder 34?"

„Ja, das passt beides", bestätigte Sara.

Melina öffnete einen Metallschrank und holte eine Uniform heraus: eine dunkelblaue Jeans, eine blau-weiß gestreifte Bluse und eine dazugehörige Schürze. „Hier, zieh das bitte an. Ich zeige dir die Umkleideräume."

Sara folgte Melina, die mit schnellen Schritten durch den Verkaufsraum eilte. Sie wirkte geschäftig und voller Energie. „Das hier ist die Umkleide", sagte Melina, als sie eine Tür öffnete. „Gleich daneben ist der Aufenthaltsraum, wo alle ihre Pausen machen."

„Alle Mitarbeiter?", fragte Sara und hoffte, Ömer dort zu treffen.

Melina hielt inne und überlegte kurz. „Eigentlich nicht alle. Die Lageristen machen ihre Pausen unten im Lager. Sie kommen so gut wie nie hier hoch."

Sara nickte, auch wenn sie ein kleines bisschen enttäuscht war. Während sie sich umzog, war im Tiefkühllager unter ihr allerdings gerade Chaos ausgebrochen.

Ömer spürte es sofort: Etwas stimmte nicht. Die Luft im Tiefkühler fühlte sich merkwürdig lau an, fast so, als hätte jemand die Temperatur absichtlich hochgedreht. Für einen Raum, der auf -18°C eingestellt sein sollte, war die aktuelle Temperatur von knapp -3°C viel zu warm.

„Hier stimmt was nicht", sagte Ömer, während er mit zusammengezogenen Augenbrauen die kühle, aber keineswegs frostige Luft einatmete.

Hazem, der gerade eine Palette mit Sandwiches umstellte, hielt inne und warf ihm einen skeptischen Blick zu. „Hast du die Tür offen gelassen?", fragte er und schüttelte missbilligend den Kopf.

„Natürlich nicht!", entgegnete Ömer und ging zurück zur Tür, um sie zu überprüfen. Alles war ordnungsgemäß verschlossen. Dennoch stieg die Temperatur weiterhin unaufhaltsam an.

Daner trat hinzu, und seine Miene verdüsterte sich, als er die roten Zahlen auf dem Temperaturanzeiger bemerkte. „Das ist gar nicht gut", murmelte er. „Wenn das so weitergeht, können wir die gesamte Ware abschreiben. Obst, Gemüse, Fleisch – alles wird hinüber sein."

Hazem stieß ein genervtes Seufzen aus. „Es ist Samstag. Bis der Notdienst kommt, können wir das alles direkt wegwerfen."

Eine bedrückte Stille legte sich über den Raum. Das Brummen der Kühlaggregate klang plötzlich wie ein schwaches Wimmern in der drückenden Stille. Ömer schaute sich um, seine Gedanken rasten. Schließlich straffte er die Schultern. Wenn niemand etwas unternahm, würde die Situation nur schlimmer werden.

„Gebt mir eine Daunenjacke und eine Haube", sagte er entschlossen. „Ich gehe rein und finde heraus, was los ist."

Hazem starrte ihn an, als hätte er den Verstand verloren. „Du willst da rein? Es ist immer noch eiskalt! Was willst du denn machen, Schülerchen? Einen Zauberstab schwingen?"

Ömer erwiderte den Blick mit einem schiefen Lächeln, während er die Jacke anzog, die ihm Hazem gereicht hatte. „Manchmal reicht ein bisschen Köpfchen aus."

Mit einem dumpfen Klacken öffnete er die schwere Kühltür und trat ein. Die kalte Luft biss in sein Gesicht, doch er ignorierte es. Seine Augen suchten die Kühlaggregate ab, während der Frost an seinen Haarspitzen kondensierte. Dann entdeckte er es: Der Verdampfer war vollständig vereist. Eine dicke Eisschicht blockierte den Luftstrom, wodurch die Kühlleistung des Systems drastisch gesunken war.

„Da haben wir's", murmelte er zu sich selbst, bevor er wieder hinausging, um Daner und Hazem zu berichten.

„Der Verdampfer ist vereist", erklärte er, während er seine eiskalten Hände aneinander rieb.

„Und was heißt das jetzt?", fragte Hazem ungeduldig, die Verzweiflung in seiner Stimme war unverkennbar.

„Es heißt, dass wir handeln müssen – und zwar sofort", antwortete Ömer mit Nachdruck. „Ich brauche heißes Wasser. Und jemand muss den Tiefkühler abschalten, damit ich das Eis entfernen kann."

Hazem und Daner tauschten einen ungläubigen Blick aus, doch sie hatten keine bessere Idee. Während Hazem losrannte, um heißes Wasser zu holen, schaltete Daner das Kühlsystem ab. Ömer zog die Jacke enger um sich und griff nach einem Handtuch.

Zurück im Tiefkühler begann er, das heiße Wasser vorsichtig über die vereiste Eisschicht zu gießen. Das Eis knisterte und knackte, während es langsam zu schmelzen begann. Mit jedem

Tropfen schob sich die Temperatur wieder in den Normalbereich. Der Ventilator, der zuvor durch die Vereisung blockiert war, begann wieder zu drehen, ein beruhigendes Brummen erfüllte den Raum.

Schließlich trat Ömer aus dem Tiefkühler, die Finger taub vor Kälte, aber ein stolzes Lächeln auf den Lippen. „Das war's. Ihr könnt den Tiefkühler wieder anstellen."

Daner drückte den Schalter, und ein sanftes Surren bestätigte, dass das System wieder funktionierte. Die Temperaturanzeige begann langsam zu sinken, und die Gefahr war vorerst gebannt.

Hazem stieß einen tiefen Seufzer der Erleichterung aus. „Du hast uns echt den Tag gerettet, Junge. Hätte nicht gedacht, dass Schule mal zu was nützlich ist."

Daner klopfte Ömer anerkennend auf die Schulter. „Das war stark. Du bist zwar nur ein Schüler, aber du hast gezeigt, dass du was drauf hast."

Ömer grinste schüchtern. „Manchmal reicht ein bisschen Wissen. Aber danke."

Während er die Kälte aus seinen Gliedern schüttelte, fühlte er sich innerlich warm. Er hatte das Problem gelöst und den Respekt seiner Kollegen gewonnen. Nun war er gespannt darauf, wie Saras erster Tag verlief ...

„Hi, ich bin Ivana", sagte die junge Frau mit einem freundlichen Lächeln, während sie Sara die Hand entgegenstreckte. „Freut mich, dich kennenzulernen."

„Ich bin Sara", erwiderte diese und erwiderte das Lächeln. „Ich soll dir ab heute jeden Samstag an der Feinkost-Theke helfen. Ich freue mich schon darauf, aber ich habe noch keine Ahnung, was mich genau erwartet."

Ivana zog sich eine Haube über die Haare und deutete auf die Theke hinter ihr, die sich mit einer Vielzahl von Käse, Wurst und frischen Delikatessen präsentierte. „Kein Problem, das bringe ich dir alles bei. Die Arbeit hier ist nicht schwer, aber man muss sorgfältig sein. Ich zeige dir jetzt Schritt für Schritt, was du wissen musst."

Sie führte Sara zu einer kleinen Ecke der Theke, in der sich mehrere Geräte und Utensilien befanden. „Als Erstes ist es wichtig, dass du die Hygieneregeln einhältst. Du musst immer die Hände waschen, bevor du die Theke betrittst, und die Handschuhe wechseln, wenn du mit rohen Lebensmitteln gearbeitet hast."

Sara nickte aufmerksam. Ivana fuhr fort: „Deine Hauptaufgabe wird es sein, die Kunden zu bedienen. Wenn jemand etwas möchte, fragst du nach der Menge, schneidest die Ware auf und wiegst sie ab. Das hier", sie zeigte auf die elektronische Waage, „ist die Waage. Du musst nur die richtige Artikelnummer eingeben, die auf dem Produkt oder der Liste steht, und das Gerät erledigt den Rest."

„Das klingt überschaubar", sagte Sara und betrachtete die Waage.

„Es ist wirklich nicht schwer", bestätigte Ivana. „Dann haben wir hier noch die Schneidemaschinen. Für Wurst, Käse und Fleisch gibt es unterschiedliche Einstellungen. Ich zeige dir später, wie du sie richtig benutzt. Am Anfang werde ich die Sachen für dich schneiden, bis du dich sicher fühlst."

„Danke, das ist echt nett von dir", sagte Sara, die ein bisschen erleichtert war.

Ivana zeigte auf eine kleine Ablage mit vorbereiteten Schalen. „Ein weiterer wichtiger Teil deiner Arbeit ist das Auffüllen der Theke. Die Schalen hier sind fertig vorbereitet, aber manchmal wirst du auch neue Portionen machen müssen. Dabei geht es darum, dass alles frisch aussieht und appetitlich präsentiert wird."

„Gibt es dafür bestimmte Vorgaben?", fragte Sara interessiert.

„Ja, aber die lernst du schnell. Zum Beispiel legen wir die frischen Sachen immer nach vorne und achten darauf, dass keine leeren Stellen in der Theke sind. Und ganz wichtig: Was abläuft oder nicht mehr frisch ist, muss raus."

Ivana führte Sara schließlich hinter die Theke, wo sie auf einen Bildschirm deutete. „Das hier ist das Kassensystem. Du gibst die Artikelnummer ein, wiegst die Ware ab, und der Preis wird automatisch berechnet. Dann druckst du das Etikett aus, klebst es auf die Tüte und reichst sie dem Kunden."

Sara nickte. „Das klingt machbar. Gibt es sonst noch etwas, worauf ich achten muss?"

„Oh ja", sagte Ivana mit einem Grinsen. „Sei immer freundlich zu den Kunden, auch wenn sie ungeduldig sind. Und wenn du mal nicht weiterweißt, ruf einfach nach mir. Ich bin immer in der Nähe."

Sara fühlte sich bereits sicherer. „Danke, Ivana. Ich glaube, das wird mir Spaß machen."

„Das wird es sicher", sagte Ivana ermutigend. „Und wenn du Fragen hast, frag einfach. Du machst das schon!"

Im Keller bei den Tiefkühlern war es schon später Vormittag, und die Arbeit forderte ihren Tribut. Ömer merkte, wie sein Magen knurrte und seine Kehle trocken wurde. Während er mit Hazem eine Palette abgepackter Sandwiches aus dem Obst- und Gemüsekühllager herauszog, fragte er beiläufig: „Sag mal, wie ist das eigentlich mit der Pause? Und kann man sich einfach, was aus dem Lager nehmen, wenn man Hunger hat?"

Hazem hielt kurz inne, schaute Ömer an und lachte. „Das habe ich an meinem ersten Tag auch gefragt", sagte er grinsend, bevor sein Ton ernster wurde. „Nein, das geht nicht. Die Waren hier sind alle abgezählt. Du kannst dir nicht einfach was nehmen, auch wenn es nur ein Sandwich ist. Die Kassen kontrollieren alles. Wenn du etwas willst, musst du es kaufen, zur Kasse gehen und den Kassenbon auf die Verpackung kleben. Sonst riskierst du Ärger. Verstanden?"

Ömer runzelte die Stirn. „Echt jetzt? Aber das ist doch voll umständlich. Es wäre doch viel einfacher, wenn wir einfach schnell was nehmen könnten, schließlich arbeiten wir hier."

Hazem schüttelte den Kopf. „Das magst du denken, aber es gibt hier null Toleranz, was das angeht. Melina macht regelmäßig Kontrollen, und die Rayonsleitung taucht auch mal unangekündigt auf."

„Rayonsleitung?", fragte Ömer neugierig. „Was ist das?"

„Ein Rayon ist sozusagen der Verantwortungsbereich eines Managers. Unsere Rayonsleiterin ist für mehrere Filialen zuständig. Sie schaut nach dem Rechten, überprüft die Zahlen und stellt sicher, dass alles reibungslos läuft. Wenn die hier auftaucht und sieht, dass etwas nicht passt, kannst du dir sicher sein, dass es Stress gibt."

„Okay, verstanden", sagte Ömer und nickte langsam, während er darüber nachdachte. „Aber irgendwie fühlt sich das trotzdem komisch an. Schließlich wird hier doch sowieso wie verrückt geklaut. Warum so streng mit den eigenen Mitarbeitern?"

Die Stimmung kippte. Hazem verzog das Gesicht und wurde plötzlich ernst. „Pass auf, was du sagst", sagte er, fast knurrend. „Weißt du, wer für diese Diebstähle zahlen muss? Wir! Wenn der Verlust über einen gewissen Prozentsatz steigt, wird das von unseren Prämien abgezogen oder schlimmstenfalls auf unsere Löhne umgelegt."

„Was?", rief Ömer überrascht. „Das ist doch unfair! Wir müssen also dafür zahlen, dass andere klauen?"

Hazem nickte bitter. „Ja, genau das. Das Unternehmen sagt, es soll uns motivieren, besser aufzupassen. Wenn wir jemanden erwischen und der Polizei übergeben, gibt es dafür zwar eine kleine Prämie, aber am Ende reicht das nie aus, um die Verluste auszugleichen."

„Und warum gibt es dann keine elektronische Warensicherung?", fragte Ömer entrüstet. „Das wäre doch viel effizienter."

„Zu teuer", antwortete Hazem resigniert. „Die Chefs sparen, wo sie können. Es ist für sie billiger, uns die Verantwortung aufzudrücken, als eine ordentliche Sicherung einzubauen."

„Und ein Detektiv?", hakte Ömer nach. „Das wäre doch auch eine Lösung."

„Detektive?" Hazem lachte bitter. „Die Zeiten sind vorbei. Heute haben fast alle Supermärkte elektronische Sicherungen. Detektive kosten auch zu viel, sagen sie. Wir sind hier also auf uns gestellt."

Ömer ballte die Fäuste. „Das ist doch wirklich ein Witz. Wir müssen dafür zahlen, dass die Chefs nichts investieren."

„Tja, so ist das hier", warf Daner ein, der gerade um die Ecke kam. „Und weißt du, was noch besser ist? Wir könnten viel mehr aufpassen, wenn wir nicht ständig unterbesetzt wären. Besonders an Schultagen wird hier geplündert. Es gibt Schüler, die kommen mit ihren Rucksäcken und räumen die Regale leer, während wir nicht mal hinterherkommen, die Kassen zu bedienen."

Ömer schaute betreten zu Boden. Er dachte an einige seiner Mitschüler, die sich vielleicht nicht viel aus Regeln machten. „Und warum sagt ihr das nicht Melina?", fragte er leise.

„Wir haben es versucht", sagte Hazem. „Aber was sollen wir machen? Wir können die Leute ja nicht durchsuchen, und solange die Chefs nichts ändern, bleibt es so. Am meisten wird übrigens während der Pausen geklaut. Schüler kommen rein, kaufen ein Getränk, und der halbe Rucksack ist voller Snacks."

Ömer überlegte kurz. „Was, wenn ich jemanden kenne, der helfen könnte? Jemanden, der aufpasst, zumindest an Samstagen?"

„Du meinst, jemanden einstellen?", fragte Daner skeptisch. „Das wird Melina nicht erlauben. Aber rede mit ihr, vielleicht fällt ihr was ein."

Daner nickte. „Rede auf jeden Fall mit ihr. Vielleicht kannst du ja was bewegen. Aber jetzt ist Zeit für eine Pause. Hast du was mitgebracht?"

Ömer schüttelte den Kopf. „Nein, aber ich bin nicht mehr hungrig. Ich gehe gleich zu Melina. Das hier muss geklärt werden."

Daner und Hazem sahen ihm nach, als er den Gang hinaufging. „Der Junge meint es wirklich ernst", murmelte Hazem. „Vielleicht schafft er es ja, was zu ändern."

„Melina", begann Ömer vorsichtig, während er vor der Tür zu Melinas Büro stand, „ich habe gerade mit Hazem und Daner über die Diebstähle bei uns im Supermarkt gesprochen."

Melina sah von den Papieren auf, die sie gerade sortierte, und schenkte ihm ein freundliches Lächeln. „Bei *uns*, ja?", fragte sie schmunzelnd. „Du fühlst dich ja schon wie ein Teil des Teams."

Ömer grinste verlegen. „Naja, ich arbeite hier ja jetzt. Aber ich finde das mit den Diebstählen echt unfair."

„Was genau meinst du?", fragte Melina und legte den Kugelschreiber zur Seite, bereit, ihm zuzuhören.

„Hazem hat gesagt, dass wir die Diebstähle von unserem Geld zahlen müssen, wenn sie über einen gewissen Prozentsatz steigen. Stimmt das wirklich?"

Melina seufzte und lehnte sich in ihrem Stuhl zurück. „Ja, das stimmt leider, Ömer. Das ist eine Vorgabe der Rayonleitung. Die wollen, dass wir Mitarbeiter sensibilisiert werden und besser darauf achten, dass nichts gestohlen wird. Glaub mir, ich finde das auch blöd. Aber da sind mir die Hände gebunden."

Ömer runzelte die Stirn. „Das ist trotzdem unfair. Die Kunden stehlen, und wir müssen dafür gerade stehen?"

Melina nickte ernst. „Das ist die Regel. Und ich verstehe deinen Frust, wirklich. Es ist nicht leicht, besonders für die neuen Mitarbeiter."

Ömer zögerte kurz, dann hob er den Kopf und sagte: „Melina, ich hätte da eine Idee."

„Bitte?", fragte sie neugierig.

„Ein Freund von mir ist Hobby-Detektiv", begann er vorsichtig. „Und er hat schon viele Fälle gelöst. Er sucht gerade einen Samstagsjob und ich dachte, vielleicht könnte er hier helfen. Er ist super unauffällig, aber aufmerksam, und er könnte in den Pausen hier sein, weil er, genau wie ich, in die HTL für Maschinenbau geht."

Melina hob eine Augenbraue. „Hobby-Detektiv? Klingt spannend. Und du glaubst, er wäre hier nützlich?"

„Ja", sagte Ömer mit Nachdruck. „Er könnte nicht nur Ladendiebe beobachten, sondern auch beim Einräumen der Regale helfen. Er heißt Oliver. Er ist echt gut in sowas."

Melina legte einen Finger an die Lippen und dachte nach. „Lass mich das durch den Kopf gehen", sagte sie schließlich. „Aber ich finde die Idee nicht schlecht. Wir könnten so jemanden wirklich gebrauchen. Bring ihn doch mal vorbei, vielleicht können wir reden."

Ömers Gesicht hellte sich auf. „Echt jetzt? Das wäre super!"

Melina lächelte wieder, dieses Mal mit einem Anflug von Respekt. „Übrigens, danke für den Tiefkühler. Daner hat mir erzählt, wie du das Problem gelöst hast. Du hast uns eine Menge Ärger erspart."

„Oh, ähm … das war nichts Besonderes", sagte Ömer bescheiden.

„Doch, das war es", entgegnete Melina mit einem anerkennenden Nicken. „Gute Arbeit, Ömer. Ich bin froh, dass wir dich im Team haben."

Mit diesen Worten fühlte sich Ömer ein kleines Stück größer. Während er das Büro verließ, nahm er sich fest vor, mit Oliver über die Idee zu sprechen – und Sara davon zu erzählen. Es schien, als könnte sein neuer Job mehr verändern, als er gedacht hatte.

Auf dem Weg zurück ins Lager kam Ömer an der Feinkosttheke vorbei und sah Sara, die gerade dabei war, einem Kunden 100 Gramm Emmentaler einzupacken. Er blieb kurz stehen, zwinkerte ihr zu und grinste breit. Ihre Wangen färbten sich leicht rot, und er musste unwillkürlich lächeln.

Wie süß sie in dieser blau-weiß gestreiften Uniform aussah, dachte er sich. Sara erwiderte sein Lächeln, ein flüchtiger Moment der Vertrautheit inmitten des hektischen Treibens im Supermarkt.

„Bitteschön", sagte Sara freundlich zur Kundin, die dankend den Käse annahm. Doch kaum hatte die Frau sich abgewandt, spürte Sara, wie ihr Herz plötzlich schneller schlug. Etwas am Gang mit den Spirituosen hatte ihre Aufmerksamkeit erregt.

Ein Mann stand dort, halb verdeckt durch das Regal. Von hinten konnte sie beobachten, wie er eine Flasche in seinen Rucksack gleiten ließ. *Den schnappe ich mir,* dachte sie sofort. Ihr Instinkt schaltete auf Alarmbereitschaft. Sie wollte die Theke verlassen und den Mann zur Rede stellen. Doch just in diesem Moment kam ein älterer Herr an die Theke, stellte sich vor sie und räusperte sich. „Junge Dame, könnten sie mir bitte 150 Gramm Schwarzwälder Schinken aufschneiden? Aber hauchdünn, ja?"

Sara warf einen schnellen, frustrierten Blick zu Ivana, die nirgendwo zu sehen war. „Natürlich, einen Moment bitte", murmelte sie widerwillig und zwang sich zu einem Lächeln, während ihre Hände eilig nach dem Schinken griffen. Sie bediente den Kunden so schnell wie möglich, doch als sie endlich wieder in Richtung Spirituosengang schaute, war der Mann verschwunden. Der Gang war leer. Das Regal, an dem er gestanden hatte, lag friedlich da, als wäre nichts gewesen.

Ein kalter Schauer lief ihr über den Rücken. Sie hatte nur die Silhouette des Mannes von hinten gesehen, aber irgendetwas an ihm war ihr unheimlich bekannt vorgekommen. Ihre Finger zitterten leicht, als sie das Messer zurücklegte. *Woher kenne ich diesen Mann?* fragte sie sich.

Ungewollt flammten in ihrem Kopf längst verdrängte Erinnerungen auf. Die Nacht im Ferienlager. Ein Lieferwagen im strömenden Regen. Die Entführung. Das Knallen der Türen. Die unheimliche Stille, als sie in einen dunklen Keller gesperrt wurde. Sie erinnerte sich an das Gefühl von Angst und Verzweiflung, an das Rufen, das niemand gehört hatte. Ihr Herzschlag beschleunigte sich. Der Polizist, der damals gekommen war, war genauso schnell wieder gegangen, ohne sie überhaupt zu befragen. Und Professor Lehner ... seine Warnung hallte noch immer in ihren Ohren. *„Ihr haltet euch da raus. Es wird alles geregelt. Das ist zu gefährlich!"*

Sara schloss für einen Moment die Augen und versuchte, ihre Atmung zu beruhigen. Das war Monate her. Es war vorbei. Sie wollte stark sein, für sich und für Ömer, der sie damals gerettet hatte. Er war immer ihr Held gewesen. Aber nun? War es möglich, dass der Mann von eben der Entführer war? Oder bildete sie sich das nur ein?

„Sara?" Ivana war zurückgekehrt und sah sie fragend an. „Alles okay bei dir? Du siehst blass aus."

Sara zuckte zusammen und zwang ein Lächeln auf ihre Lippen. „Ja ... ja, alles in Ordnung", log sie, während sie sich schnell durch die Haare strich und die Gedanken beiseite wischte. Es konnte doch nicht sein. Nicht hier, nicht jetzt. Vielleicht war es nur ein Zufall, vielleicht hatte sie sich getäuscht.

Doch während sie weiterarbeitete, blieb das unangenehme Gefühl in ihrem Magen. Sie konnte es nicht abschütteln. Und tief in ihrem Inneren wusste sie, dass irgendetwas nicht stimmte.

VI

„Du bist so ein Idiot", knurrte der Mann auf dem Beifahrersitz und warf dem Fahrer des schwarzen Porsche 911 einen finsteren Blick zu. Der Fahrer, ein Mann Mitte dreißig mit perfekt gestyltem Haar, zog nur lässig seine Sonnenbrille zurecht und ließ den Motor satt aufbrüllen, bevor er mit einer geübten Bewegung den Rückwärtsgang einlegte. „Entspann dich", sagte er gelassen, das Grinsen auf seinen Lippen so selbstzufrieden wie immer. „Was regst du dich auf? Es war nur ein kleiner Kick."

Der Beifahrer schlug mit der Faust auf das Armaturenbrett. „Ein Porsche und Ladendiebstahl? Ernsthaft? Du führst jetzt das Unternehmen, Mann! Die Nummer mit dem Kick kannst du dir nicht mehr leisten." Er klang verzweifelt, fast flehend. „Du bist nicht mehr der Programmierer, der im Hintergrund die Fäden zieht. Das hier ist jetzt dein Laden. Der Chef sitzt im Knast, und du hast alles übernommen. Du musst ein Vorbild sein! Was glaubst du, wie das endet, wenn du so weitermachst?"

Der Fahrer zuckte mit den Schultern und trat lässig aufs Gaspedal. Der Porsche schoss aus der Parklücke, und der

Beifahrer klammerte sich reflexartig an den Türgriff. „Vorbild? Für wen? Für euch?" Der Fahrer lachte trocken, ein kaltes Geräusch, das dem Beifahrer die Nackenhaare aufstellte. „Ich war jahrelang nur der Typ, der die Systeme programmiert hat. Jetzt bin ich der Chef. Ich habe alles im Griff. Aber ein bisschen Spaß zwischendurch brauche ich trotzdem. Das ist wie Öl im Getriebe, verstehst du? Sonst läuft das System nicht."

„Öl im Getriebe?", wiederholte der Beifahrer ungläubig und schüttelte den Kopf. „Das hier ist kein Spiel mehr. Du bist jetzt das Gesicht des Ganzen. Du kannst dir keine Fehler erlauben, sonst reißen sie dich auseinander – und uns gleich mit. Denk doch mal nach! Die Polizei braucht nur einen Funken, einen blöden Verdacht, und schon hängt dir der ganze Laden am Hals. Unsere Operation ist zu groß, zu wichtig, um wegen deines Egos zu scheitern."

Der Fahrer drehte grinsend den Kopf. „Zu groß, um zu scheitern? Genau das ist der Punkt. Niemand wird uns erwischen. Weißt du warum? Weil ich gut bin. Weil wir gut sind. Ladendiebstahl? Das ist nur ein kleines Spielchen. Ein Test, ob ich es immer noch drauf habe. Und weißt du was? Ich habe es drauf." Er zog triumphierend die Whiskeyflasche aus dem Rucksack, schwenkte sie leicht und fügte hinzu: „Nicht mal die Kleine an der Feinkosttheke hat geschnallt, was ich gemacht habe. Ein Kinderspiel."

„Das ist genau das Problem", zischte der Beifahrer. „Dein Größenwahn wird uns noch alles kosten. Hast du vergessen, wie viele Typen im Knast sitzen, weil sie dachten, sie wären unverwundbar? Der letzte Chef hat auch geglaubt, er hätte alles unter Kontrolle, und jetzt ..." Er brach ab und deutete mit einer Geste an, was er nicht aussprechen wollte. „Jetzt sitzt er hinter Gittern, und du bist der Nächste, wenn du so weitermachst."

Der Fahrer drehte gelassen die Lautstärke der Musik hoch, während er das Lenkrad mit einer Hand steuerte. „Ach, mach dir nicht ins Hemd. Weißt du, warum ich diesen Laden leite? Weil ich besser bin als der Typ vor mir. Ich kenne das System. Ich habe es programmiert. Jeder verdammte Server, jedes Konto, jedes einzelne Detail läuft durch meine Finger. Solange ich den Überblick behalte, kann mir niemand etwas anhaben."

Der Beifahrer warf ihm einen warnenden Blick zu. „Das mag ja sein. Aber wenn du dermaßen überziehst, wirst du wieder stolpern. Du hast Verantwortung, verdammt noch mal! Hör auf, dich wie ein Teenager auf einem Ego-Trip zu benehmen. Du kannst dir keine Unachtsamkeiten leisten."

„Und ich sage dir, ich mache keine Fehler", erwiderte der Fahrer, während er aufs Gas trat und den Porsche noch schneller beschleunigte. Der Motor heulte auf, und die Stadt verschwand als verschwommener Streifen im Rückspiegel. „Ich habe alles im Griff."

Der Beifahrer schwieg und ließ sich tiefer in den Sitz sinken, während sein Blick an der vorbeiziehenden Landschaft haftete. Die Stille im Wagen war drückend, gefüllt mit unausgesprochenen Sorgen, die sich wie ein Schatten über die glänzende Oberfläche des schwarzen Porsches legten. Er sah den Fahrer an, diesen Mann, der sich selbst so unverwundbar fühlte, und konnte nur den Kopf schütteln. *Es war nur eine*

Frage der Zeit, dachte er. Eines Tages würde er erkennen, dass er zu hoch gepokert hatte, dass sein Größenwahn ihnen allen das Genick brechen würde. Doch er sagte nichts. Was hätte er auch sagen sollen? Der Fahrer war niemand, der sich belehren ließ.

Der Programmierer, der nun plötzlich der Anführer war, hielt das Steuer fest umklammert. Er spürte die Skepsis seines Beifahrers wie ein Brennen in seinem Nacken. *Irgendwie hat er ja recht,* dachte er flüchtig, doch er schob den Gedanken trotzig beiseite. Er durfte keine Schwäche zeigen. Nicht jetzt. Nicht vor jemandem, der ihn vielleicht im falschen Moment infrage stellen würde. Klar, die Aktion im Ferienlager hätte ihm eine Lehre sein sollen. Doch statt daraus Konsequenzen zu ziehen, hatte er einfach weitergemacht. Die Welt schuldete ihm etwas. Er wollte zeigen, dass er kein Verlierer war. Und wenn er es der Welt nicht zeigen konnte, dann wenigstens sich selbst.

Er trat auf das Gaspedal, der Porsche schnurrte, als würde er seine inneren Zweifel verschlingen. Ein kranker Gedanke: ein Auto, das den Schmerz verschluckte, den er sich selbst nicht eingestand. Das Grollen des Motors beruhigte ihn. Ich habe es geschafft, redete er sich ein. Ein Wagen, um den ihn die meisten beneiden würden. Eine luxuriöse Dachgeschosswohnung mit Blick über ganz Wien. Die besten Clubs, die teuersten Drinks, Mädchen, die ihn anhimmelten.

Er, der Typ, der von den Lehrern der HTL einst belächelt wurde. „Du wirst es nie zu etwas bringen", hatten sie gesagt. Damals, als er einfach aufgehört hatte zu erscheinen. Er hatte nicht abgebrochen – sie hatten ihn hinausgeworfen, als seine

Fehlstunden zu einem unüberwindbaren Berg geworden waren. Aber das war unwichtig. Jetzt war er ein Gewinner.

Ein dünnes, selbstgefälliges Grinsen zog sich über sein Gesicht. Er war der Architekt dieses Imperiums. Er, der Programmierer. Er war derjenige, der ein komplettes Scam-Netzwerk aus dem Boden gestampft hatte. Niemand half ihm. Niemand zeigte ihm, wie man Server programmiert oder Offshore-Konten einrichtete, durch die Millionen wie ein reißender Fluss flossen. Niemand kam auf die Idee, indische Call-Center-Agents zu imitieren oder Software zu entwickeln, die aussah wie offizielle Fernwartungstools von Microsoft. Nein, das alles war sein Werk. Seine Hände. Sein Genie.

Doch der Erfolg hatte seinen Preis. Der Anführer vor ihm war gescheitert, als er im Ferienlager alles riskiert hatte. Der Koffer und der goldene USB-Stick – das waren ihre letzten großen Chancen. Der Typ war mit der Waffe in der Hand aus dem Hauptquartier gestürmt, hatte seinen Porsche Cayenne geschrottet und alles ins Chaos gestürzt. Der Programmierer hatte versucht, ihn zu stoppen. Kurz darauf sah er die Polizisten, die das Gelände stürmten. Doch er war vorbereitet. Er konnte das Mädchen entführen – diese eine kleine Garantie, die er gegen den Koffer tauschen wollte. Aber dann hatten die Gören ihm den Plan zerschossen. Noch immer biss er die Zähne zusammen, wenn er daran dachte.

„Wie hast du das eigentlich wieder so schnell aufgebaut?", fragte der Beifahrer plötzlich, seine Stimme gedämpft, fast ängstlich. „Die Polizei hat doch alles eingesackt."

Der Programmierer riss sich aus seinen Gedanken, sein Grinsen kehrte zurück. „Virtualisierung", sagte er überheblich, als sei das die einfachste Antwort der Welt. „Ich habe alle Server kopiert, die Maschinen als virtuelle Instanzen gesichert. Sie dachten, sie hätten uns alles genommen, aber mein System lebt weiter. Überall. Es läuft in der Cloud, verstehst du? Ich kann es sogar von meinem Handy aus kontrollieren." Er schielte zu seinem Beifahrer, der ihn ungläubig ansah.

„Von überall?", fragte der Beifahrer leise, beeindruckt, aber mit einem Funken Angst in der Stimme.

„Überall", wiederholte der Programmierer und zog das Wort genüsslich in die Länge. „Nichts kann uns aufhalten."

Mit hoher Geschwindigkeit raste der Porsche durch das verlassene Industrieviertel. Die Sonne stand tief am Himmel, warf lange Schatten auf die leerstehenden Hallen. Er hielt schließlich vor einem heruntergekommenen Fabrikgebäude und wandte sich zum Beifahrer. „Ich arbeite heute von zu Hause."

Der Beifahrer öffnete die Tür, warf ihm aber noch einen letzten, warnenden Blick zu. „Pass auf dich auf. Irgendwann fliegt dir alles um die Ohren."

Der Programmierer ließ ihn einfach stehen und raste davon. Er wollte zurück in seine Welt. Seine perfekte, glänzende Welt. Wenige Minuten später parkte er in der Tiefgarage seines Penthouses, nahm seinen Rucksack und fuhr mit dem Aufzug in den 37. Stock. Die Wohnung war still, modern, makellos. Durch die Glasfront lag Wien unter ihm, als gehörte ihm die Stadt. Er holte die Whiskeyflasche aus seinem Rucksack, öffnete sie langsam und goss sich ein Glas ein. Die goldene Flüssigkeit glitzerte im Licht der aufgehenden Sonne. „Auf mich", murmelte er und hob das Glas. Er lehnte sich an die Glasfront, blickte hinunter auf die Stadt und spürte, wie sich ein Gefühl von Macht und Triumph in seiner Brust ausbreitete.

Doch tief in seinem Inneren, verborgen hinter all der Arroganz und dem Luxus, nagte ein Gedanke an ihn: Warum dachte er immer wieder an die HTL? An die Professoren, die ihm prophezeit hatten, dass er scheitern würde? „Ihr könnt mich alle mal", zischte er in die Stille des Penthouses und schob den Gedanken zur Seite.

Er setzte sich an seinen edlen Schreibtisch aus dunklem Kumaru-Holz, klappte sein Microsoft-Surface auf und startete das Programm, das sein Imperium steuerte. Der Bildschirm leuchtete auf, und mit einem letzten Schluck aus seinem Glas griff er zum Telefon.

„Time to work", murmelte er und begann zu telefonieren. Die Welt gehört denen, die sie sich nehmen.

VII

„Und du weißt was zu tun ist?", fragte Melina Oliver, der in der großen Pause in den Supermarkt gekommen war und jetzt vor der Filialleiterin stand. „Ja", antwortete Oliver zuversichtlich. „Ich kann jede große Pause kommen und nach dem Rechten sehen. Und vor der Schule auch. Die meisten Diebstähle haben wir aber am Wochenende. Also nicht unbedingt die meisten, aber die kosten intensivsten. Unter der Woche werden meist nur günstige Sachen – oft nur Getränke oder Süßigkeiten gestohlen. Am Wochenende werden die teuren Sachen, wie Whiskey oder andere teure Produkte gestohlen. Ohne elektronische Warensicherung können wir wenig tun", antwortete Oliver. „Aber lassen sie mich nachdenken." Er knetete seine Unterlippe mit seinen Daumen. Das machte er immer, wenn er angestrengt nachdachte. „Wir könnten den Dieben eine Falle stellen", sagte er nachdenklich. „Wir könnten in die Schachteln der teuren Produkte vielleicht AirTags hineingeben und wenn die dann gestohlen werden, dann können wir die Diebe verfolgen. Was meinst du?", fragte er. „Das ist eine großartige Idee!" lächelte ihn Melina an. Gesagt getan. Wie schon auch vorher bei Ömer und Sara, überreichte Melanie Oliver das Anmeldeformular und Oliver füllte dieses sorgfältig aus. Nachdem er fertig war, retournierte er das Formular an Melina und diese erwiderte freudig: „Dann bis Samstag." Oliver nickte. Er war in Gedanken schon bei der neuen Aufgabe und überlegte, wie er die Diebstähle im Supermarkt auf ein Minimum reduzieren konnte.

Oliver betrat den Klassenraum und spürte sofort die Spannung in der Luft. „Du bist zu spät", sagte Professor Deutsch, seine Stimme ruhig, aber scharf, während er Oliver mit einem missbilligenden Blick ansah. Alle Augen waren auf ihn gerichtet, während Oliver die Worte nur mit einem leisen „Entschuldigung" quittierte und sich schnell an seinen Platz neben Ömer in der letzten Reihe setzte. Doch Professor Deutsch ließ nicht locker.

„Warum kommst du zu spät, Oliver?", fragte er, die Stirn in tiefe Falten gelegt.

Oliver zögerte kurz, bevor er antwortete: „Ich habe mich für einen Samstagsjob vorgestellt."

Ein Raunen ging durch die Klasse, während Professor Deutsch einen skeptischen Blick aufsetzte. „Während der Schulzeit?", fragte er, seine Stimme klang nun eindringlicher. „Deine Konzentration sollte auf die Schule und nicht auf einen Job gerichtet sein."

Oliver seufzte innerlich. „Ja", antwortete er, ein wenig genervt, was nicht unbemerkt blieb.

„Es gibt keinen Grund, genervt zu sein", erwiderte Professor Deutsch scharf.

„Nein", gab Oliver zurück, dieses Mal jedoch mit einem deutlicheren Ton der Gereiztheit in seiner Stimme.

Professor Deutsch verschränkte die Arme vor der Brust und sah ihn streng an. „Es reicht", sagte er schließlich mit Nachdruck. „Ich trage dich jetzt ins elektronische Klassenbuch ein."

Oliver zuckte nur teilnahmslos mit den Schultern, was die Unruhe in der Klasse nur verstärkte. Die Schüler tauschten überraschte Blicke, und ein leises Murmeln setzte ein. Eine Klassenbucheintragung war in den letzten zwei Jahren nicht vorgekommen – sie war beinahe so etwas wie ein Tabu geworden.

Das elektronische Klassenbuch, eine App, die für die Dokumentation von Anwesenheit, Lehrstoff und auch Fehlverhalten genutzt wurde, war für alle Schüler ein stets präsentes, stilles Mahnmal. Und jetzt würde Oliver darin stehen.

Kimberly, die in der ersten Reihe saß, warf ihm einen besorgten Blick zu, den Oliver mit einem schwachen Lächeln erwiderte. *Naja*, dachte er sich, *so schlimm ist eine Eintragung auch wieder nicht.* Erst ab drei Eintragungen drohten Konsequenzen – bis dahin war es nur ein Vermerk, nichts weiter. Aber trotzdem nagte etwas an ihm.

„Sind meine Bemühungen der letzten zwei Jahre etwa vergessen?", fragte er sich insgeheim. Er hatte nie zuvor ein Problem mit Professor Deutsch gehabt. Im Gegenteil, er hatte immer gedacht, dass sie ein gutes Verhältnis zueinander hätten.

Während Professor Deutsch die Eintragung vornahm, richtete Oliver seinen Blick starr auf die Tischplatte. Doch tief drinnen fühlte er sich unwohl. „Was wird er wohl schreiben?" fragte er sich. Es war lächerlich, aber der Gedanke ließ ihn nicht los.

Er nahm sich fest vor, am Ende des Schultages in der App nachzusehen, was über ihn vermerkt worden war. Schon jetzt juckte es ihn, das Handy zu zücken und die Eintragung sofort zu überprüfen. Aber er hielt sich zurück. *Ich will nicht noch mehr Ärger provozieren*, dachte er. Schließlich war Professor Deutsch nicht nur ihr Deutschlehrer, sondern auch der Sportlehrer und, als Koordinator der Schülerliga, verantwortlich für das Mixed-

Futsal-Team. Oliver wollte nicht riskieren, seinen Platz im Team zu verlieren – dafür war ihm das Fußballspielen viel zu wichtig.

Mit einem Seufzen lehnte er sich zurück und warf einen schnellen Blick zu Ömer, der ihm nur die Augen verdrehte, als wollte er sagen: „Das wird schon." Aber Oliver spürte, dass der Tag für ihn irgendwie einen schalen Beigeschmack bekommen hatte.

Mit dem Pausenläuten schnappte sich Ömer seine Tasche und machte sich zügig auf den Weg zur 3BHBMT. Er konnte es kaum erwarten, Sara zu sehen. In der Zwischenzeit suchte Kimberly Oliver, der noch an seinem Platz saß und gedankenverloren auf sein Handy starrte. Sie grinste und boxte ihm spielerisch in die Seite. „Na, du Revoluzzer, wie war das Vorstellungsgespräch?"

Oliver hob den Kopf und lächelte schief. „Es ist gut gelaufen", antwortete er knapp. „Ich habe den Job bekommen."

Kimberly nickte anerkennend. „Ich habe auch nichts anderes von dir erwartet."

Oliver richtete sich ein wenig auf. Es tat ihm gut, dieses Lob von Kimberly zu hören. „Danke", murmelte er, seine Augen kurz abgewandt. Sie war eine der wenigen, die ihn ernst nahmen, die ihn sahen. Seine Eltern hingegen interessierten sich nur für eines: gute Noten. Alles andere schien ihnen egal zu sein.

„Weißt du, was mich echt ärgert?", begann er plötzlich, seine Stimme war ein wenig lauter, seine Haltung angespannt.

Kimberly hob fragend die Augenbrauen. „Nein, was denn?"

„Die Professoren", antwortete Oliver und hob eine Hand, um seine Worte zu unterstreichen. „Es gibt keine einheitlichen Regeln. Bei dem einen Professor müssen wir pünktlich sein, bei einem anderen ist es egal. Manche tauchen kaum auf, manche lesen nur aus dem Buch vor, und dann gibt es welche, die einfach nicht vorbereitet sind. Aber wir – wir müssen immer vorbereitet sein." Seine Stimme nahm an Schärfe zu, und Kimberly bemerkte die Frustration, die hinter seinen Worten lag.

„Das klingt wirklich anstrengend", stimmte sie leise zu, doch Oliver war in Fahrt.

„Wir sollen uns jedes Jahr auf neue Professoren einstellen und dann genau das machen, was sie wollen. Es wird einfach erwartet, dass wir uns anpassen. Und wo bleibt unsere Zeit? Unsere Interessen? Ich meine, wir haben manchmal Schule von acht bis sechzehn Uhr, oder sogar noch länger, ohne eine echte Pause! Denk mal an die, die danach noch im Verein Fußball spielen – die kommen oft erst um acht Uhr abends nach Hause. Das kann doch nicht sein."

Kimberly nickte nachdenklich. Sie verstand, was er meinte, und obwohl sie selbst nicht in einem Verein war, hatte sie oft beobachtet, wie ausgelaugt ihre Klassenkameraden nach einem langen Tag wirkten.

„Es müsste einfach längere Pausen zwischen den Einheiten geben", fuhr Oliver fort. „Klar, dafür könnten wir länger in der

Schule bleiben, aber wenigstens hätten wir Zeit zum Durchatmen. Das ist doch nur fair."

„Du hast ganz recht", murmelte Kimberly, doch ihre leise Antwort wurde von Olivers anhaltendem Redeschwall fast übertönt.

„Und dann diese Ungerechtigkeit im Unterricht. Schau dir Mahdi an", sagte er plötzlich und wechselte das Thema. „Er ist erst ein paar Jahre hier und soll schon im Deutschunterricht mitkommen? Was machen wir da gerade?"

Kimberly war froh, etwas beitragen zu können. „Momentan lesen wir ‚Die Verwandlung' von Franz Kafka."

„Genau!", rief Oliver aus und schüttelte heftig den Kopf. „Kafka. Mahdi kommt aus Afghanistan, spricht Farsi als Erstsprache, und jetzt, nach nur vier Jahren in Österreich, soll er Kafka lesen. Und dann gibt es Professoren, die sich erdreisten zu sagen, dass er intellektuell nicht in der Lage sei, dem Unterricht zu folgen. Stell dir mal vor, wie es den Professoren gehen würde, wenn sie in Afghanistan unterrichten müssten. Glaubst du, die könnten in vier Jahren fließend Farsi?"

Kimberly wusste nicht, was sie darauf sagen sollte. Sie spürte, wie gerecht und gleichzeitig wie wütend Oliver war.

„Und dann", fügte er hinzu, seine Stimme gedämpfter, aber mit einem nachdenklichen Unterton, „finde ich es furchtbar, dass es keine Gesamtschule gibt. Wenn du Eltern hast, die sich um dich kümmern, dann ist alles okay. Aber wenn nicht? Dann bist du verloren. Das ist doch nicht fair."

Kimberly legte ihm eine Hand auf den Arm. „Du hast recht. Aber wir sind ja immerhin hier – in der Fußballklasse. In der höheren Schule gäbe es keine Fußballklasse."

Das brachte Oliver zum Schmunzeln. „Stimmt", sagte er und lehnte sich zurück. „Das ist ein Vorteil, den wir haben."

Kimberly erwiderte sein Lächeln. In dem Moment läutete es, und die Pause war vorbei. Oliver nahm sich vor, später noch mit Ömer über all das zu sprechen. Irgendwie fühlte er sich, als ob sie gemeinsam etwas verändern könnten – auch wenn es nur eine kleine Ecke dieser ungerechten Welt war.

Ömer verbrachte inzwischen jede freie Minute bei Sara. Für ihn war sie wie ein Magnet, dem er sich nicht entziehen konnte. Jedes Mal, wenn er sie sah, durchströmte ihn ein wohliges Kribbeln, das ihm ein breites Lächeln ins Gesicht zauberte. Die Welt schien sich nur um sie zu drehen, und er merkte nicht einmal, wie sich seine besten Freunde, Kimmy und Olli, immer mehr von ihm entfremdeten. Doch Sara hatte ein feineres Gespür für die Dynamik um sie herum. Sie war glücklich mit Ömer, ohne Zweifel. Aber tief in ihrem Inneren wuchs die Sorge, dass seine Freundschaften zu Kimberly und Oliver darunter leiden könnten.

Als Ömer sie wie immer mit einem sanften „Hallo" begrüßte und ihr einen zarten Kuss auf die Lippen hauchte, erwiderte sie ihn, doch ihre Augen waren nachdenklich. Ömer bemerkte es nicht. Für ihn war dieser Moment perfekt. Aber Sara zögerte kurz, bevor sie sagte: „Ömer, ich weiß, wie wichtig ich dir bin, aber ... solltest du nicht auch ein bisschen mehr Zeit mit

Kimberly und Oliver verbringen? Schließlich wart ihr wie die drei Musketiere. Einer für alle, alle für einen, weißt du?"

Ömer blinzelte verwirrt. Ihr Einwand traf ihn unerwartet. „Möchtest du mich nicht mehr sehen? Brauchst du Abstand?", fragte er leise, seine Stimme bebend vor Unsicherheit.

Sara legte ihre Hand sanft auf seine Wange und schüttelte lächelnd den Kopf. „Nein, natürlich nicht. Ich will dich nicht weniger sehen. Aber ich möchte nicht, dass du etwas Wichtiges verlierst. Eure Freundschaft ist doch auch ein Teil von dir."

Ömer atmete erleichtert auf. Doch innerlich tobte ein Sturm in ihm. Es gab etwas, das er Sara sagen musste, etwas, das ihn seit Tagen belastete. Sollte er es jetzt tun? Oder war es besser zu warten? Aber was würde Warten bringen? Also entschied er sich, es endlich anzusprechen.

„Du, Sara ... ich muss dir etwas beichten", begann er zögernd, während er verlegen auf den Boden schaute. „Nächste Woche sind ja die Herbstferien, und ... ich muss mit meiner Familie nach Yozgat."

Sara zog die Augenbrauen hoch. „Yozgat?", wiederholte sie nachdenklich, als wollte sie das Wort auf der Zunge schmecken. „Yozgat", sagte sie noch einmal, nun mit einem Hauch von Enttäuschung in der Stimme. „Mit deiner Familie? Musst du mitfahren?"

„Ja", murmelte Ömer, als ob er sich dafür entschuldigen müsste. „Papa braucht meine Hilfe, um das Haus winterfest zu machen. Wir müssen Holz hacken und einlagern."

Sara schaute ihn unverwandt an. Ihre Enttäuschung war spürbar. Sie hatte so viele Pläne mit Ömer für die Herbstferien geschmiedet, und jetzt das? „Seit wann weißt du das?", fragte sie, und ihre Stimme war schärfer als sie beabsichtigt hatte.

Ömer senkte den Blick. „Seit Schulanfang", gestand er schließlich leise. „Aber ich ... ich wusste nicht, wie ich es dir sagen sollte."

Sara starrte ihn ungläubig an. „Seit Schulanfang?" Sie machte eine Pause, rang nach Worten und fuhr dann fort: „Und hast du Melina schon gefragt, ob du freibekommen kannst? Oder hast du das auch vergessen?"

Ömer wurde rot vor Scham. „Nein ... ich ... ich habe noch nicht mit ihr gesprochen", gab er zu.

Das war zu viel für Sara. Ihre Enttäuschung verwandelte sich in Zorn. „Weißt du was, Ömer? Du kriegst echt nichts auf die Reihe!" Ihre Worte waren wie ein Schlag ins Gesicht. „Ich habe mich auf die Ferien mit dir gefreut. Ich habe gedacht, wir verbringen Zeit zusammen, planen etwas Schönes – aber du ... du schiebst alles vor dir her, bis es zu spät ist." Sie atmete tief durch, als kämpfte sie mit sich selbst, bevor sie hinzufügte: „Vielleicht solltest du mal darüber nachdenken, was dir wirklich wichtig ist. Wo deine Prioritäten liegen – oder besser gesagt, liegen sollten."

Sie drehte sich abrupt um und rauschte Richtung Mädchentoilette davon, ohne Ömer auch nur die Chance zu geben, etwas zu erwidern. Er blieb wie angewurzelt stehen, mit offenem Mund und einem Stich im Herzen.

Seine Gedanken wirbelten wild durcheinander. Wie hatte es so weit kommen können? Er wollte Sara glücklich machen, wollte für sie da sein – aber jetzt hatte er das Gefühl, alles falsch gemacht zu haben. Während sie außer Sichtweite verschwand, fühlte er sich kleiner denn je, als ob ihm die Welt unter den Füßen weggezogen worden wäre.

Ömer war ein einziges Chaos. Verzweiflung und Selbstvorwürfe wogten in ihm wie ein unruhiges Meer. Der Gedanke, Sara verletzt zu haben, schnürte ihm die Kehle zu. Er wollte mit niemandem reden, nicht mit seinen Eltern, nicht mit seinen Freunden – und schon gar nicht mit Sara. Was sollte er auch sagen? Wie sollte er erklären, warum er so gehandelt hatte, wie er es getan hatte? Er war sich sicher, dass sie ihn jetzt verachtete. Also blieb nur eins: sich verstecken.

Der Freestyle-Hangout war seine Zuflucht. Nicht unbedingt der perfekte Ort, aber hier konnte er für einen Moment so tun, als ob die Welt draußen nicht existierte. Als er den Garderobenraum betrat, überlegte er kurz, wie ironisch der Name „Freestyle" doch war. Früher hatten sie hier tatsächlich freestylemäßig herumgekickt, aber mittlerweile spielten sie nur noch Futsal. *Namen bedeuten nichts*, dachte er bitter, während sein Blick durch den Raum schweifte. Es war niemand da, wie erwartet. Das war gut. Er wollte keine neugierigen Blicke, keine Fragen.

Er blieb vor dem alten Spind stehen. Ein leichtes Lächeln huschte über sein Gesicht, als er ihn betrachtete. „Der Spind sieht immer noch genauso eklig aus", murmelte er. Der Spind war mehr als nur ein Abstellplatz für vergessene Schuhe und Trainingsjacken. Es war ihre Tür in eine andere Welt – oder zumindest in ihren geheimen Raum. Niemand ahnte, dass hinter der brüchigen Rückwand ein verborgener Vorraum lag.

Er murmelte die Zahlenkombination vor sich hin: „1-2-0-2-3", und der Spind öffnete sich mit einem leisen Klicken. Er schob die Rückwand zur Seite und schlüpfte schnell hindurch, darauf bedacht, keine Geräusche zu machen. Es war dunkel hier, so wie immer, aber das beruhigte ihn seltsamerweise. Vorsichtig schloss er die Spindtür hinter sich und setzte die Rückwand wieder ein. Niemand durfte ihren Zufluchtsort entdecken.

Mit tastenden Schritten ging er den dunklen Gang entlang, bis er vor der Tür mit den drei Schlössern stand. Jedes Schloss war mit einer anderen Kombination gesichert – sie hatten es so eingerichtet, um sicherzugehen, dass wirklich niemand unbefugt eintreten konnte. Er entfernte die Schlösser, eins nach dem anderen, und flüsterte leise: „İçinde.[18]" Die Tür öffnete sich mit einem sanften Knarzen, und Ömer trat ein.

Hier fühlte er sich sicher. Allein, ja, aber sicher. Er ließ sich schwer auf die Couch fallen und starrte an die Decke, während die Gedanken in seinem Kopf Karussell fuhren. Er hatte alles vermasselt. Sara vertraute ihm, und er hat dieses Vertrauen zerstört. Nicht absichtlich, niemals absichtlich, aber das machte es nicht besser. Sie hatte sich auf die Herbstferien gefreut, auf die gemeinsame Zeit mit ihm, und er hatte ihre Erwartungen enttäuscht.

---

[18] Herein auf Türkisch

Er biss sich auf die Lippe und ballte die Fäuste. Warum hatte er es nicht früher gesagt? Warum hatte er es vor sich hergeschoben, bis es zu spät war? Er wusste, warum. Weil er Angst hatte. Angst davor, dass sie enttäuscht wäre. Angst, dass sie ihn nicht verstehen würde. Angst, dass sie ihn nicht mehr wollte. Aber jetzt war es noch schlimmer geworden. Statt die Wahrheit zu sagen, hatte er sie verletzt. Ihre Augen, als sie sich von ihm abwandte – der Ausdruck darin würde ihn verfolgen.

Ömer fuhr sich mit den Händen durchs Haar. Er musste es irgendwie wiedergutmachen. Aber wie? Ein Gespräch? Ein Geschenk? Nein, das war nicht genug. Sie musste wissen, wie sehr es ihm leidtat. Wie sehr es ihn quälte, dass er ihr wehgetan hatte. Vielleicht … ein Brief?

Ja, ein Brief. Schreiben war nie seine Stärke gewesen, aber Worte hatten Gewicht, wenn sie von Herzen kamen. Er würde ihr alles erklären – seine Angst, seine Fehler, seine Schwächen. Sie sollte wissen, dass auch er, der unbesiegbare Ömer, manchmal überfordert war. Dass er Angst hatte, sie zu verlieren, und dass diese Angst ihn lähmte.

Er nahm ein altes Notizbuch und einen Stift zur Hand und begann zu schreiben. Jedes Wort wog schwer, und er wählte es mit Bedacht. Er wollte keine Entschuldigungen, sondern Ehrlichkeit. Doch während er schrieb, wurden seine Augenlider schwerer und schwerer. Die Gedanken in seinem Kopf begannen sich zu verwischen, bis sie schließlich verstummten. Mit dem Notizbuch in der Hand fiel er in einen traumlosen Schlaf, in der Hoffnung, dass ihm der Schlaf die Klarheit bringen würde, die er jetzt so dringend brauchte.

Sara suchte unruhig die Aula ab. Sie hatte sich fest vorgenommen, Ömer zu finden und sich bei ihm zu entschuldigen. Doch er war nirgends zu sehen. Besorgt wandte sie sich an Kimberly und Oliver, die gerade beim Mittagessen saßen. „Habt ihr Ömer gesehen?" Ihre Stimme klang angespannter, als sie wollte. Kimberly und Oliver tauschten einen kurzen Blick, bevor sie wie aus einem Mund fragten: „Nein, warum?"

„Ich war vorher etwas zu harsch zu ihm", gestand Sara und verschränkte die Arme vor ihrer Brust. „Das tut mir jetzt leid."

„Was hat er denn schon wieder angestellt?" Oliver rollte genervt mit den Augen. Sara zögerte kurz, bevor sie erklärte: „Er hat mir erst heute gesagt, dass er in den Herbstferien nach Yozgat muss, obwohl er das schon seit Schulanfang wusste. Ich habe mich so auf die gemeinsame Zeit mit ihm gefreut, und jetzt fühle ich mich … betrogen." Sie biss sich auf die Lippe, während ihre Worte nachhallten.

Oliver warf Kimberly einen schnellen Blick zu, als wollte er sich rückversichern, dass er weitersprechen sollte. Kimberly nickte. „Weißt du, Sara, Ömer wusste das wirklich schon lange. Aber er hat die letzten Wochen alles versucht, um seine Eltern zu überzeugen, dass er hierbleiben kann. Sein Vater war einfach nicht umzustimmen."

„Ja", ergänzte Kimberly, „er wollte wirklich nicht nach Yozgat. Schon gar nicht, wenn er wusste, wie sehr du dich auf die Ferien gefreut hast."

Sara ließ die Schultern sinken. Die Schuldgefühle krochen wieder in ihr hoch. „Ich war zu streng zu ihm", murmelte sie, „und jetzt finde ich ihn nicht mehr." Sie sah die beiden hoffnungsvoll an. „Er müsste jetzt Freistunden haben und normalerweise in der Aula sein, aber er ist nicht hier. Ich mache mir solche Sorgen."

Oliver grinste. „Mach dir keine Sorgen. Unkraut vergeht nicht. Ich glaube, ich weiß, wo er ist." Kimberly nickte zustimmend, als Oliver weitersprach: „Er ist bestimmt in unserem Freestyle-Hangout. Wobei, der Name passt eigentlich nicht mehr so richtig. Wir spielen ja schon ewig kein Freestyle mehr."

„Soll ich mitkommen, oder möchtest du alleine gehen?", fragte Oliver mit einem aufmunternden Grinsen. „Weißt du noch, wie du in den Hangout kommst?"

Sara nickte entschlossen. „Gib mir die Codes, und ich gehe alleine." Oliver holte sein Handy heraus, tippte die Spindnummer und die Kombination ein und schickte Sara eine Nachricht. „Viel Erfolg", sagte er mit einem Lächeln. „Und sag ihm, dass er sich sputen soll, damit er keine unnötigen Fehlstunden riskiert."

Sara bedankte sich knapp und machte sich auf den Weg.

Mit schnellen Schritten betrat Sara den Spindraum. Der Geruch von feuchtem Metall und altem Schweiß hing in der Luft. Sie ging zielstrebig auf den Spind mit der Nummer 460 zu, drehte das Zahlenschloss zur richtigen Kombination und öffnete die knarzende Tür. Ein Schauder lief ihr über den

Rücken, als sie die Rückwand entfernte und in den schmalen, dunklen Raum stieg. Sie schloss den Spind von innen, setzte die Rückwand wieder ein und tastete sich mit ihrem Smartphone-Licht den Gang entlang.

Die Dunkelheit wirkte bedrückend, doch Sara spürte, dass sie auf dem richtigen Weg war. Schließlich erreichte sie die Tür des geheimen Raumes. Die Schlösser fehlten. Ömer musste hier sein. Ihr Herz schlug schneller. Langsam öffnete sie die Tür und trat leise ein. Das schwache Licht ihres Handys fiel auf eine vertraute Gestalt. Ömer lag ausgestreckt auf der Couch, die Augen geschlossen. Seine Brust hob und senkte sich gleichmäßig.

Sara hielt den Atem an, als sie näher trat. Auf seiner Brust lag ein Notizheft. Zitternd griff sie danach, unfähig, ihre Neugier zu unterdrücken. Sie schlug die letzte Seite auf und las die Worte, die Ömer ihr geschrieben hatte:

Liebe Sara,

es tut mir so unendlich leid, dass ich dir nicht rechtzeitig gesagt habe, dass ich mit meiner Familie nach Yozgat fahren muss. Ich hatte solche Angst, dir die Wahrheit zu sagen, weil ich dich nicht verlieren will. Du bist mir so sehr ans Herz gewachsen, dass jeder Tag ohne dich sich anfühlt wie ein verlorener Tag. Ich wollte unbedingt hier bei dir in Wien bleiben, aber meine Eltern waren unerbittlich. Es tut mir leid, dass ich dich enttäuscht habe.

Ich habe dich lieb,

dein Ömer

Tränen stiegen Sara in die Augen. Ihr Herz wurde schwer und warm zugleich, als sie die Worte las. Ömer liebte sie. Er hatte Angst gehabt, und sie hatte ihn dafür verurteilt. Doch jetzt wurde ihr klar, wie viel sie ihm bedeutete – und wie viel er ihr bedeutete.

Sie legte das Notizheft vorsichtig zurück auf seine Brust. Ihre Hand zitterte. Für einen Moment betrachtete sie ihn, wie er schlief, friedlich und unbeschwert. Es war ein Anblick, der ihr Herz schneller schlagen ließ. Dann beugte sie sich vor, ihre Lippen berührten sanft seine, und sie flüsterte: „Ich habe dich auch lieb, Ömer."

Ömers Augenlider zuckten, dann öffneten sie sich langsam. Er blinzelte, brauchte einen Moment, um die Gestalt vor sich zu erkennen. „Sara?" Seine Stimme war rau vom Schlaf. „Du bist hier? Wie …?" Dann schüttelte er den Kopf. „Egal. Ich habe dich so lieb. Es tut mir so leid."

„Es ist längst vergessen", sagte Sara mit einem warmen Lächeln. „Es tut mir leid, dass ich so scharf zu dir war. Ich war enttäuscht, Ömer. Kannst du das verstehen?"

„Natürlich" Seine Stimme war voller Reue, als er sie in den Arm nahm. Sie spürte die Wärme seiner Umarmung und wollte diesen Moment für immer festhalten.

Nach einer Weile sagte Ömer leise: „Sollen wir zurück in den Unterricht gehen? Oder möchtest du noch hierbleiben?" Ein schelmisches Lächeln zog über sein Gesicht.

Sara lachte leise. „So schön es hier mit dir ist, Ömer – wir sollten wirklich keine unnötigen Fehlstunden riskieren."

Er grinste, nahm ihre Hand und zog sie sanft mit sich. Gemeinsam verschlossen sie den geheimen Raum und tasteten sich durch den dunklen Gang zurück. Als sie den Spind wieder schlossen und Händchen haltend den Raum verließen, fühlte sich die Welt ein bisschen heller und leichter an.

VIII

Der Raum war groß und kühl, fast steril, mit einem leichten Geruch nach abgestandener Luft, der durch die geschlossenen Fenster und die alte Klimaanlage herrührte. Die grauen Wände wirkten noch trostloser durch die blendenden Neonröhren, die an der Decke hingen und ein kaltes, emotionsloses Licht warfen. Ein schwerer Besprechungstisch aus dunklem Holz dominierte die Mitte des Raumes, umgeben von schwarzen Lederstühlen, die durch jahrelangen Gebrauch an den Armlehnen glänzten. In einer Ecke stand ein veralteter Aktenschrank, dessen Schubladen sich kaum mehr schließen ließen. Auf einem der Tische lag eine lose Sammlung von Papieren, Haftnotizen und Kabeln – die chaotische Handschrift des „Buchhalters".

Der Programmierer saß mit einer fast provozierenden Gelassenheit am Tisch, die Hände ineinander verschränkt und ein triumphierendes Lächeln auf den Lippen. Er war nicht der Typ Chef, der Respekt ausstrahlte – vielmehr war es seine latente Überheblichkeit, die andere in seiner Umgebung in eine Art Schachfigur verwandelte. Für ihn waren sie

Werkzeuge, nicht Menschen. Und das wusste der Buchhalter nur allzu gut.

Mit einem gezwungenen Lächeln nahm der Buchhalter sein Notebook und setzte sich ihm gegenüber an den Tisch. Schon allein die Nähe zu diesem Mann ließ ihn eine leichte Übelkeit verspüren, doch er versteckte sein Unbehagen hinter einem professionellen Gesichtsausdruck. Der Programmierer, der darauf bestand, immer noch „der Programmierer" genannt zu werden, obwohl er mittlerweile die Kontrolle über die gesamte Organisation übernommen hatte, strahlte eine Art von Kälte aus, die dem Buchhalter unangenehm war. Es war, als würde er ständig die Schwächen seines Gegenübers durchschauen – und genießen.

„Wie sieht es mit dem Callcenter in der Türkei aus?", fragte der Programmierer, ohne Umschweife, mit einem Hauch von Ungeduld in der Stimme. „Kommen die Dinge dort langsam in die Gänge? Wie lange soll das noch dauern, bis die endlich geschnallt haben, dass sie Geld verdienen müssen?"

Der Buchhalter zwang sich zu einem Lächeln, das ihm nicht leichtfiel. Er klappte sein Notebook auf und tippte die Zugangsdaten ein. „Ich denke, sie werden zufrieden sein", sagte er höflich, während er die Webcam aktivierte, die eine Live-Übertragung aus dem Callcenter in Yozgat zeigte. Auf dem Bildschirm erschien ein geschäftiger Raum, in dem Dutzende von Mitarbeitern dicht gedrängt an einfachen Holztischen saßen, die nur durch dünne Sperrholz-Trennwände voneinander abgetrennt waren. Das Summen der

Stimmen, das durch die Mikrofone übertragen wurde, war wie ein Meer aus künstlicher Betriebsamkeit.

Jeder Mitarbeiter trug ein Headset, telefonierte emsig und tippte gleichzeitig auf Tastaturen. Es war fast grotesk, wie fleißig sie wirkten – wenn man bedachte, woran sie tatsächlich arbeiteten. Viren wurden in die Computer von Nutzern geschleust, die in betrügerische Gewinnspiele gelockt worden waren. Sobald die Schadsoftware aktiviert wurde, erschien ein bedrohliches Pop-up mit der Information, dass der Computer gehackt worden sei, zusammen mit einer „Microsoft"-Hotline, die direkt ins Callcenter führte. Die „Mitarbeiter" boten scheinbar technische Hilfe an, installierten jedoch in Wahrheit Spionage-Software, mit der sie sensible Daten wie Online-Banking-Zugangsdaten ausspähten. Es war ein perfides System, perfekt durchdacht.

Der Programmierer lehnte sich zufrieden zurück und beobachtete das Geschehen auf dem Bildschirm. „Eine wahre Goldgrube", murmelte er fast andächtig, bevor er den Buchhalter ansah. „Wie sehen die Umsätze aus?"

„Diese Woche bereits über 200.000 Euro", antwortete der Buchhalter knapp. Er vermied es, den Programmierer direkt anzusehen. Irgendetwas an dessen Präsenz brachte ihn aus der Fassung.

„Und die Umleitung auf unser Konto in Delaware? Funktioniert das reibungslos?"

„Ja, das funktioniert", bestätigte der Buchhalter, bevor er sich traute, eine Frage zu stellen, die ihm schon länger auf der

Zunge lag. „Warum eigentlich Delaware und nicht die Virgin Islands, Liechtenstein oder die Schweiz?"

Der Programmierer grinste. Es war ein kaltes, überlegenes Grinsen, das den Buchhalter nervös machte. „Delaware ist ein Bundesstaat der USA. Es ist kein klassisches Steuerparadies, deshalb fällt es weniger auf. Und die USA geben niemals die Namen der Kontoinhaber preis. Perfekt, oder? Eine absolute Win-Win-Situation." Er lachte, ein dröhnendes, unangenehmes Lachen, das den Buchhalter unruhig auf seinem Stuhl rutschen ließ.

Der Programmierer verstummte abrupt. Das Lachen, das gerade noch die kühle Luft des Raumes erfüllte, verklang und hinterließ eine seltsame Stille. Sein Blick glitt ins Leere, und für einen Moment schien es, als wäre er nicht mehr im Besprechungsraum, sondern irgendwo weit weg. Seine Augen verloren den Fokus, und seine Finger trommelten unbewusst auf der glatten Tischoberfläche.

Seine Gedanken trieben zurück zu einem Ort, den er schon lange hinter sich gelassen hatte, zumindest physisch – die HTL für Maschinenbau. Das karge Klassenzimmer, die staubigen Regale voller veralteter Fachbücher und der muffige Geruch von Kreide schienen plötzlich wieder lebendig zu werden. Er hörte förmlich die monotonen Stimmen der Lehrer, die ihm immer wieder dieselben Worte einbläuten: „Du wirst es nie zu etwas bringen." Besonders der Klassenvorstand, ein Mann, der ihn mit seiner Kombination aus Gleichgültigkeit und unterschwelliger Verachtung immer wieder zur Weißglut getrieben hatte.

Warum? Weil er viele Fehlstunden hatte? Weil er Mechanik hasste? Fertigungstechnik war für ihn der Inbegriff von Monotonie, ein endloser Kreislauf aus Zahlen, Drehmomenten und grauenhaften Berechnungen. Doch Programmieren – das war etwas anderes. Da war er ein Virtuose. Ein König unter Schülern. Kein anderer in der Klasse kam an seine Fähigkeiten heran, und er wusste es. Egal, wie oft die Professoren ihn niedermachten, wenn es um die komplexe Welt des Codes ging, war er unschlagbar. Und doch hatte niemand das anerkannt. Niemand außer ihm selbst.

Er biss die Zähne zusammen, und seine Hände ballten sich unbewusst zu Fäusten. Die Lehrer – diese selbstgefälligen Zivilversager, wie er sie nannte. Sie hatten es im Leben zu nichts gebracht, also hatten sie sich hinter den Mauern einer Schule versteckt, wo sie Schüler wie ihn unterdrücken konnten. „Lehrer", murmelte er beinahe lautlos, mit einer Verachtung, die ihm aus der Seele zu sprechen schien. Sie hatten ihn für seine „fehlende Disziplin" gerügt, ihn als unzureichend abgestempelt. Doch er? Er hatte ihnen das Gegenteil bewiesen.

Mit einem Mal wich die Bitterkeit aus seinem Gesicht und machte einem triumphierenden Lächeln Platz. Er hatte es geschafft. Er hatte ein Imperium aufgebaut. Kein Klassenvorstand, kein Zivilversager würde ihn jemals wieder beurteilen. Sein Imperium, das von seinen Fähigkeiten genährt wurde, brachte ihm Geld – eine Menge Geld. Und das Beste daran: Die Leute, die für ihn arbeiteten, waren austauschbar.

Er gab ihnen gerade so viel, wie nötig war, um sie bei der Stange zu halten.

„Zahlst du Peanuts, bekommst du Affen", murmelte er leise und grinste dabei kalt. Affen waren ihm lieber als Professoren. Affen machten, was man ihnen sagte, ohne zu widersprechen oder Forderungen zu stellen. Professoren hingegen – sie hatten immer etwas zu bemängeln. Sie wollten einem immer Aufgaben aufdrücken, die ihn nichts angingen. Seine Schulzeit war eine Bürde gewesen, aber jetzt? Jetzt war er frei. Frei und reich.

Er stieß ein verächtliches Schnauben aus und riss sich aus seinen Gedanken. Die Schatten der Vergangenheit verblassten, und seine Aufmerksamkeit kehrte in die Gegenwart zurück. Sein Blick wanderte durch den Raum, bis er auf den Buchhalter fiel, der nervös an seinem Notebook herumfummelte. Für einen Moment ließ der Programmierer seine kalten Augen auf ihm ruhen, fast so, als würde er auf eine Antwort warten, die niemals gestellt worden war.

Der Buchhalter wagte es nicht, die Stille zu unterbrechen, während der Programmierer in Gedanken versunken schien. Doch als der Programmierer plötzlich aufsah, war es, als hätte er etwas Unerbittliches beschlossen. Seine Stimme war leise, aber mit einer Schneidigkeit, die keine Widerrede duldete.

„Und was ist mit der Villa?", fragte er unvermittelt, ohne den Buchhalter direkt anzusehen. Es war ein Satz, der mehr wie eine Warnung als eine Frage klang. Der Buchhalter runzelte die Stirn, verwirrt von dem abrupten Themenwechsel.

„Die Villa in Yozgat, in der die alte Frau und ihr Enkel wohnen", fuhr der Programmierer fort und seine Stimme bekam einen gefährlichen Unterton. „Haben wir endlich Fortschritte gemacht? Der Makler hat doch schon vor Monaten gesagt, dass er ein Angebot unterbreitet hat."

Der Buchhalter schluckte schwer und öffnete zögernd eine Datei auf seinem Laptop. „Ich habe gestern eine Nachricht vom Makler erhalten. Es gibt immer noch Widerstände. Die alte Dame scheint stur zu sein. Sie haben das Angebot abgelehnt."

Der Programmierer kniff die Augen zusammen, und sein Trommeln auf der Tischoberfläche wurde schneller. „Ich hasse es, wenn Dinge so schleppend vorangehen", zischte er. „Wie schwer kann es sein, ein altes, halb verfallenes Haus zu kaufen?"

„Nun, sie wollen es offenbar nicht verkaufen", versuchte der Buchhalter zu erklären. „Die Frau hängt wohl an dem Haus. Es ist ihr Zuhause und hat wohl … sentimentale Bindungen."

Der Programmierer starrte ihn kalt an, und der Buchhalter spürte, wie sich ein Knoten in seinem Magen bildete. „Sentimentalitäten", wiederholte der Programmierer verächtlich. „Das ist genau das, was uns immer im Weg steht. Gefühle, Erinnerungen, Traditionen. Was bringen diese Dinge? Gar nichts."

Er lehnte sich zurück, während seine Finger ungeduldig über die Tischkante glitten. „Wenn die nicht verkaufen wollen, dann müssen wir … nachhelfen. Ich will diese Villa haben. Sie steht an einem perfekten Standort, und sie wäre ideal als

Tarnung für unsere Aktivitäten. Ein verschachteltes, großes Haus, weit genug von neugierigen Blicken entfernt. Es ist ideal."

Der Buchhalter wagte kaum zu atmen. „Was meinen Sie mit … nachhelfen?", fragte er, obwohl er die Antwort bereits ahnte.

Der Programmierer lächelte. Es war kein freundliches Lächeln. „Manchmal braucht es nur einen kleinen Anstoß. Diese alte Frau, wie alt ist sie? Über 80? Vielleicht wird es Zeit, dass sie … zur Ruhe kommt." Sein Tonfall war beiläufig, als würde er über das Wetter sprechen.

„Das können sie nicht ernst meinen", platzte es aus dem Buchhalter heraus, bevor er sich zügeln konnte. Er sah, wie der Blick des Programmierers sich verfinsterte.

„Ich meine immer, was ich sage", antwortete der Programmierer kalt. „Und ich bezahle dich nicht, damit du moralische Reden schwingst. Ich bezahle dich, um Ergebnisse zu liefern." Er beugte sich nach vorne, seine Augen glitzerten gefährlich. „Wenn das nicht bald über die Bühne geht, werde ich jemanden schicken, der dafür sorgt, dass diese Frau … ihre Ruhe findet. Und glaub mir, der Junge wird sich dann auch nicht mehr querstellen."

Der Buchhalter schluckte schwer und spürte, wie ihm der Schweiß die Stirn herunterlief. „Ich werde dem Makler Bescheid geben, dass er den Druck erhöhen soll", stammelte er, unfähig, den Blick des Programmierers zu erwidern.

„Sehr gut", sagte der Programmierer und lehnte sich zurück, während er eine Akte vor sich aufschlug. „Aber denk daran:

Ich dulde keine weiteren Verzögerungen. Wir brauchen diese Villa. Egal wie."

„Natürlich", murmelte der Buchhalter, froh, dass er sich nun zurückziehen konnte. „Wenn sie mich nicht mehr brauchen …?"

Der Programmierer machte eine großzügige Handbewegung, um ihn zu entlassen. „Geh ruhig. Aber ich erwarte, dass du die Zahlen jederzeit im Griff hast … und sorge dafür, dass der Druck erhöht wird."

Der Buchhalter stand hastig auf, packte sein Notebook und eilte zur Tür. Als er den Raum verließ, konnte er das selbstgefällige Grinsen des Programmierers noch immer spüren, wie ein Schatten, der ihn verfolgte. *Dieser Mann war nicht normal,* dachte er. Früher nur ein Programmierer, jetzt der Chef – und doch bestand er darauf, „der Programmierer" genannt zu werden. Es war absurd und unheimlich. Der Buchhalter hatte keine Ahnung, wie die Firma so viel Geld verdiente, aber es kümmerte ihn nicht. Sein eigener Anteil war beträchtlich, und das war alles, was zählte. Seine Exfrau und die Alimente für die Kinder forderten schließlich ihren Preis.

Im Besprechungsraum ließ sich der Programmierer zurückfallen und betrachtete weiterhin das Callcenter auf dem Bildschirm. Die emsige Aktivität beruhigte ihn, erfüllte ihn mit einem krankhaften Stolz. *Bald,* dachte er, *würde das Geld nur so fließen. Bald würde er alles haben, was er wollte.*

IX

„Setzen", forderte Professor Lehrner mit einem durchdringenden Ton, der keine Widerrede zuließ. Die Klasse verstummte augenblicklich, und alle Augen richteten sich auf den Lehrer, der jetzt mit ernstem Blick am Pult stand. „Heute widmen wir uns einem sehr spannenden Thema: der Einteilung der Erde. Wie könnte man die Welt sinnvoll kategorisieren?"

Kimberly war wie immer die Erste, die ihre Hand hob. „Man könnte die Erde nach den Kontinenten einteilen", sagte sie mit der Selbstsicherheit, die sie auszeichnete.

„Richtig", bestätigte Professor Lehrner mit einem anerkennenden Nicken. „Das ist ein klassischer Ansatz. Aber welche anderen Möglichkeiten gibt es?"

Ömer hob schüchtern die Hand. Seine Stimme war kaum zu hören, als er sagte: „Vielleicht nach der Wirtschaftsleistung?"

„Sehr gut, Ömer! Ein sehr relevanter Vorschlag", lobte der Professor und ließ seinen Blick weiter durch die Klasse schweifen.

Andy, der in der ersten Reihe saß und lässig auf seinem Stuhl lehnte, meldete sich halbherzig. „Vielleicht nach dem Bildungsstand?"

„Auch das ist richtig", sagte Professor Lehrner mit einem zufriedenen Ausdruck. „Es gibt viele Möglichkeiten, die Welt einzuteilen. Doch die große Frage ist: Warum wollen wir die Welt überhaupt kategorisieren?"

Oliver, der sich offenbar für besonders clever hielt, platzte ohne Vorwarnung heraus: „Damit wir die Länder besser vergleichen können!"

Der Professor zog eine Augenbraue hoch. „Oliver, ich dachte, wir hatten das mit dem Aufzeigen schon gelernt? Ich habe von Professor Deutsch gehört, dass du in letzter Zeit ein paar Probleme mit der Disziplin hattest. Das sollten wir in den Griff bekommen. Und übrigens, stellst du eine Frage oder gibst du eine Antwort?"

Oliver errötete. „Ähm … eine Antwort", murmelte er kleinlaut.

„Na gut", sagte Lehrner, wobei seine Stimme leicht milder wurde. „Das ist zumindest korrekt. Also, dann lasst uns in die Details gehen."

Der Beamer summte leise, als Professor Lehrner den Raum abdunkelte und eine PowerPoint-Präsentation auf die Leinwand warf. „Heute werden wir drei verschiedene Konzepte kennenlernen, wie man die Welt einteilen kann", begann er und blickte in die Runde. „Diese Konzepte helfen uns, die Länder und Regionen der Welt besser zu verstehen und zu vergleichen. Fangen wir mit dem ersten Konzept an."

Er zeigte auf die erste Folie, auf der eine einfache Weltkarte zu sehen war, unterteilt in drei Farben. „Die Einteilung in *erste, zweite und dritte Welt* stammt aus der Zeit des Kalten Krieges. Die erste Welt bezeichnete die westlichen Industriestaaten, also Länder wie die USA oder die Staaten Westeuropas. Die zweite Welt bestand aus den sozialistischen Staaten, wie der

Sowjetunion und China. Und die dritte Welt umfasste die Entwicklungsländer, vor allem in Afrika, Asien und Südamerika. Das Konzept ist zwar historisch interessant, aber heute nicht mehr zeitgemäß, weil es die Unterschiede innerhalb dieser Gruppen ignoriert."

Die zweite Folie blendete eine Tabelle und eine Weltkarte in bunten Schattierungen ein. „Das zweite Konzept ist moderner und nennt sich *Human Development Index*, oder HDI. Es ist ein Maß, das den Entwicklungsstand eines Landes anhand von drei Kriterien bewertet: Lebenserwartung, Bildungsniveau und Pro-Kopf-Einkommen. Der HDI zeigt uns, wie lebenswert ein Land für seine Einwohner ist und gibt uns ein differenzierteres Bild als die alte Einteilung."

Dann wechselte die Präsentation zur dritten Folie. Die Karte zeigte bunte Blöcke, die nach kulturellen Einflüssen aufgeteilt waren. „Das dritte Konzept, die *Kulturräume der Erde*, betrachtet die Welt aus einer kulturellen Perspektive. Hierbei geht es nicht um Wirtschaft oder Politik, sondern darum, welche Werte, Sprachen, Religionen und Traditionen eine Region prägen. So gibt es beispielsweise den westlichen Kulturraum, den islamischen Kulturraum oder den ostasiatischen Kulturraum. Dieses Konzept hilft uns zu verstehen, wie Menschen denken und handeln – und warum sich Kulturen unterscheiden."

Er drehte sich zur Klasse um. „Ihr werdet jetzt in Gruppen aufgeteilt, und jede Gruppe arbeitet eines dieser Konzepte aus. Am Ende präsentiert ihr eure Ergebnisse.

Mit einem Blick auf die Uhr fuhr er fort: „Die Fensterseite erarbeitet die Einteilung in erste, zweite und dritte Welt. Die mittlere Kolonne beschäftigt sich mit dem HDI. Und die Wandseite analysiert die Kulturräume. Ihr habt 60 Minuten Zeit, um eine Präsentation vorzubereiten. Ihr könnt euch frei im Schulgebäude bewegen, nutzt eure Smartphones und Bücher. Aber vergesst nicht die Quellenangaben! Die Zeit läuft jetzt."

Die Klasse teilte sich rasch in Gruppen auf. In der Gruppe von Kimberly – der mittleren Kolonne – übernahm sie wie gewohnt die Führung. Mit einer klaren Stimme wies sie Aufgaben zu: „Andy und Tino, ihr kümmert euch um die Recherche. Lucca, du machst die Präsentation. Der Rest von uns schaut, wie wir den HDI mit Argumenten gegen die anderen Konzepte abgrenzen können."

Ihre Teamkollegen nickten ergeben. Niemand wollte sich mit Kimberly anlegen.

In der Gruppe von Ömer und Oliver ging es entspannter zu. Ömer öffnete sein Notebook und begann gemächlich mit der Recherche. Seine Gedanken schienen jedoch weniger bei den Kulturräumen als bei Sara zu sein. Oliver beobachtete ihn mit einem Schmunzeln und zog seine eigene Liste von Quellen hervor.

Ganz anders lief es in Sebastians Gruppe. Der an der Fensterseite sitzende Schüler rutschte gelangweilt auf seinem Stuhl hin und her. Schließlich lachte er höhnisch auf und verkündete: „Das ist doch lächerlich. Die erste Welt sind die

Industriestaaten, die zweite Welt die Ostblockländer und China, und die dritte Welt sind die Entwicklungsländer. Fertig. Wozu brauchen wir eine PowerPoint? Ich stelle mich einfach vorne hin und sage das."

Die anderen Schüler seiner Gruppe warfen ihm irritierte Blicke zu, aber keiner widersprach.

„Gut", sagte Sebastian, der die Stille als Zustimmung wertete. „Ich gehe kurz in den Supermarkt, wer braucht was?"

Niemand antwortete, also zuckte er mit den Schultern, schnappte seinen Rucksack und verschwand.

Im Supermarkt bewegte sich Sebastian mit einer übertriebenen Lässigkeit zwischen den Regalen. Sein Blick fiel auf ein Sixpack Red Bull, das wie ein glitzernder Schatz auf ihn wirkte. *Fünf-Finger-Rabatt,* dachte er sich und lächelte präpotent. Er sah sich um. Niemand war im Gang. Mit geübten Bewegungen ließ er es in seinen Rucksack gleiten, schnappte sich ein Päckchen Kaugummi und schlenderte zur Kasse.

„Das macht 99 Cent", sagte die Kassiererin freundlich, während sie das Kaugummi über den Scanner zog.

Sebastian kramte in seiner Jeans nach einer 1-Euro Münze, fand eine und schnippte ihr diese mit einer überheblichen Geste zu und murmelte: „Passt schon."

Doch die Kassiererin ließ sich nicht beeindrucken. Sie sah ihn scharf an und fragte mit kühler Stimme: „Zeigen sie mir bitte, was sie in Ihrem Rucksack haben."

Sebastian wurde augenblicklich blass. „Das geht sie nichts an", stammelte er.

„Doch, hier im Laden schon", entgegnete die Kassiererin ungerührt. „Öffnen sie den Rucksack."

Zähneknirschend tat Sebastian, was sie verlangte, und das Sixpack Red Bull kam zum Vorschein. Die Kassiererin drückte auf einen Knopf unter dem Tresen und sprach in ihr Headset: „Melina, wir haben hier einen Pipi Langstrumpf."

Kurz darauf erschien die Filialleiterin, eine resolute Frau mit strengem Blick. „Na, wen haben wir denn da?", fragte sie, während sie Sebastian am Arm packte und in ihr Büro zog.

„Setz dich", forderte sie ihn auf und deutete auf den Stuhl am anderen Ende des Raumes. „Öffne den Rucksack und nimm das Sixpack heraus."

Sebastian gehorchte widerwillig und murmelte: „Die habe ich schon mitgebracht."

Melina schüttelte den Kopf. „Das werden wir sehen. Ich habe vor zehn Minuten die Regale selbst aufgefüllt. Wenn der Bestand nicht stimmt, wissen wir, dass Du es gestohlen hast. Und übrigens, wie alt bist du?"

„Sechzehn", antwortete Sebastian.

„Gut, dann bist du strafmündig. Wenn Du gestehst, können wir vielleicht auf die Polizei verzichten."

Nach einem Moment des Zögerns stammelte Sebastian: „Ja, ich habe es gestohlen."

„Du gehst doch in die HTL für Maschinenbau, richtig? Name, Klasse?"

„Sebastian, 3AFMB", murmelte er und wünschte sich, er hätte geschwiegen.

Melina machte mit ihrem Smartphone Fotos von ihm und dem Rucksack. „Du hast hiermit Hausverbot. Wenn ich dich noch einmal hier sehe, dann rufe ich die Polizei. Deine Direktorin, Schulleiterin Professor Wegleitner informiere ich übrigens gleich."

Mit gesenktem Kopf verließ Sebastian schließlich das Büro. Während die Filialleiterin in der Schule anrief, streckte die Kassiererin ihren Kopf bei der Türe herein: „Warum hast du ihn gehen lassen? Du hast auf die Prämie verzichtet, die wir bekommen, wenn wir einen Ladendieb dingfest machen."

„Ich weiß", antwortete die Filialleiterin, „aber ich möchte mich auf die großen Fische konzentrieren. Auf die, die immer die wertvollen Flaschen stehlen. Für die kleinen Ladendiebe haben wir in Zukunft Oliver. Verstehst du?"

Die Kassiererin nickte und ging wieder zurück zur Kasse, wo schon der nächste Kunde wartete.

Zurück in der Schule fühlte er sich wie ein Häufchen Elend. Der Professor hatte die Gruppenarbeit beendet. „Gruppe 1, bitte vortragen", forderte Lehrner.

Sebastian schlurfte nach vorne und begann: „Die erste Welt sind die Industriestaaten, die zweite Welt die Ostblockländer und die dritte Welt die Entwicklungsländer. Das weiß doch jeder."

Lehrner sah ihn mit scharfen Augen an. „Das ist euer Ergebnis nach 60 Minuten? Ungenügend. Alle in der Gruppe bekommen ein Minus."

Sebastians Mitschüler protestierten lautstark, doch Professor Lehrner ließ sich nicht erweichen. „Gemeinsam siegen, gemeinsam verlieren", hatte er gesagt, doch die Worte klangen für Sebastians Team wie blanker Hohn. Während die Präsentationen der anderen Gruppen glänzten und Lob ernteten, saß Sebastian stumm auf seinem Platz. Seine Gedanken kreisten unaufhörlich. Es war, als hätte sich eine dunkle Wolke über ihn gelegt, die jeden Lichtstrahl blockierte. Alles schien an diesem Tag gegen ihn zu laufen, und das Gefühl, die Kontrolle über die Situation zu verlieren, schnürte ihm die Kehle zu.

Sebastian rutschte unruhig auf seinem Stuhl hin und her, sein Blick starr auf die Tischplatte gerichtet. Er versuchte, sich unsichtbar zu machen. Doch seine Hoffnung, den Tag ohne weitere Zwischenfälle zu überstehen, wurde abrupt zerschlagen, als es zum Ende der Stunde läutete. Die Tür der Klasse öffnete sich und hereinkam niemand geringeres als Schulleiterin Professor Wegleitner. Mit festem Schritt ging sie, bewaffnet mit einem Notebook, schnurstracks auf Professor Lehrner zu, der gerade seine farblich abgestimmte Tasche sorgfältig packte. Ihre Blicke trafen sich kurz, und dann wechselten sie einige Worte, die Sebastian unmöglich hören konnte. Doch eines war sicher: Es ging um ihn. Das spürte er mit jeder Faser seines Körpers.

Sebastian schluckte schwer, als die beiden plötzlich zu ihm hinübersahen. Ihr Ausdruck war eine Mischung aus Besorgnis und Entschlossenheit, die ihm sofort klarmachte, dass er keine Ausflüchte finden würde. Instinktiv versuchte er, sich hinter seinen Mitschülern zu verstecken, doch es war zwecklos. „Sebastian, kommst du bitte mal kurz zu uns?" Die Stimme von Professor Lehrner war fest und ließ keinen Widerspruch zu.

Mit hängenden Schultern und widerwilligen Schritten schlurfte Sebastian nach vorne. Jeder Meter fühlte sich an wie eine Ewigkeit. Vor dem Lehrerpult angekommen, wagte er nicht, den Blick zu heben.

„Sebastian", begann Professor Lehrner mit kühlem Tonfall, „wo warst du während der Gruppenarbeit, als ich euch erlaubt habe, euch im Schulhaus frei zu bewegen?"

Sebastian starrte auf den Boden und murmelte: „Ähm, ich war eh die ganze Zeit im Schulhaus." Seine Stimme war leise und unsicher.

Professor Lehrner hob eine Augenbraue, seine Stimme triefte vor Sarkasmus, als er sich an die Schulleiterin wandte. „Hast du das gehört? Offenbar muss sich die Filialleiterin des Supermarkts geirrt haben. Das Foto, das sie Schulleiterin Professor Wegleitner geschickt hat, sieht allerdings sehr nach Sebastian aus." Er drehte den Laptopbildschirm in Sebastians Richtung, auf dem er eindeutig zu erkennen war.

Sebastians Herz raste, und ihm wurde heiß. Seine Ausflüchte waren zunichtegemacht. Professor Lehrner lehnte sich zurück und richtete seinen bohrenden Blick auf ihn. „Sebastian, es sieht nicht gut für dich aus. Du hast – ohne Erlaubnis – während der Schulzeit das Schulgebäude verlassen. Und dann auch noch das hier." Seine Stimme wurde schärfer. „Ladendiebstahl!"

Die Schulleiterin, die bisher still geblieben war, räusperte sich und trat einen Schritt nach vorne. Ihr kühler, unerschütterlicher Blick ließ Sebastian zusammenzucken. „Sebastian", begann sie mit messerscharfer Stimme, „du bist hiermit für sieben Tage suspendiert. Nicht in erster Linie, weil du die Schule unerlaubt verlassen hast – das allein wäre schlimm genug – sondern weil du Ladendiebstahl begangen hast. Du hast damit den Ruf unserer Schule beschädigt und uns in Misskredit gebracht."

Sebastian öffnete den Mund, um etwas zu sagen, doch kein Ton kam heraus. Die Schulleiterin sprach unbeirrt weiter. „Du wirst die nächsten sieben Tage der Schule fernbleiben. Du darfst das Schulgebäude nur bis zur Aula betreten, um beim Portier deine Aufgaben abzuholen. Dein erster Schultag ist am 3. November, nach den Herbstferien. Die Fehlstunden laufen in dieser Zeit weiter. Und falls du die erlaubte Fehlstundenanzahl überschreitest, wirst du automatisch von der Schule abgemeldet."

Ihre Worte hallten in Sebastians Kopf wider. *Das war's wohl*, dachte er. Ein Kloß bildete sich in seinem Hals, während die Schulleiterin mit Nachdruck fortfuhr: „Ich hoffe, dir ist die Tragweite deines Handelns bewusst. Du kannst jetzt deine Sachen packen."

Mit diesen Worten drehte sich Schulleiterin Wegleitner auf dem Absatz um und verließ die Klasse, ohne einen Blick zurückzuwerfen. Professor Lehrner schüttelte langsam den Kopf und deutete auf Sebastians Platz. „Geh und hol deine Sachen", sagte er knapp, seine Stimme voller Enttäuschung.

Sebastian fühlte die Blicke seiner Mitschüler auf sich brennen, als er zurück zu seinem Platz ging. Jeder Schritt war schwer wie Blei. Er packte seine Tasche in stummer Resignation, ließ seine Schulbücher in den Rucksack gleiten und verschloss ihn mit zitternden Fingern. Schließlich verließ er wortlos die Klasse. Draußen im Flur, allein mit seinen Gedanken, hörte er, wie hinter ihm die Tür zufiel. Es fühlte sich an, als hätte sich nicht nur eine Tür geschlossen, sondern auch ein Kapitel in seinem Leben.

X

Dario trat an Kimberly heran, ein fragender Ausdruck in seinem Gesicht. „Hi Kimmy. Was ist mit Sebastian los?" Er verschränkte die Arme und neigte den Kopf leicht zur Seite. „Er war ganz geknickt und hat die Schule verlassen. Normalerweise ist er der Erste, der beim Buffet steht."

Kimberly seufzte und setzte ihr Tablett auf den Tisch. „Er wurde beim Ladendiebstahl erwischt und jetzt für sieben Tage suspendiert", sagte sie nüchtern, bevor sie den Blick auf Dario richtete. „Aber genug von ihm. Sag mal, wie geht's eigentlich euch – dir, Bibi und Sara? Man sieht euch kaum noch."

Dario zuckte die Schultern, während ein schiefes Lächeln auf seinem Gesicht erschien. „Ach, bei uns ist alles in Ordnung. Es ist nur momentan echt stressig. Vor den Herbstferien stehen so viele Prüfungen, Schularbeiten und Tests an. Es fühlt sich an, als hätten wir keine Pause."

Kimberly nickte verständnisvoll. „Das klingt heftig. In der Fachschule ist es nicht ganz so schlimm, aber auch wir haben unser Päckchen zu tragen. Zum Glück spielt Fußball eine große Rolle. Das hilft, den Kopf freizubekommen."

Dario grinste. „Ich kann mir vorstellen, dass ihr da einiges herausholt. Und wie läuft's mit Oliver?" Sein Ton war neckisch, und er zog eine Augenbraue hoch.

Kimberly wurde augenblicklich rot. Sie wich seinem Blick aus und murmelte: „Alles im grünen Bereich." Sie räusperte sich und wechselte schnell das Thema. „Aber sag mal, werdet ihr uns dieses Jahr wieder als Cheerleader unterstützen?"

Bibi, die inzwischen zu ihnen gestoßen war, nickte eifrig. „Natürlich! Wir haben das schon eingeplant."

Kimberly jubelte und klatschte begeistert in die Hände. „Das wird so cool! Vor allem, weil ich nach den Herbstferien nicht mehr allein in der Umkleidekabine bin. Die Austauschschülerin aus der Türkei wird dann bei uns sein." Sie hielt inne, ein leichtes Lächeln spielte auf ihren Lippen. „Die Arme tut mir jetzt schon leid. Sie wird direkt neben Sebastian sitzen müssen, wenn er zurückkommt."

Dario lehnte sich an den Tisch und lachte. „Wisst ihr noch, was er letztes Jahr gemacht hat, als er suspendiert wurde? Er hat einfach einen Feueralarm ausgelöst. Ich bin ehrlich überrascht, dass er dieses Mal nichts angestellt hat."

Kimberly grinste und schüttelte den Kopf. „Vielleicht wird er langsam reifer."

„Oder er merkt endlich, dass es fünf vor zwölf ist und er sich nichts mehr erlauben darf", fügte Bibi hinzu, ihre Stimme war fest, fast streng.

Kimberly zog die Augenbrauen hoch und nickte. „Ich bin gespannt, wie lange das anhält. Aber egal, wir sollten uns beeilen. Gehen wir essen?"

„Oh ja!", rief Bibi. „Wenn wir nicht bald loslegen, kommen wir zu spät in die Werkstatt. Und umziehen müssen wir uns auch noch."

Währenddessen saßen Sara und Ömer auf einer der gemütlichen Couchen in der Aula. Der Lärm der Schüler um sie herum schien sie nicht zu stören; sie waren ganz in ihr Gespräch vertieft. Sara zog die Knie leicht an und legte ihren Kopf zur Seite, während sie Ömer ansah. „Hast du Melanie eigentlich Bescheid gegeben, dass du nächste Woche nicht da bist?", fragte sie, ihre Stimme war ruhig, aber ihr Blick hatte einen forschenden Ausdruck.

Ömer nickte und zuckte mit den Schultern. „Ja, habe ich. Ich habe meinen Dienst vom Samstag auf den Freitag verschoben. Und am 2. November werde ich auch arbeiten."

Sara runzelte die Stirn und sah ihn verwundert an. „Am Freitag? Da ist doch Schule. Wie soll das gehen?"

Ömer zuckte nur achselzuckend und lächelte schelmisch. „Da bin ich halt krank."

Sara blinzelte ihn an, sichtlich unbeeindruckt. „Und was, wenn dich ein Lehrer sieht?" Ihre Stimme hatte einen Hauch von Sorge.

„Ich bin im Lager", erklärte er gelassen. „Da sieht mich keiner."

Sara seufzte leise und lehnte sich in die Couch zurück. Sie beobachtete Ömer, der in Gedanken versunken auf seinem Handy tippte, und fühlte ein sanftes Ziehen in ihrer Brust. Sie hatte ihn wirklich sehr gern, aber manchmal machte sie sich Sorgen, ob sie beide wirklich so gut zusammenpassten. Sie wollte eine Beziehung, in der sie sich sicher und geborgen fühlen konnte, mit einem Partner, auf den sie sich verlassen konnte – gerade, weil sie sich selbst oft dazu neigte, alles im Voraus zu planen.

Ömer merkte, dass Saras Blick auf ihn ruhte, und sah auf. „Alles okay?", fragte er und legte sein Handy zur Seite. Ihre Augen funkelten kurz, und er konnte spüren, dass sie nach den richtigen Worten suchte.

„Ja, alles gut", antwortete sie mit einem kleinen Lächeln, bevor sie hinzufügte: „Ich habe nur nachgedacht."

„Worüber denn?", fragte Ömer, seine Stimme leicht neugierig, aber entspannt. Er mochte diese ruhigen Momente mit ihr, auch wenn er ahnte, dass sie wieder über etwas reden wollte, das für sie wichtig war. Manchmal wünschte er sich, die Dinge könnten einfach leicht und unkompliziert bleiben, ohne tiefere Diskussionen.

„Ich weiß nicht", begann Sara zögerlich. „Ich frage mich nur, wie wir so miteinander sind, weißt du? Wir sind ja noch nicht so lange zusammen, aber … ich denke manchmal, ich bin vielleicht zu …" Sie stockte kurz, suchte nach dem richtigen Wort. „… zu streng mit dir."

Ömer runzelte die Stirn und schüttelte den Kopf. „Streng? Du? Quatsch. Du bist einfach du. Das mag ich doch an dir."

Sara lächelte schwach, aber sie wusste, dass das nicht ganz stimmte. „Ich meine nur … ich plane viel, weißt du? Ich will, dass Dinge funktionieren und dass man sich aufeinander verlassen kann. Und ich frage mich, ob das für dich nicht … zu viel ist."

Ömer lehnte sich ein Stück vor und sah sie direkt an. „Du bist nicht zu viel, Sara. Aber ich bin halt … anders. Ich bin nicht so der Typ, der alles im Voraus plant. Manchmal will ich einfach nur leben, ohne groß darüber nachzudenken, was als Nächstes kommt." Er zuckte mit den Schultern, ein leichtes Lächeln auf den Lippen. „Vielleicht nervt dich das manchmal."

„Manchmal ein bisschen", gab sie zu und lachte leise. „Aber ich mag das auch an dir. Du bist … unkompliziert. Ich mache mir nur Sorgen, ob ich dir zu viel Druck mache. Ich will, dass wir ehrlich zueinander sein können."

Ömer nickte langsam. „Das will ich auch. Und ich will, dass du weißt, dass ich dich echt gern habe. Auch wenn ich nicht immer alles so mache, wie du es vielleicht möchtest."

Sara sah ihn an, und in ihren Augen lag eine Mischung aus Erleichterung und Zuneigung. „Okay", sagte sie schließlich und griff nach seiner Hand. „Dann lass uns einfach ehrlich bleiben. Und du versuchst, mich nicht immer so nervös zu machen, ja?"

„Abgemacht", sagte Ömer mit einem Grinsen und drückte ihre Hand. „Aber nur, wenn du mich nicht ständig versuchst zu kontrollieren."

Sara lachte und schüttelte den Kopf. „Ich kontrolliere dich doch gar nicht!"

„Natürlich nicht", antwortete Ömer, und beide mussten lachen. Es war ein Moment der Leichtigkeit, der sie wieder daran erinnerte, warum sie zusammen waren – weil sie beide auf ihre Art versuchten, füreinander da zu sein, auch wenn sie manchmal ganz unterschiedliche Vorstellungen davon hatten, wie das genau aussah.

Der Professor stand vor der CNC-Fräse und musterte die kleine Gruppe von Schülern mit einem Lächeln.

„Heute wird jeder von euch einen personalisierten Schlüsselanhänger gestalten", verkündete er. „Ihr werdet euren eigenen Namen darauf gravieren – eine gute Übung, um zu lernen, wie die Fräse programmiert wird und wie sie arbeitet." Er drehte sich zum Computer, der mit der glänzenden Maschine verbunden war. „Die CNC-Fräse", begann er, „ist ein Werkzeug, das unglaublich präzise ist. Sie arbeitet genau nach dem, was wir ihr sagen. Ihr könnt das als eine Art hoch entwickelten Drucker sehen, nur dass wir kein Papier bedrucken, sondern Material wegnehmen – in diesem Fall Aluminium."

Er öffnete das CAD-Programm auf dem Bildschirm. „Hier fängt alles an", erklärte er, während auf dem Bildschirm ein leeres Rechteck erschien. „Das ist die Grundlage für euren Schlüsselanhänger. Jeder von euch wird seinen Namen eingeben und dann die Maschine anweisen, diesen Namen in das Metall zu gravieren."

Der Professor wandte sich an die Gruppe. „Wer möchte anfangen?" Kimberly hob sofort die Hand.

„Sehr gut, Kimberly", sagte der Professor und überließ ihr den Platz vor dem Computer. „Zuerst zeichnest du die Grundform. Wir nehmen ein Rechteck mit abgerundeten Ecken." Kimberly folgte seinen Anweisungen und klickte geschickt durch die Software, bis der Umriss des Schlüsselanhängers sichtbar wurde.

„Jetzt füge deinen Namen hinzu", sagte er. Kimberly tippte ihren Namen ein, und die Buchstaben erschienen in der Mitte des Rechtecks. Der Professor wies sie an, die Größe und Position der Schrift anzupassen, bis sie perfekt in das Layout passte. „Gut gemacht. Jetzt übersetzen wir das Design in G-Code. Die Maschine versteht nur diese Sprache."

Ein paar Klicks später war der G-Code fertig. Der Professor übertrug ihn an die CNC-Fräse, die sich mit einem leisen Summen in Bewegung setzte. „Schaut genau hin", sagte er. „Ihr werdet sehen, wie die Fräse mit einem kleinen Fräser die Oberfläche des Aluminiums bearbeitet."

Die Schüler traten näher heran und beobachteten fasziniert, wie der Fräser in präzisen Bewegungen den Namen „Kimberly" in das Aluminium schnitt. Funken stoben gelegentlich auf, und das Geräusch des Metalls, das bearbeitet wurde, erfüllte die Werkstatt.

„Kimberly, das sieht großartig aus", sagte der Professor, als die Fräse anhielt und der gravierte Schlüsselanhänger zum Vorschein kam. Er hob das Werkstück hoch und zeigte es der Gruppe. „So, jetzt seid ihr dran. Wer ist der Nächste?"

Bibi war die Nächste. Sie setzte sich nervös an den Computer, doch mit Kimberlys Hilfe gelang es ihr schnell, ihren Namen zu platzieren. „Siehst du, gar nicht so schwer", ermutigte Kimberly sie. Als die Fräse auch ihren Schlüsselanhänger bearbeitete, klatschte die Gruppe anerkennend, als das Ergebnis fertig war.

Dario war dran und arbeitete zügig, unter den humorvollen Kommentaren von Bibi, die ihn mit Vorschlägen zur Schriftart aufzog. Als schließlich Oliver an der Reihe war, spürte Kimberly, dass etwas nicht stimmte. Er wirkte abwesend, als würde sein Kopf ganz woanders sein.

„Oliver, komm, du bist dran", sagte der Professor. Oliver zuckte zusammen und ging zum Computer. Doch als er anfangen sollte, seinen Namen einzugeben, starrte er nur auf den Bildschirm.

„Oliver, alles in Ordnung?", fragte der Professor, und die anderen Schüler sahen ihn neugierig an.

„Ähm, ja", murmelte Oliver. Er versuchte, die Form zu zeichnen, doch seine Hände zitterten leicht, und er vergaß den nächsten Schritt.

Während die anderen Schüler gespannt zusahen, wirkte Oliver abwesend. Seine Gedanken schienen weit weg, vielleicht bei den Überwachungsbändern aus dem Supermarkt oder den mysteriösen Kunden, die er dort beobachtet hatte. Als der Professor ihn schließlich aufforderte, den nächsten Schritt zu übernehmen und den G-Code zu generieren, stockte Oliver.

„Ähm … ja, klar", murmelte er und setzte sich an den Computer. Doch als er begann, die Anweisungen umzusetzen, stutzte er. „Wie … äh … wie mache ich das nochmal?"

Kimberly schüttelte leicht den Kopf. Sie beobachtete ihn seit einigen Tagen und spürte, dass etwas nicht stimmte. „Oliver", sagte sie sanft, als sie sich zu ihm lehnte, „alles in Ordnung? Du wirkst … irgendwie anders."

Oliver hob den Kopf, sah Kimberly kurz an und zwang sich zu einem Lächeln. „Ja, alles gut", sagte er, obwohl sie ihm ansah, dass das nicht stimmte.

Der Professor warf einen strengen Blick auf Oliver. „Konzentriere dich, Oliver. Es ist wichtig, dass du den Ablauf verstehst. In der Technik kann jeder Fehler teuer werden."

Oliver nickte, doch seine Hände zitterten leicht, als er weitermachte. Kimberly seufzte leise. Sie wusste, dass sie später mit ihm reden musste. Was auch immer ihn so ablenkte, es schien größer zu sein als nur der Unterricht – und sie wollte herausfinden, was los war.

„Gut, dann machen wir weiter", unterbrach der Professor die aufkeimende Stille. „Kimberly, kannst du bitte übernehmen? Zeig Oliver, wie man das Programm an die Fräse sendet." Kimberly nickte, froh, die Situation zu entschärfen, und setzte sich an den Computer. Mit ruhigen, sicheren Bewegungen führte sie die nächsten Schritte aus. Währenddessen wanderte ihr Blick kurz zu Oliver, dessen Stirn in Sorgenfalten gelegt war.

Die CNC-Fräse begann zu summen, und bald erfüllte der Raum das sanfte Kreischen von Metall auf Metall, als die

Maschine die Gravur ausarbeitete. Doch während alle fasziniert zusahen, blieb Kimberly gedanklich bei Oliver. Etwas stimmte nicht, und sie würde nicht ruhen, bis sie herausgefunden hatte, was.

Als die Schüler ihre fertigen Schlüsselanhänger in den Händen hielten, war die Stimmung in der Gruppe gemischt. Die meisten waren stolz auf ihre Werke, doch Kimberly warf Oliver immer wieder besorgte Blicke zu. Irgendetwas beschäftigte ihn, und sie war entschlossen, herauszufinden, was es war.

Der Professor lobte die Gruppe, bevor er sie entließ. „Gut gemacht, alle. Das war ein erfolgreicher Einstieg. Ich hoffe, ihr seht, wie präzise und leistungsfähig diese Maschine ist – und wie wichtig es ist, sich zu konzentrieren. Das nächste Mal machen wir etwas noch Anspruchsvolleres."

Während die Schüler die Werkstatt verließen, schob Kimberly ihren Schlüsselanhänger in die Tasche und hackte sich bei Oliver ein. „Hey", sagte sie leise. „Wenn dich etwas bedrückt, kannst du mit mir reden, okay?" Oliver nickte, sagte aber nichts. Der fertige Schlüsselanhänger in seiner Hand fühlte sich schwerer an, als er erwartet hatte.

Plötzlich blieb Kimberly so abrupt stehen, dass Oliver ins Straucheln geriet. Seine Hand zuckte reflexartig nach vorne, um das Gleichgewicht zu halten, doch er wäre tatsächlich hingefallen, hätte Kimberly nicht bei ihm eingehakt. Ihre plötzliche Bewegung ließ ihn erschrocken aufschauen, und er blickte sie mit großen, fragenden Augen an.

„Kimmy? Was ist los?", brachte er schließlich hervor, doch sie unterbrach ihn mit fester Stimme, die gleichzeitig sanft klang.

„Oliver, ich meine das ernst. Ich bin deine beste Freundin. Vielleicht bin ich auch noch mehr als das. Du kannst mir alles sagen, was dich bedrückt. Also, was ist los?"

Oliver senkte den Blick, seine Schultern sanken wie unter einer unsichtbaren Last. Er zuckte mutlos mit den Schultern. „Ich weiß es nicht genau", murmelte er. Dann sah er ihr kurz in die Augen, als ob er nach Erlaubnis suchte, das auszusprechen, was tief in ihm nagte. „Ich bin momentan so kraftlos. Irgendwie habe ich das Gefühl, dass ich das hier nicht mehr schaffe. Die Schule … ich weiß nicht, ob sie das Richtige für mich ist. Ich meine, ich will das doch alles gar nicht – in der Werkstatt stehen, irgendwelche Teile fräsen … das kann doch nicht alles im Leben sein, oder? Was meinst du, Kimmy?"

Kimberly legte den Kopf schief und sah ihn nachdenklich an. Für einen Moment sagte sie nichts, als ob sie nach den richtigen Worten suchte. Schließlich antwortete sie mit ruhiger Stimme: „Du hast schon recht. Es ist nicht immer alles ideal. Aber was ist die Alternative, Oliver? Einfach aufhören? Ohne Abschluss? Dann wirst du dein ganzes Leben lang Gast beim Arbeitsmarktservice sein. Der Druck ist hoch, klar. Aber wenn wir es durchziehen, dann haben wir später echt gute Möglichkeiten. Sei doch ehrlich, so schlimm ist es bei uns in der Fachschule auch wieder nicht. Rede mal mit Dario, die in der Höheren haben wirklich Stress."

„Es geht mir nicht um den Stress", warf Oliver ein und hob leicht die Hände, als wollte er sich verteidigen. „Es ist vielmehr das Gefühl, dass das alles keinen Sinn macht. Fertigungstechnik, Mechanik, CNC-Fräsen – ich weiß nicht mal, ob ich wirklich Maschinenbauer werden will. Ich sehe einfach keinen Weg mehr vor mir."

Kimberly nickte langsam, trat näher und nahm ihn in die Arme. Ihre Stimme war leise, aber voller Nachdruck. „Oliver, diese Selbstzweifel haben wir alle. Aber glaub mir, sie gehen vorbei. Und wenn sie es nicht tun, musst du dir wirklich überlegen, was du stattdessen machen willst. Detektiv zu werden klingt spannend, klar. Aber bist du wirklich ein Detektiv? Weißt du, worauf du dich da einlässt?"

Oliver schmunzelte leicht, löste sich ein wenig aus Kimberlys Umarmung, sodass er ihr direkt in die Augen sehen konnte. Sein Gesicht war ernst, aber sein Blick verriet eine Mischung aus Unsicherheit und Entschlossenheit. „Ich weiß es nicht. Aber das hier …" Er machte eine vage Geste in Richtung der Werkstatt, „das ist es auch nicht. Zumindest glaube ich das."

Kimberly lächelte, schüttelte leicht den Kopf und legte ihm eine Hand auf die Schulter. „Siehst du, da ist es wieder: Glauben heißt nichts wissen." Sie lächelte verschmitzt, beugte sich vor und drückte ihm einen Kuss auf die Wange. „Aber weißt du, was ich glaube? Ich glaube, du brauchst eine Pause. Lass uns die ‚Schule della muerte' verlassen. Aber nur für heute, okay?"

Oliver konnte nicht anders, als zu grinsen. „Für heute klingt gut", sagte er und folgte ihr, während sie ihn spielerisch am Arm zog.

XI

„Hi Hazem, hi Daner!", rief Ömer, während er zur Laderampe eilte, wo die beiden gerade eine Palette Red Bull von einem LKW abluden. Hazem winkte ihm knapp zu, aber Daner nickte nur stumm. Ömer bemerkte sofort, dass irgendetwas nicht stimmte. „Na gut, wenn er nicht reden will …", murmelte Ömer leise zu sich selbst und ging in den hinteren Bereich des Lagers, um sich umzuziehen. Er zog die Arbeitsjacke an, strich sich durch die Haare und machte sich an die Arbeit. Routiniert begann er, die Hubwagen mit den vorbereiteten Paletten zu beladen, sie in den Aufzug zu schieben und in den Verkaufsraum zu bringen. Mittlerweile lief ihm die Arbeit leicht von der Hand, und er fühlte sich wie ein Profi – zumindest bis Hazem ihn ansprach.

„Sehr gut, Ömer! Du bist heute echt schnell." Hazem klopfte ihm anerkennend auf die Schulter. „Danke, aber sag mal, was ist eigentlich mit Daner los? Er wirkt so bedrückt." Hazem seufzte schwer und ließ kurz die Palette los, die er schob. „Weißt du, seit Assad in Syrien gestürzt wurde, redet jeder davon, dass Syrien jetzt sicher wäre. Daner hat Angst, dass er und seine Familie zurückgeschickt werden. Sein Haus in Syrien ist zerstört, er hat nichts mehr, wo er hin könnte."

Ömer hielt kurz inne und runzelte die Stirn. „Aber wenn sein Asyl rechtskräftig ist, dann können sie ihn doch nicht einfach abschieben, oder? Es gibt doch Regeln." Hazem zuckte mit den Schultern. „Das mag sein, aber Regeln interessieren manche Politiker nicht. Der Innenminister hat schon angekündigt, dass er alle zurückschicken will."

Ömer nickte nachdenklich. „Wie alt sind denn seine Kinder?" Hazem überlegte kurz. „Ich glaube, sie gehen alle schon zur Schule. Aber was hat das damit zu tun?" Ömer grinste leicht. „Das macht die Sache komplizierter. Wenn die Kinder hier zur Schule gehen, gibt es Hürden für eine Abschiebung. Aber egal, ich rede später mit ihm. Vielleicht kann ich ihm Mut machen." Hazem lächelte. „Das wäre super. Er braucht echt jemanden, der ihm zuhört."

Ömer schob die nächste Palette aus dem Aufzug und durchquerte gerade den Getränkegang, als er plötzlich stehen blieb. Von der Feinkosttheke hörte er eine vertraute Stimme: Professor Deutsch.

„Es ist immer das Gleiche mit den Schülern", schimpfte der Lehrer lautstark. „Einen Tag vor den Ferien sind sie plötzlich alle krank. Sogar Ömer aus der 3AFMB! Gestern war er noch kerngesund, und heute? Krank! Das ist so respektlos." Ömer erstarrte. *Verdammt, was machen die denn hier?* dachte er.

„Da hast du recht", sagte eine weibliche Stimme. Es war Professor Kurz, die Klassenvorständin der 3BHMBT. „Das nimmt wirklich Überhand. Weißt du, ich habe Sara aus meiner Klasse hier mal arbeiten sehen, aber Ömer? Das wusste ich nicht."

Ömer blieb hinter einem Regal stehen und versuchte, so leise wie möglich zu atmen. *Hoffentlich bemerken sie mich nicht,* dachte er, doch in diesem Moment hallte Hazems Stimme aus den Lautsprechern: „Ömer, komm bitte zum Lageraufzug. Wir haben ein Problem mit dem Schließmechanismus, und wir brauchen deine Zauberhände und das Know-How, das du in der HTL gelernt hast. Es ist dringend!"

Professor Deutsch lachte trocken. „Na, schau mal an. Ein Schüler der HTL wird im Supermarkt ausgerufen. Zufällig heißt er auch Ömer. Das ist schon eigenartig, oder?"

„Mehr als eigenartig", antwortete Professor Kurz. „Das klang nach unserer Beschreibung sehr nach deinem Schüler, oder?"

„Ich bin mir nicht sicher. Vielleicht sollte ich mal Oliver fragen, ob er etwas weiß. Er hat sich hier ja beworben, aber von Ömer wusste ich nichts."

Ömer spürte, wie sein Herz schneller schlug. Die Professoren standen direkt zwischen ihm und dem Lageraufzug. Wenn sie ihn entdeckten, wäre alles aus. Doch dann dröhnte Hazem erneut durch die Lautsprecher: „Ömer, es ist dringend! Die Ware im Aufzug muss in den Tiefkühler, und wir bekommen die Tür nicht auf!" Ömer schnappte sein Handy und tippte hastig eine Nachricht an Hazem:

„Mach eine Durchsage, dass jemand an der Kasse Hilfe braucht. Irgendwas Dringendes, aber erwähne nicht meinen Namen!"

Nur wenige Sekunden später ertönte Hazems Stimme: „Achtung, Kasse 3 benötigt dringend Unterstützung von einer Aufsichtsperson. Wiederhole: Aufsichtsperson zu Kasse 3."

Die Professoren warfen sich fragende Blicke zu. „Was kann das denn sein?", fragte Professor Deutsch. „Vielleicht ein Problem?" Sie zögerten kurz, bevor sie sich in Richtung Kasse 3 aufmachten, um nachzusehen.

Das ist meine Chance! dachte Ömer und schlich geduckt durch die Regale. Er achtete darauf, möglichst leise zu sein, während er sich an den Regalen entlangbewegte. Schließlich erreichte er den Lageraufzug, wo Hazem ihn mit Sorgenfalten auf der Stirn erwartete.

„Endlich! Die Tür klemmt, und Daner ist schon nach Hause gegangen. Wir kriegen sie einfach nicht auf." Hazem wirkte leicht panisch. „Was war eigentlich die Durchsage?"

„Da waren meine Professoren draußen", erklärte Ömer, während er das Steuerpanel des Aufzugs inspizierte. „Wenn die mich gesehen hätten, wäre ich geliefert. Ich schwänze heute, weil wir morgen nach Yozgat fahren."

„Oh Mann, du lebst gefährlich", murmelte Hazem.

Ömer nickte abwesend, während er die seitliche Verkleidung des Mechanismus entfernte. Schnell erkannte er das Problem: Ein Schließriegel hatte sich verklemmt. Mit einem kleinen Metallstab brachte er ihn in Position und drückte den Reset-Knopf am Steuerpanel. Ein leises Klicken signalisierte, dass die Tür entriegelt war.

„Es geht! Los, bring die Ware raus!", rief Ömer, und gemeinsam schoben sie die Palette aus dem Aufzug.

„Du bist ein Lebensretter", sagte Hazem erleichtert, als sie die Tiefkühlwaren in die Truhen verstaut hatten. „Die Ware ist gerettet, und deine Lehrer haben nichts bemerkt."

Ömer lehnte sich erschöpft gegen die Wand und atmete tief durch. „Das war knapp. Aber hey, ich bin wohl doch ein Meister der Improvisation!" Hazem lachte und klopfte ihm auf die Schulter. „Das bist du, mein Freund. Das bist du!"

Nach seiner Schicht im Supermarkt beeilte sich Ömer, nach Hause zu kommen. Sein Kopf war voll von Dingen, die er noch erledigen musste. Für die bevorstehende Reise nach Yozgat musste er packen, und er wollte unbedingt noch mit Sara telefonieren. Aus der Türkei würde das nicht gehen, denn sein Handyvertrag unterstützte keine Auslandstelefonie. Wenigstens konnte er über WhatsApp schreiben – *ein schwacher Trost,* dachte er.

Er stieg in den Bus, sank auf einen freien Platz und lehnte den Kopf gegen das Fenster. Die abendliche Dunkelheit legte sich wie ein schwerer Mantel um ihn, und die Müdigkeit kroch unaufhaltsam in seinen Körper. „Die Arbeit ist doch anstrengender, als ich dachte", murmelte er leise zu sich selbst. „Es ist nicht die körperliche Belastung, sondern diese ständige Aufmerksamkeit, die einen auslaugt."

Nach wenigen Minuten erreichte er seine Haltestelle. Der kalte Wind pfiff ihm ins Gesicht, als er ausstieg und mit schnellen Schritten in Richtung seines Wohnhauses lief. Oben angekommen kramte er in seinen Taschen nach dem Schlüssel, fand ihn jedoch nicht. Frustriert klingelte er an der Tür und wartete, bis seine Mutter öffnete.

„Da bist du ja endlich", empfing sie ihn vorwurfsvoll, die Arme in die Hüften gestemmt. „Du musst noch packen, und morgen früh fahren wir schon los."

„Wann genau?", fragte Ömer genervt. Er hatte sich wirklich beeilt, so schnell wie möglich nach Hause zu kommen, und trotzdem wurde er kritisiert.

„Um zwei Uhr früh", erwiderte sie streng. „Und jetzt ist es schon 19 Uhr. Glaubst du, das packt sich von allein?"

„Ich habe doch noch sieben Stunden Zeit", murmelte er, während er an ihr vorbei in sein Zimmer ging. „Außerdem kann ich im Auto schlafen." Er lächelte sie flüchtig an, doch sie blieb mit ihrer strengen Haltung in der Tür stehen und beobachtete ihn, während er seine Tasche aufs Bett warf und sich selbst gleich hinterher.

Sein Handy legte er in den schmalen Spalt zwischen Wand und Matratze. *Nur kurz die Augen schließen, dann packen und Sara anrufen,* dachte er. Doch kaum hatte er die Augen geschlossen, umfing ihn ein tiefer Schlaf.

„Ömer! Ömer, wach auf! Wir wollen in zwanzig Minuten fahren!" Die Stimme seiner Mutter riss ihn aus seinen Träumen. Er blinzelte, setzte sich auf und starrte sie an. „Was?", murmelte er benommen. „Ich habe doch noch nicht gepackt!"

„Dann beeil dich gefälligst!" Sie wirkte sichtlich angespannt. „Dein Vater ist schon unten am Auto."

Panik durchfuhr ihn wie ein Blitz. Schnell schnappte er sich ein paar Hosen, T-Shirts und Hoodies, die er wahllos in die Tasche stopfte. *Zahnpasta und Zahnbürste habe ich in Yozgat*, dachte er laut. Kopfhörer für die Fahrt? Die lagen irgendwo herum. Er griff danach, warf sie in die Tasche und eilte ins Badezimmer.

Unter der Dusche versuchte er, sich zu sammeln. „Verdammt, warum habe ich verschlafen?", fluchte er leise. Während das warme Wasser über seinen Körper rann, überlegte er, ob er auch wirklich nichts vergessen hatte. Doch die Zeit drängte, und er musste abbrechen, bevor seine Mutter wieder anfing zu schimpfen.

„Endlich", seufzte sie, als er aus dem Badezimmer kam. „Nimm deine Schwester mit runter. Sie schläft noch." Ömer schnappte sich die Kleine vorsichtig und ging mit ihr zum Auto, wo sein Vater ungeduldig wartete.

„Los, Ömer, mach schneller! Wir müssen vor drei Uhr über die Grenze nach Ungarn kommen. Danach fangen die Grenzkontrollen an, und das kostet uns Stunden."

Ömer schnallte seine Schwester auf den Rücksitz an und setzte sich daneben. Kurz darauf kam seine Mutter mit seiner Reisetasche, warf sie in den Kofferraum und setzte sich auf den Beifahrersitz. Sein Vater startete den Motor, und sie rollten los – die lange Fahrt nach Yozgat hatte begonnen.

Die monotone Fahrt auf der Autobahn, die leichten Schwingungen des Autos und die Dunkelheit wiegte Ömer in einen tiefen Schlaf. Erst als die ersten Sonnenstrahlen durch das Fenster fielen und ihn an der Nase kitzelten, wachte er auf.

„Wie spät ist es?", fragte er verschlafen.

„Kurz nach acht", antwortete seine Mutter. „Wir sind fast durch Serbien."

„Können wir bitte eine Pause machen? Ich will mein Handy aus der Tasche holen." Seine Mutter nickte, und bei der nächsten Raststätte blieben sie stehen.

Ömer sprang aus dem Auto, ging zum Kofferraum und öffnete seine Tasche. Doch sie war leer. Sein Handy war nicht da.

„Mama, wo ist mein Handy?", fragte er, ein Hauch von Panik in seiner Stimme.

„Keine Ahnung", sagte sie gleichgültig. „Ich habe es nicht gesehen."

„Wir müssen zurück!" Seine Stimme überschlug sich beinahe. „Ich brauche mein Handy!"

„Vergiss es", erwiderte sein Vater scharf. „Wir fahren nicht zurück."

„Aber Papa!" Ömer war außer sich. „Ich brauche es! Ich muss Sara schreiben! Ich … ich kann so nicht fahren!"

Sein Vater fixierte ihn mit einem strengen Blick. „Vergreif dich nicht im Ton, junger Mann. Die Kommunikation ist hiermit beendet."

Ömer sank zurück auf seinen Platz, innerlich brodelnd. Ohne Handy – ohne Verbindung zur Außenwelt – fühlte er sich wie abgeschnitten von allem, was ihm wichtig war. Die Katastrophe hatte ihren Lauf genommen.

Während Ömer wie ein Häuflein Elend auf dem Rücksitz des Autos Richtung Yozgat saß, lief Saras Arbeitstag bereits auf Hochtouren. Hinter der Feinkost-Theke ihres Supermarkts war sie damit beschäftigt, Käse und Wurst abzuwiegen, die Kunden höflich zu bedienen und dabei die Professionalität zu wahren, obwohl ihre Gedanken immer wieder abschweiften – zu Ömer. Sie hatte ihn seit gestern nicht mehr gehört.

Die fehlenden Nachrichten verwirrten sie, ebenso wie der Standort auf Snapchat, der noch immer auf Wien zeigte. Das passte nicht zu dem, was Ömer erzählt hatte. War er tatsächlich gefahren? Oder war etwas passiert?

In einer kurzen Pause traf sie Oliver im Pausenraum. Er war gerade dabei, einen Schluck Kaffee zu nehmen, als Sara hereinkam und direkt auf ihn zuging. „Sag mal, Oliver, hast du heute etwas von Ömer gehört?", fragte sie, ihre Stimme klang sorgenvoll.

Oliver blickte überrascht auf. „Nein, eigentlich nicht. Ich weiß nur, dass sie in der Nacht oder früh am Morgen losfahren wollten. Mehr hat er mir auch nicht erzählt. Warum fragst du?"

Sara verschränkte die Arme vor der Brust und seufzte. „Er hat sich nicht gemeldet. Seit gestern Abend kein einziges Lebenszeichen. Und sein Standort auf Snapchat zeigt immer noch auf Wien."

Oliver zuckte mit den Schultern und schien über Saras Sorge nachzudenken. „Hm, seltsam. Vielleicht … vielleicht sind sie doch nicht gefahren. Oder – was unwahrscheinlich klingt – er hat sein Handy zuhause vergessen."

Sara hob die Augenbrauen, während sie ihn skeptisch ansah. „Ömer soll sein Handy vergessen haben? Das halte ich für ausgeschlossen. Ich habe ihn schon mehrmals angerufen, aber es geht immer nur die Mailbox dran."

Oliver nahm noch einen Schluck von seinem Kaffee und versuchte, sie zu beruhigen. „Ich rufe ihn später mal an. Vielleicht hat er es wirklich nur verlegt. Aber jetzt muss ich erstmal etwas erledigen."

Sara nickte langsam, ihre Sorgen waren jedoch nicht verschwunden. „Was hast du denn zu tun?", fragte sie, in der Hoffnung, das Gespräch zu verlängern.

„Ich muss AirTags in die Boxen der teuren Whiskeys packen. Melina will, dass wir Ladendiebe besser verfolgen können", erklärte Oliver. Seine Augen funkelten leicht amüsiert.

Sara runzelte die Stirn. „Und du glaubst, das funktioniert?"

Oliver grinste breit. „Glauben heißt nichts wissen, und ich weiß, dass es funktioniert." Mit einem kurzen Lachen nahm er seine Sachen und ging in Richtung Spirituosenabteilung.

Dort traf er Hazem, der gerade dabei war, die Regale aufzufüllen. „Hey, Hazem, was gibt's Neues?", grüßte Oliver freundlich, während er begann, die kleinen AirTags in die Whiskeyboxen zu stecken.

Hazem sah kurz von seiner Arbeit auf und nickte. „Nicht viel. Aber gestern hat uns Ömer mal wieder aus der Patsche geholfen."

Oliver hielt inne und drehte sich zu ihm um. „Was war denn los?"

„Die Aufzugtür hat geklemmt, und wir konnten die Tiefkühlware nicht herausbekommen. Ömer hat sie wieder repariert – wie immer schnell und unkompliziert. Der Junge hat echt was drauf."

„Ja, der hat was drauf …", murmelte Oliver leise, fast schon missmutig. Ein Hauch von Eifersucht schwang in seiner Stimme mit.

Doch er fing sich schnell wieder und setzte ein Lächeln auf. „Aber wenn Ömer mal einen Ladendieb auf frischer Tat ertappt, dann wird Melina ihn wirklich in den Himmel loben."

Hazem lachte und schüttelte den Kopf. „Ach, Oliver, pass lieber auf, dass du dir nicht zu viele Gedanken machst. Ömer ist halt ein Multitalent – aber er ist auch nur ein Mensch."

Oliver grinste zurück, aber tief in seinem Inneren rumorte etwas. Während er die Arbeit fortsetzte, dachte er an Saras besorgtes Gesicht. Es ließ ihn nicht los, und er fragte sich, ob mit Ömer tatsächlich alles in Ordnung war.

XII

Heute gehe ich wieder auf die Jagd, dachte sich der Programmierer, als er den Motor seines schwarzen Porsches startete. Die Tiefgarage seiner luxuriösen Penthouse-Wohnung war still, das Echo des Motors hallte von den Betonwänden wider. Doch er hielt inne, sein Blick schweifte zum weißen Lieferwagen, der unauffällig in einer Ecke der Garage geparkt war. *Am Wochenende mit dem Porsche auf einem*

Supermarktparkplatz? Zu auffällig. Ein Lächeln schlich sich auf sein Gesicht. Der Lieferwagen war perfekt – anonym, praktisch und absolut zuverlässig. Nachdem die Polizei ihn im Sommer nach der Entführung eines Mädchens kurzzeitig beschlagnahmt hatte, hatte sein Anwalt nicht nur die Rückgabe erzwungen, sondern auch dafür gesorgt, dass er nicht einmal durchsucht wurde. Alles war noch genau wie damals: die schallisolierten Wände, die Decken im Laderaum. der perfekte Ort für seine nächsten Pläne.

Er drückte die Fernbedienung, das automatische Tor der Lagerhalle öffnete sich leise. Der Porsche rollte elegant hinein, und der Programmierer parkte ihn in der abgedunkelten Ecke, die ihm immer als Versteck diente. Er wechselte in den Lieferwagen und drehte mehrfach den Schlüssel, bis der alte Motor schließlich ansprang. „Alt, aber zuverlässig", murmelte er zufrieden. Das Tor öffnete sich erneut, und der Lieferwagen glitt hinaus in den Vormittagsverkehr. Sein Ziel: der Supermarkt, den er schon lange für seine Machenschaften beobachtete. Die Umgebung war vertraut, die Routine beruhigend – alles war perfekt geplant.

Am Supermarkt parkte er strategisch in der Nähe des Personaleingangs, immer bereit, im Notfall schnell zu verschwinden. Er schnappte sich den schwarzen Rucksack vom Beifahrersitz, der halb geöffnet war und dessen Inhalt – Werkzeuge, Kabelbinder und ein Tuch – ordentlich und bereitlag. Sein Herz begann schneller zu schlagen. *Heute wird ein guter Tag,* dachte er, während er das Gebäude betrat.

„Hast du Ömer schon erreicht?", fragte Sara unruhig, als sie Oliver im Gang entdeckte. Oliver, der gerade mit einem Scanner unterwegs war, sah sie an und schüttelte den Kopf. „Nein, sein Handy ist immer noch ausgeschaltet. Sorry, ich weiß auch nicht, was los ist." Sara wirkte niedergeschlagen, doch bevor sie etwas erwidern konnte, hatte Oliver sich schon wieder auf den Weg gemacht.

Mit Melina hatte er ausgemacht, dass die AirTags in den Boxen der teuren Whiskeys überprüft wurden. Er hielt die App auf seinem Handy ständig im Auge, um sicherzustellen, dass sich alle AirTags noch im Supermarkt befanden. Bis jetzt war nichts Verdächtiges passiert. Oliver war erleichtert, doch gleichzeitig langweilte ihn die scheinbare Ruhe. *Es war ein guter Moment für eine Pause*, dachte er und machte sich auf den Weg zum Pausenraum.

Der Programmierer bewegte sich ruhig durch den Supermarkt, als hätte er alle Zeit der Welt. Sein Ziel war der Gang mit den teuren Spirituosen, der an die Feinkost-Theke angrenzte. Dort entdeckte er Sara, die gerade einer älteren Dame ein Stück Käse abschnitt. Sein Blick wurde kalt. Er erkannte sie. *Das Mädchen von damals.* Ein hungriges Lächeln spielte auf seinen Lippen. Seine Hände zitterten leicht vor Aufregung, als er eine Box Chivas Regal 18 aus dem Regal zog. Er wollte sie gerade in seinen Rucksack stecken, als sich ihre Blicke trafen.

Saras Augen weiteten sich vor Schreck. *Das Gesicht! Es ist er! Der Entführer!* Panik überkam sie, ihre Kehle schnürte sich zu. Sie schrie, ein kurzer, schriller Laut, der den Programmierer aufschreckte. Er sah sich hastig um. Der Gang war leer. Es war jetzt oder nie.

Mit ein paar schnellen Schritten war er bei ihr, packte sie grob und hielt ihr den Mund zu. „Kein Laut", zischte er mit einer eisigen Stimme. „Sonst bist du tot." Sie versuchte, sich zu wehren, doch er drängte sie entschlossen durch die Personaltür in den Backstage-Bereich.

Der Backstage-Bereich war ruhig. Er zerrte Sara vor sich her, die sich mit aller Kraft wehrte. Sie trat um sich, krallte sich an den Regalen fest, doch seine Hand blieb fest auf ihrem Mund. „Du Miststück", flüsterte er, als sie ihn plötzlich heftig in die Hand biss. Der Schmerz ließ ihn kurz loslassen, und sie schrie erneut. Doch mit einem brutalen Schlag brachte er sie zum Schweigen. Sara sackte bewusstlos zusammen.

Keuchend zog er sie weiter in Richtung Personalausgang. Der Lieferwagen war nur noch wenige Meter entfernt. Draußen schaute er sich hastig um. Der Parkplatz war zwar gut besucht, aber der Personaleingang lag abseits. Niemand bemerkte ihn. Mit einem Ruck öffnete er die Hecktüren des Lieferwagens und warf Sara in den Laderaum. Die Türen schlugen krachend zu, und er sprang nach vorne ins Fahrerhaus. Sein Rucksack landete achtlos auf dem Beifahrersitz. Der Motor heulte auf, und der Wagen schoss davon.

Sara kam zu sich, als der Lieferwagen über eine Bodenwelle rumpelte. Es war dunkel, stickig und still. Sie schrie, doch die schallisolierten Wände verschluckten jeden Laut. Tränen liefen über ihr Gesicht, während sie verzweifelt gegen die Wände schlug.

Der Programmierer warf einen kurzen Blick in den Rückspiegel und grinste. „Schrei nur, kleine Maus. Hier hört dich niemand."

Nach etwa zehn Minuten erreichte er das Lagerhaus. Das automatische Tor öffnete sich mit einem leisen Summen. Er fuhr die Rampe in den Keller hinunter, wo er den Lieferwagen parkte. Der Raum war dunkel und kalt, die Luft roch nach Beton und Metall. Er öffnete die Hecktüren, zerrte Sara hinaus und trug sie in einen kleinen Raum am Ende des Kellers. Ihre Schreie und verzweifelten Versuche, sich zu befreien, ignorierte er. Mit einem zufriedenen Grinsen schlug die schwere Stahltür hinter ihm zu.

XIII

Hast du Sara gesehen?", fragte Melina, als Oliver gerade aus dem Pausenraum kam.

„Ist sie nicht bei der Feinkost-Theke?", entgegnete Oliver verwundert.

„Nein", antwortete Melina. „Ivana war vorhin auf Pause, und als sie zurückkam, war Sara verschwunden."

„Vielleicht ist sie auf der Toilette?", schlug Oliver vor.

„Da habe ich schon nachgesehen. Sie ist nicht dort", erwiderte Melina, ihre Stirn in Sorgenfalten gelegt.

„Das gibt es doch nicht. Wo kann Sara sein?", fragte sich Oliver laut, während er sich im Supermarkt umschaute. Plötzlich bemerkte er im Gang mit den Spirituosen etwas, das seine Aufmerksamkeit erregte.

Unsicher, was ihn genau stutzig machte, ging er näher heran und stellte fest, dass eine Box des teuersten Whiskeys fehlte.

„Melina, haben wir heute einen Chivas Regal 18 verkauft?", fragte er, seine Stimme klang angespannt.

„Heute nicht", antwortete Melina sofort, etwas überrascht. „Warum fragst du?"

„Weil eine Box fehlt", erwiderte Oliver mit einer Mischung aus Besorgnis und wachsendem Unbehagen.

XIV

Die Tür der Shisha-Bar knarrte leise, als Ömer sie aufschob und die warme, süßlich-rauchige Luft ihn umhüllte. Sein Blick wanderte durch den Raum, bis er Mert entdeckte, der allein an einem Tisch saß, tief in Gedanken versunken und langsam an seiner Shisha zog. „Merhaba, Mert! Nasılsın[19]?", rief Ömer, während er auf ihn zuging. Mert blickte auf, und ein ehrliches Lächeln breitete sich auf seinem Gesicht aus.

„Ömer? Yozgat'ta mısın? Bu ne sürpriz![20]", rief Mert, sichtbar erfreut. „Setz dich doch!"

---

[19] Hallo, Mert! Wie geht's
[20] Ömer? Du hier in Yozgat? Das ist ja eine Überraschung!

Ömer ließ sich auf den Stuhl gegenüber fallen und seufzte. „Heute angekommen und schon Ärger mit meinen Eltern. Nichts Neues. Aber erzähl, was gibt's bei dir Neues?"

Mert grinste müde und zuckte mit den Schultern. „Ach, das Übliche. Ich versuche über die Runden zu kommen. Für einen Klavierspieler wie mich gibt es hier in Yozgat ja nicht viel zu tun."

Ömer nickte verständnisvoll, während er ein kleines Muster auf dem Tisch nachzeichnete. „Sag mal, Mert … könnte ich heute bei dir schlafen? Du wohnst doch mit deiner Oma zusammen, und das Haus ist doch riesig – halb verfallen zwar, aber zig Zimmer hat es, oder?"

Mert zögerte, seine Hand hielt inne, während er die Shisha absetzte. „Ömer, das ist schwierig. Oma schläft schlecht, wenn jemand Fremdes im Haus ist. Sie spürt es irgendwie. Und dann geistert sie die ganze Nacht herum. Das ist wirklich riskant."

Ömer schnaubte enttäuscht und lehnte sich zurück. „Ne yazık. Böyle bir ruh halinde olacağınızı düşünmemiştim. En azından nerede durduğumu biliyorum.[21]" Er stand auf und griff nach seinem Rucksack. „Ich suche mir schon was anderes. Tschüss, Mert."

Kaum hatte er sich umgedreht, um die Shisha-Bar zu verlassen, rief Mert ihm hinterher: „Warte, Ömer! Sei doch nicht so empfindlich." Mert grinste schief und schüttelte den Kopf. „Natürlich finden wir eine Lösung. Ich lasse dich doch

---

[21] Schade. Hätte nicht gedacht, dass du so drauf bist. Na gut, dann weiß ich wenigstens, woran ich bin.

nicht auf der Parkbank schlafen. Wenn du leise bist, wird Oma nichts merken."

Ömer drehte sich langsam um, ein Funkeln der Hoffnung in seinen Augen. „Ehrlich? Ich verspreche, so leise zu sein, dass ich selbst keinen Laut höre."

Mert lachte. „Das will ich sehen! Aber wir müssen Mehmet fragen, ob er uns fährt. Es sieht draußen nach Regen aus."

Ömer nickte und ließ sich wieder auf den Stuhl fallen. Mert zückte sein Handy und schrieb eine kurze Nachricht an Mehmet, den Taxifahrer.

Die Antwort kam prompt:
10 Minuten.

„Perfekt", sagte Mert und zog noch einmal tief an seiner Shisha, bevor er die Barrechnung beglich. Die beiden gingen hinaus, wo es inzwischen in Strömen regnete. „So ein Mistwetter", fluchte Mert, während er seine Jacke enger zog. Ömer hingegen hob den Kopf und ließ den warmen Regen auf sein Gesicht prasseln. „Ganz anders als in Wien", murmelte er. „Hier ist der Regen fast angenehm."

Nach einigen Minuten erschien Mehmets alter Fiat mit einem keuchenden Motorgeräusch. Der Taxifahrer lehnte sich aus dem offenen Beifahrerfenster. „Steigt hinten ein, vorne zieht's wie Hechtsuppe."

„Danke, Mehmet", riefen die beiden im Chor und kletterten auf die Rückbank. Ömer grinste. „Das wird eine lustige Fahrt. Regen rein, Regen raus."

Mehmets Taxi rumpelte durch die engen Gassen von Yozgat. Der Regen peitschte gegen die Scheiben, und die Scheinwerfer beleuchteten die regennassen Steine, die wie schwarze Diamanten glitzerten. Plötzlich läutete Mehmets Handy und er hielt abrupt an. „Git buradan! Yüküm var. Ödeme yapan misafirlerin önceliği vardır.[22]"

Mert lachte, während er die Tür aufschob. „Kein Problem, Mehmet. Danke fürs Mitnehmen." Ömer wollte sich noch bedanken, doch bevor er ein Wort sagen konnte, hatte Mehmet schon Gas gegeben und verschwand in der Dunkelheit.

„Ich konnte mich nicht mal verabschieden", sagte Ömer kopfschüttelnd.

„Gib ihm morgen einfach einen Döner aus", schlug Mert vor und lachte.

„Mache ich", versprach Ömer grinsend. Der Regen fiel unbarmherzig, doch die beiden stapften weiter. Ömer schaute zur düsteren Silhouette von Merts halb verfallener Villa, die im trüben Licht der Straßenlaterne unheilvoll aufragte.

„Na super", sagte er sarkastisch. „Gut, dass uns Mehmet nicht direkt vor die Tür gefahren hat. Jetzt sind wir wenigstens ordentlich nass."

Mert deutete auf das Anwesen und grinste. „İşte burası. Lanetlilerin sığınağı. Mütevazı evime hoş geldiniz.[23]"

---

[22] Raus mit euch! Ich habe eine Fuhre. Zahlende Gäste haben Vorrang.
[23] Tja, da ist sie. Die Zuflucht der Verfluchten. Willkommen in meinem bescheidenen Heim.

Beide brachen in Gelächter aus, während sie durch den matschigen Garten zur Eingangstür stapften.

Die Dunkelheit und der feine Regen, der immer noch vom Himmel fiel, verliehen der Szenerie eine seltsame, unheilvolle Atmosphäre. Ömer blieb plötzlich stehen, so abrupt, dass Mert fast ins Stolpern geriet. „Mert", flüsterte er, seine Stimme war angespannt und voller Alarm, „Was ist das für ein Licht da oben? Es wandert am Fenster im ersten Stock vorbei."

Mert folgte Ömers Blick und runzelte die Stirn. „Das wird Oma sein", sagte er zögerlich, „Sie geht wohl mit ihrer Taschenlampe zurück in ihr Zimmer."

„Taschenlampe?" Ömer schaute ihn skeptisch an. „Habt ihr keinen Strom?"

„Doch, eigentlich schon", antwortete Mert, sein Ton war unsicher geworden. „Manchmal fällt der Strom aus, aber dann ist die ganze Nachbarschaft dunkel." Er zeigte auf die umliegenden Häuser, die hell erleuchtet waren. „Aber die haben alle Strom. Das passt nicht."

Ömers Augen verengten sich, während er das flackernde Licht betrachtete, das durch die dünnen Vorhänge im oberen Stockwerk drang. Es bewegte sich unregelmäßig, fast wie ein Tanz. „Das ist keine Taschenlampe, Mert. Und schau dir den Schatten im Fenster an. Was ist das?"

Mert schwieg einen Moment, bevor er flüsterte: „Da ist jemand."

„Los! Schnell!" Ömer packte ihn am Arm, und sie rannten in Richtung des alten Hauses. Die schweren Tropfen des Regens prasselten auf sie herab, während Mert hastig in seiner

Hosentasche nach dem Schlüssel kramte. Seine Hände zitterten, als er endlich die Tür aufschloss. Ein lautes Knarren durchbrach die Stille, als die massive Holztür nachgab. Die beiden Männer stürmten hinein.

Mert nahm die Treppe mit riesigen Schritten, zwei Stufen auf einmal. Ömer folgte ihm dichtauf, der alte Holzfußboden knarrte unter ihren Füßen, als ob das Haus selbst ihre Panik spüren würde. „Oma!", rief Mert atemlos, während er den Gang entlanglief und die Tür zu ihrem Zimmer aufriss.

Das Zimmer war erfüllt von einem flackernden Licht, das von mehreren Kerzen stammte, die auf einer Kommode standen. Die Szenerie wirkte wie aus einem Albtraum. In der Mitte des Raumes lag Merts Oma auf dem Boden, reglos und still. Ihre dünnen, weißen Haare umrahmten ihr blasses Gesicht, und ihre Augen waren geschlossen.

„Ömer!" Merts Stimme brach fast. „Hier stimmt was nicht! Oh Gott, Oma! Tu doch was!" Er kniete sich neben ihren Körper und schüttelte ihre Schulter. „Oma, bitte wach auf!"

„Lass sie so liegen, wie sie liegt", sagte Ömer mit einer ruhigen, aber festen Stimme. Er ging in die Hocke und versuchte, seine eigene Panik zu unterdrücken. Mert protestierte: „Aber der kalte Fußboden —"

„Mert! Vertrau mir." Ömer ließ seinen Blick rasch durch das Zimmer schweifen, suchte nach Anzeichen für irgendetwas Ungewöhnliches. Dann beugte er sich über die alte Frau und suchte nach einem Puls an ihrer Halsschlagader. Er schüttelte den Kopf und murmelte: „Ich kann nichts fühlen."

„Was soll das heißen? Sie muss doch …" Mert verstummte, als er den Ernst in Ömers Gesichtsausdruck sah.

„Gib mir den Spiegel vom Schminktisch", sagte Ömer plötzlich.

„Was? Wofür?" Mert klang verwirrt, seine Stimme überschlug sich fast.

„Los doch!", drängte Ömer. „Vertrau mir!"

Mert sprang auf, schnappte sich den kleinen Handspiegel vom Schminktisch und reichte ihn Ömer, der ihn vorsichtig vor die Nase seiner Oma hielt. Beide starrten gebannt auf die glatte Oberfläche. Sekunden vergingen, doch der Spiegel blieb klar.

Ömer senkte langsam den Spiegel, seine Hand zitterte leicht. Er schaute Mert tief in die Augen, seine Stimme war ruhig, aber voller Bedauern. „Mert, es tut mir leid", sagte er schließlich. „Deine Oma lebt nicht mehr."

Für einen Moment schien die Welt stillzustehen. Der Regen draußen, das flackernde Licht der Kerzen, sogar das Knarren des alten Hauses – alles schien in der Luft eingefroren zu sein. Mert fiel auf die Knie und legte seinen Kopf auf die Brust seiner Oma, Tränen liefen über seine Wangen. „Das kann nicht sein. Sie war doch noch so fit. Sie hat doch noch heute Mittag …"

Ömer legte eine Hand auf Merts Schulter. „Manchmal passiert es einfach", sagte er leise, selbst mit einem Kloß im Hals. „Es tut mir so leid."

Das einzige Geräusch, das den Raum erfüllte, war Merts leises Schluchzen, während die Kerzen weiter flackerten und

Schatten an die Wände warfen – wie stumme Zeugen eines plötzlichen Verlusts, der alles veränderte.

XV

Das gibt es doch nicht, dachte Oliver verzweifelt, während er rastlos durch den Supermarkt lief. Von Sara fehlte jede Spur, und mit jeder Minute, die verging, wuchs seine Unruhe. Ihre Abwesenheit war völlig untypisch. Sara war zuverlässig, sie war nie einfach so verschwunden. Sein Handy zeigte immer wieder dasselbe Ergebnis: Das Signal des AirTags brach am Parkplatz des Supermarktes ab, direkt neben dem Personaleingang.

„Wie hängt das zusammmen?", murmelte Oliver leise zu sich selbst und starrte auf den blinkenden Punkt auf seinem Display. „Die verschwundene Chivas Regal 18 Box und Saras plötzlicher Abgang … das kann doch kein Zufall sein."

Er hatte sich bereits bei Saras Eltern erkundigt, nachdem er Bibis Hilfe in Anspruch genommen hatte, um ihre Nummer zu bekommen. Doch sie wussten genauso wenig wie er. Ihre Stimme klang verzweifelt, als sie ihm bestätigten, dass Sara sie auch nicht kontaktiert hatte. Oliver war ratlos.

Gemeinsam mit Hazem und Jusup hatte er den Supermarkt auf den Kopf gestellt. Sie hatten jede Ecke durchsucht, das Lager kontrolliert und sogar die Personaltoiletten mehrfach überprüft. Nichts. Es war, als hätte Sara sich in Luft aufgelöst. Die Unsicherheit nagte an ihm. Sara, die sonst immer so verantwortungsvoll war – warum war sie nicht erreichbar? Warum lag ihre Handtasche immer noch im Personalraum?

Mittlerweile war es draußen bereits dunkel. Die langen Schatten des Abends ließen den Parkplatz vor dem Supermarkt gespenstisch erscheinen. Oliver lehnte sich kurz an ein Regal, zog tief die Luft ein und ließ sie zitternd wieder aus. Seine Gedanken überschlugen sich.

In diesem Moment tauchte Kimberly auf. Ihre energischen Schritte hallten durch die beinahe leeren Gänge, bevor sie Oliver endlich erreichte. „Oliver! Was ist los? Du siehst aus, als hättest du ein Gespenst gesehen?", fragte sie mit besorgter Stimme.

Oliver drehte sich zu ihr um, seine Augen schwer vor Sorge. „Kimmy, Sara ist verschwunden. Einfach so. Als hätte sich der Boden unter ihr geöffnet."

„Was?" Kimberly runzelte die Stirn. „Wie kann das sein? Was ist passiert?"

Oliver gestikulierte hilflos. „Ich weiß es nicht! Ich habe sie noch gesehen, kurz bevor ich in den Pausenraum gegangen bin. Als ich zurückkam, war sie weg. Ihr Handy ist ausgeschaltet, und das AirTag aus einer Whiskeybox, die verschwunden ist, bricht genau dort ab – direkt am Personaleingang."

Kimberly sah ihn ungläubig an. „Moment. Du meinst, eine dieser teuren Whiskeyboxen, die du mit AirTags präpariert hast? Und das AirTag zeigt keinen Standort mehr?"

„Genau!", rief Oliver verzweifelt. „Ich habe schon alles versucht. Aber das Signal endet einfach dort. Es ist, als wäre sie ..." Er hielt inne und schluckte schwer.

„... als wäre sie entführt worden", flüsterte Kimberly, und ihre Worte ließen Oliver zusammenzucken.

Die Schwere der Situation sickerte durch ihre Gespräche. „Oliver, wir dürfen keine Zeit verlieren. Wenn sie wirklich entführt wurde, müssen wir schnell handeln. Vielleicht war der Personaleingang eine Art Fluchtpunkt. Hast du schon die Polizei gerufen?"

„Noch nicht", gestand Oliver und ballte die Fäuste. „Ich wollte sicherstellen, dass wir sie nicht irgendwo übersehen haben, bevor ich Alarm schlage."

Kimberly dachte angestrengt nach und setzte sich dabei auf die Kante eines Regals. „Vielleicht sollten wir noch einmal den Parkplatz absuchen – besonders die hinteren Bereiche. Wenn jemand Sara geschnappt hat, könnte er sie schnell in ein Fahrzeug gezerrt haben."

Oliver nickte langsam. „Das ergibt Sinn. Und wenn das Fahrzeug tatsächlich hier war, könnte es Spuren geben. Reifenspuren. Oder vielleicht hat jemand etwas gehört."

Kimberly schnappte sich ihren Schal und zog Oliver energisch am Arm. „Los, wir sehen uns draußen um. Wir suchen nach allem, was irgendwie auffällig ist. Und dann – rufst du die Polizei."

Gemeinsam eilten sie zum Personaleingang, ihre Schritte hallten auf dem kalten Asphalt wider. Die Dunkelheit hatte sich wie eine dicke Decke über den Parkplatz gelegt. Oliver leuchtete mit seinem Handy umher, während Kimberly systematisch die Fläche nach Anzeichen durchkämmte. Plötzlich blieb sie stehen.

„Oliver! Sieh mal hier!" Kimberly kniete sich hin und zeigte auf einen Bereich mit ungewöhnlich frischen Reifenspuren, die von der üblichen Parkordnung abwichen. „Das sieht aus, als wäre hier jemand schnell weggefahren."

Oliver kam näher und betrachtete die Spuren. Sein Herz begann schneller zu schlagen. „Das könnte passen. Aber wohin?"

Kimberly hob das Handy. „Wir sollten die Polizei jetzt informieren. Es gibt keine Zeit zu verlieren."

Oliver nickte widerwillig. „Du hast recht. Wir können das nicht allein lösen."

Während Kimberly bereits die Notrufnummer wählte, sah Oliver erneut in die Dunkelheit. „Halt durch, Sara", flüsterte er. „Wir finden dich."

XVI

"Tot? Das ist nicht wahr. Was soll ich jetzt machen, Ömer?" Merts Stimme zitterte, und seine Augen füllten sich mit Tränen. Er wirkte völlig verloren, wie ein kleiner Junge, der plötzlich seine Welt zusammenbrechen sieht. Ömer atmete tief durch und legte eine Hand auf Merts Schulter. „Hör zu, Mert. Wir müssen jetzt ruhig bleiben. Zuerst rufen wir die Polizei an. Wo ist euer Zählerkasten?"

„Im Flur", antwortete Mert zögernd, seine Stimme kaum mehr als ein Flüstern. „Aber warum?"

„Weil der Mörder vielleicht den Strom abgestellt hat, um in Ruhe handeln zu können", erwiderte Ömer mit einer kühlen Sachlichkeit, die Mert nicht beruhigte, aber ihm zumindest ein wenig Halt gab. „Komm schon, Mert, ruf die Polizei an."

Mit zitternden Fingern griff Mert zum altmodischen Telefon, das auf einem kleinen Beistelltisch stand. Seine Hände zitterten so sehr, dass er das Wählscheibentelefon fast fallen ließ, bevor er endlich die Nummer der Polizei wählen konnte: 155. Das Wählen der Zahlen zog sich wie eine Ewigkeit.

„Polizei, was gibt's?", meldete sich eine müde und gereizte Stimme am anderen Ende der Leitung. „Warum suchen sich die Leute bloß immer die scheußlichsten Nächte aus, um mich aus dem Bett zu holen?"

Mert rief panisch in den Hörer: „Meine Oma ist tot! Sie müssen sofort kommen!"

„Tot? Wer? Wo? Wann?", fragte der Polizist hastig, plötzlich wacher. „Okay, ich komme. Wohin?"

Mert stammelte die Adresse, während er gegen die Tränen ankämpfte. Der Polizist am anderen Ende antwortete schließlich: „Zehn Minuten. Und ich brauche was zu trinken. Einen Raki."

Als Mert auflegte, kam Ömer bereits aus dem Flur zurück. Sein Blick war ernst. „Jemand hat die Hauptsicherung herausgedreht, damit er ungestört arbeiten konnte. Das war kein Unfall, Mert."

Mert sah ihn mit geweiteten Augen an, unfähig, etwas zu sagen. Kurz darauf hörten sie von draußen schwere Schritte und ein Polizist betrat das Haus. Er machte einen erbärmlichen Eindruck: Seine schlecht sitzende Hose hing schief, das offene Hemd war knittrig, und die fleckige Uniformjacke roch nach abgestandenem Alkohol. Seine Mütze saß schief auf seinem Kopf.

Das ist der Wachtmeister, fragte sich Ömer ungläubig. Der Mann war ein Schatten dessen, was ein Polizist sein sollte.

„Raki. Wo ist der Raki?", fragte der Polizist, noch bevor er sich nach der Leiche erkundigte. Mert zögerte kurz, goss dann aber schweigend ein Glas ein und reichte es ihm. Der Polizist nahm einen tiefen Schluck und wischte sich mit dem Handrücken über das Kinn, wo ein paar Tropfen hängen geblieben waren.

Ömer war zunehmend genervt. „Wenn sie sich jetzt die Oma ansehen wollen, Herr Wachtmeister …", begann er mit ruhiger, aber scharfer Stimme.

„Ach, ja, ja, die gute Oma", murmelte der Polizist, schwenkte das Glas in seiner Hand und sprach weiter: „Siehst du, Mert, so schnell kann es gehen. Du bist ein tapferer Bursche. Kinder werden Leute, nicht wahr?" Seine Worte waren eine absurde Mischung aus Mitgefühl und Gleichgültigkeit.

Dann wandte er sich an Ömer. „Und du? Wer bist du überhaupt? Und was machst du hier?"

„Ich bin Ömer", antwortete dieser mit knapper Stimme. „Ich habe Mert nach Hause begleitet. Mehr nicht."

Der Polizist schien die Antwort nur halb zu registrieren. „Ach so, ein Besuch aus der großen Stadt, was? Na gut, wir werden sehen, ob du wirklich so unschuldig bist."

Bevor die Situation eskalieren konnte, hörten sie in der Ferne die Sirene eines Polizeiwagens. Der Wachtmeister drehte sich um und nuschelte: „Das wird die Verstärkung aus der Stadt sein. Zeit, dass hier mal jemand anderes übernimmt."

Kurz darauf betraten zwei Beamte das Haus, die auf den ersten Blick nicht unterschiedlicher sein konnten. Ihre Uniformen saßen tadellos, ihre Gesichter strahlten Professionalität und Ernsthaftigkeit aus. Der Unterschied zu ihrem Kollegen war so eklatant, dass Ömer fast lachen musste, wäre die Situation nicht so ernst gewesen.

„Guten Abend. Entschuldigen sie die Verspätung. Es war nicht einfach, sie zu finden", sagte einer der Beamten mit ruhiger Stimme. „Wo ist die Leiche?"

Mert deutete wortlos auf die Treppe, seine Hände zitterten immer noch. „Oben, im ersten Stock. Ich zeige es ihnen."

Während Mert die Beamten nach oben führte, stellte sich der Wachtmeister stolz vor: „Bert Ak. Ich habe sichergestellt, dass hier nichts verändert wurde. Alles unter Kontrolle."

Die beiden Beamten tauschten einen kurzen Blick aus, ein Ausdruck puren Misstrauens. Sie ignorierten den Wachtmeister fast völlig und folgten Mert die Treppe hinauf.

Ömer blieb unten stehen und beobachtete die Szene. Er spürte, dass hier mehr im Argen lag, als sie bisher erfasst hatten. In seinem Inneren keimte ein Entschluss: Wenn die

Polizei es nicht schaffte, die Wahrheit ans Licht zu bringen, würde er es tun.

XVII

2200 Kilometer nordwestlich von Yozgat erwachte Sara aus einer dumpfen, tiefen Ohnmacht. Ihr Kopf pochte wie ein Schlaghammer, und die scharfen Schmerzen ließen sie unwillkürlich zusammenzucken. Ihre Kehle war trocken, ihre Glieder schwer wie Blei. Ein schreckliches Ziehen im Hinterkopf ließ sie aufmerken. Wo war sie? Wie war sie hierhergekommen? Sie versuchte, sich zu erinnern, aber ihr Gedächtnis war wie ausgelöscht. Das Letzte, was sie wusste, war der Geruch von Öl und Metall in einem stickigen Raum, eine Flasche stand auf einem Tisch und als sie davon trank, wurde ihr schwummrig und dann war dann nur noch Dunkelheit.

Jetzt war sie in einem anderen Raum, so fremd wie beängstigend. Das Licht einer einzigen nackten Glühbirne an der Decke warf ein grelles, kaltweißes Licht auf die kargen Wände. Es gab kein Fenster, keinen Spiegel, keinen Hinweis auf die Außenwelt. Nur eine Matratze auf dem kalten Betonboden, einen wackeligen Stuhl und einen Tisch, der aussah, als wäre er aus einem Sperrmüllhaufen gezogen worden. Eine schwere Stahltür dominierte den Raum, ohne Türschnalle, ohne Möglichkeit, sie zu öffnen. Daneben ein unscheinbarer Schalter mit der Aufschrift „WC". Ihre Hände zitterten, und ihre Kehle zog sich zusammen. Angst stieg in ihr hoch, lähmend und unaufhaltsam.

Sara schloss für einen Moment die Augen und versuchte, ihren Atem zu beruhigen. Doch die Ungewissheit fraß sich wie ein scharfer Dolch in ihren Gedanken. „Wo bin ich?", flüsterte sie, doch ihre Stimme klang fremd, rau und brüchig. Die Realität traf sie mit voller Wucht. Sie war gefangen. Wieder gefangen.

Sie spürte einen drängenden Druck in ihrem Unterleib und bemerkte, dass sie dringend auf die Toilette musste. Ihr Blick fiel auf den Schalter. Zögernd stand sie auf, ihre Beine fühlten sich wackelig an, als ob sie kaum das eigene Gewicht tragen könnten. Mit einer zögerlichen Bewegung drückte sie den Knopf. Nichts geschah. Sekunden verstrichen, die sich wie Stunden anfühlten, bis sie Schritte hörte. Das leise Klackern eines Schlüssels drehte sich in der Stahltür, gefolgt vom Quietschen der schweren Scharniere.

Ein kleiner, untersetzter Mann mit einer Glatze trat ein. Seine Kleidung war schäbig, seine Haltung gleichgültig. Er blickte sie mit einem emotionslosen Gesichtsausdruck an. „Musst du aufs Klo?", fragte er in einem Ton, der so beiläufig war, als würde er über das Wetter sprechen.

Sara spürte, wie die Angst in Wut umschlug. Sie schrie ihn an, ihre Stimme zitterte vor Verzweiflung. „Ich will nach Hause! Lassen sie mich gehen! Warum halten sie mich hier fest? Ich will zu meinen Eltern!"

Der Mann zuckte nicht einmal mit der Wimper. Er sah sie an, als wäre sie eine lästige Fliege. „Auf dem Knopf steht ‚WC'.

Wenn du nicht aufs WC musst, dann eben nicht." Ohne ein weiteres Wort zog er die Tür zu, das metallische Knallen hallte in dem kleinen Raum wider und ließ Sara zusammenzucken.

„Nein!", schrie sie, ihre Stimme überschlug sich vor Panik. Sie rannte zur Tür, hämmerte mit den Fäusten gegen das kalte Metall. „Kommen sie zurück! Lassen sie mich raus!"

Doch ihre Schreie verhallten im Nichts. Niemand kam. Der dumpfe Hall ihrer eigenen Stimme war die einzige Antwort, die sie bekam. Sara sackte auf die Matratze, ihre Hände ballten sich zu Fäusten. Tränen rannen ihre Wangen hinunter, heiß und unaufhaltsam. Sie wusste, dass ihre Worte diesen Mann nicht erreicht hatten, und noch viel schlimmer: Niemand da draußen wusste, wo sie war.

Die Erkenntnis traf sie wie ein Schlag. Sie war völlig allein. Kein Handy, keine Verbindung zur Außenwelt. Sie erinnerte sich an den Moment, als sie das Gesicht des Programmierers im Supermarkt erkannt hatte. Es war der Blick eines Jägers gewesen. Und jetzt war sie sein Opfer.

„Ich werde hier nicht bleiben", flüsterte sie zu sich selbst, ihre Stimme bebend, aber mit einem Funken Entschlossenheit. „Egal, was es kostet. Ich komme hier raus." Doch tief in ihrem Inneren wusste sie, dass dies nur der Anfang war – und dass sie auf einen Albtraum zusteuerte, der weit schlimmer war, als sie sich vorstellen konnte.

XVIII

„Hoşça kalın[24]", sagte Aylin am Flughafen von Ankara zu ihrer Mutter und ihrem Vater. Ihr Vater küsste sie auf die Stirn und sagte: „Bizi Avusturya'da utandırma. İyi çalış ve iyi bir çocuk ol.[25]" Ihre Mutter hingegen stand stumm da, eine Träne lief ihr die Wange hinunter. Vor vier Stunden waren sie in Yozgat aufgebrochen, und jetzt stand Aylin hier am Flughafen, bereit, ein neues Kapitel in ihrem Leben zu beginnen.

Gestern war Aylin mit noch besten Freunden Besart, Öykü und Yiğit durch die Straßen von Yozgat spaziert. Es war ihr letzter Tag vor der Abreise, und die Stadt, die ihr immer vertraut gewesen war, fühlte sich gleichzeitig so nah und doch seltsam fern an. Die Straßen, die sie schon unzählige Male entlanggegangen war, wirkten lebendiger, als wollten sie sie in Erinnerung behalten. Jeder Schritt war ein Abschied, und die drei Freunde an ihrer Seite machten den Moment noch schwerer.

Die vier schlenderten die belebte Atatürk-Straße entlang, die Hauptverkehrsader der Stadt. Besart lief vorneweg und kaufte eine Tüte mit frisch gebrannten Kastanien von einem älteren Verkäufer, der an einer Ecke stand. Der warme, süße Geruch breitete sich aus, während sie die heißen Kastanien von Hand zu Hand reichten. Yiğit, der immer für einen Witz gut war,

---

[24] Tschüss
[25] Mach uns keine Schande in Österreich. Lerne brav und sei ein gutes Kind.

hielt sich eine der Kastanien ans Ohr und meinte trocken: „Ich höre, wie sie weint, weil du weggehst." Alle lachten, auch Aylin, obwohl ihr innerlich schwer ums Herz war.

Die Straßenverkäufer riefen ihre Angebote: „Taze simit! Taze simit[26]!", und Öykü zog Aylin zu einem Stand, wo die Verkäuferin ihr ein besonders großes und goldbraunes Exemplar in die Hand drückte. „Du wirst das vermissen, Westeuropa hat keinen Simit wie unseren", sagte Öykü, während sie beide herzhaft in das Gebäck bissen. Auf den Bürgersteigen saßen Männer auf kleinen Hockern, tranken Tee aus tulpenförmigen Gläsern und diskutierten lautstark über Fußball und Politik.

Die Gebäude entlang der Straße waren schlicht, aber lebendig. Auf den Balkonen blühten bunte Geranien, und Wäsche flatterte in der warmen Brise. Yiğit zeigte auf eines der alten Gebäude mit einer verwitterten Fassade und sagte: „Wenn du nach Wien gehst, werden dich solche Häuser an uns erinnern. Alt, aber voller Geschichten." Aylin lächelte, doch sie spürte den Kloß in ihrem Hals.

Ihr Weg führte sie weiter zum Yozgat Saat Kulesi, dem historischen Uhrturm, der das Herz der Stadt war. Der graue Turm aus Stein erhob sich majestätisch über den zentralen Platz. Die Glocken läuteten gerade, als die vier ankamen, und ihr Echo hallte durch die Straßen. „Das klingt nach Abschied", sagte Besart leise, und alle schwiegen für einen Moment.

---

[26] „Frische Simit!"

Aylin blickte lange hinauf zum Turm. Hier hatte sie als Kind oft mit ihren Eltern gestanden, Eis gegessen und Tauben gefüttert. Der Platz war gefüllt mit Menschen, doch für sie schien die Zeit stillzustehen. Sie nahm alles in sich auf – die bunten Schirme der Cafés, die spielenden Kinder, die eiligen Schritte der Passanten. Es war, als wollte sie diesen Moment für immer festhalten.

Von der Hauptstraße bogen sie in eine der engen, verwinkelten Gassen ab, die typisch für Yozgat waren. Der Boden aus unregelmäßigen Pflastersteinen knirschte unter ihren Schritten. Die alten Häuser mit ihren Holztüren wirkten wie aus einer anderen Zeit. Einige von ihnen waren von Kletterpflanzen überwuchert, andere frisch gestrichen und voller Leben.

In einer Werkstatt saß ein alter Schuster, der konzentriert an einem Paar Schuhe arbeitete. Aylin blieb stehen und beobachtete, wie seine Hände flink und präzise den Faden durch das Leder zogen. „Weißt du", sagte Öykü, „solche Orte wirst du in Wien sicher nicht finden. Alles ist dort modern und glatt." Aylin nickte nachdenklich.

Ein wenig weiter vorne entdeckten sie eine Bäckerei, aus der der Duft von frisch gebackenem Fladenbrot strömte. Eine ältere Frau mit mehlbedeckten Händen stand an einem Holztisch und rollte Teig aus. Besart kaufte vier Brote, und sie setzten sich auf eine niedrige Steinmauer, um das noch warme Gebäck zu teilen. „Das ist das Beste an Yozgat", sagte Yiğit mit vollem Mund. „Hier ist alles echt."

Sie gingen weiter, bis sie den Blick auf die grünen Hügel des Çamlık-Nationalparks genießen konnten. In der Ferne erstreckten sich die Pinienwälder, die wie ein endloser Teppich wirkten. „Hierher kommen wir, wenn du zurück bist", sagte Besart und legte einen Arm um Aylin. „Ich wette, du wirst Wien mögen, aber nichts kann das hier ersetzen."

Die klare Luft und das Zwitschern der Vögel erinnerten Aylin an die unzähligen Tage, die sie mit ihrer Familie hier verbracht hatte. Picknicks auf den Wiesen, Wandertouren durch die Wälder – diese Erinnerungen waren wie ein Schatz, den sie mitnehmen würde.

Am Abend, als die Freunde sie nach Hause brachten, blieben sie vor der Haustür stehen. Die Straßenlaternen tauchten die Szenerie in ein warmes, goldenes Licht. Die Stimmen der Menschen, das Klirren von Teegläsern aus einem nahen Café und das entfernte Läuten des Uhrturms – all das fühlte sich wie ein letztes Lied an, das die Stadt für sie spielte.

Aylin drehte sich zu ihren Freunden um. „Danke, dass ihr mit mir gekommen seid", sagte sie, ihre Stimme leise. „Das hier werde ich nie vergessen."

„Und wir vergessen dich nicht", sagte Öykü, ihre Augen glänzten vor Tränen. Besart und Yiğit nickten nur, beide zu stolz, ihre Emotionen zu zeigen.

Als sie die Tür hinter sich schloss, atmete Aylin tief durch. Sie wusste, dass sie all das vermissen würde – die Straßen, die Gerüche, die Geräusche. Doch sie trug Yozgat in ihrem Herzen, wohin auch immer sie gehen würde.

Jetzt, mit ihrem Rucksack auf dem Rücken, fühlte sich Aylin unsicher und voller Vorfreude zugleich. Wien, die elegante Hauptstadt Österreichs, lag vor ihr. Sie stellte sich die alten Gebäude, die Parks und den neuen Alltag vor, den sie bald erleben würde.

An der Passkontrolle überreichte sie einem mürrisch dreinblickenden Grenzbeamten ihren Pass. Er schaute sie an und fragte „Nereye gidiyorsun[27]?"

„Viyana'ya gidiyorum", antwortete Aylin höflich. „Bir yıl orada yaşayacağım. Meslek lisesine gideceğim ve futbol oynayacağım.[28]"

Der Beamte lachte spöttisch und sagte: „Kız çocuğu mutfakta olur.[29]"

Aylin spürte Wut in sich aufsteigen, doch sie ignorierte die Bemerkung und entgegnete kühl: „Teşekkür ederim.[30]"

Nachdem sie die Passkontrolle hinter sich gelassen hatte, ging sie durch den Duty-Free-Bereich. Die Auswahl an Kosmetik und Parfüm interessierte sie nicht. Sie wollte ein kleines Souvenir für ihre Gastfamilie mitnehmen, aber es gab keine typisch türkischen Produkte. Frustriert ließ sie die Geschäfte hinter sich und nahm im Wartebereich ihres Abfluggates Platz. Sie zog ihr Handy hervor, schaute sich die Nachrichten ihrer Freunde an und verspürte einen leisen Stich

---

[27] Wohin gehst du?
[28] Ich werde ein Jahr in Wien wohnen, um dort in eine berufsbildende Schule zu gehen und Fußball zu spielen.
[29] Ein Mädchen gehört an den Herd
[30] Danke

in der Brust. Es war erst der Anfang, doch sie vermisste Yozgat schon jetzt.

Endlich wurde ihr Flug aufgerufen. Ihr Herz klopfte schneller. Sie zeigte ihre Bordkarte, ging die Gangway entlang und spürte, wie die Realität sie einholte. *Es passiert wirklich*, dachte sie. Schnell zückte sie ihr Handy, machte ein Selfie in der Gangway und schrieb an Professor Lehrner eine kurze Nachricht:

„Ich werde pünktlich landen."
Die Antwort kam sofort:
„Ich hole dich ab. Ich habe ein Schild mit deinem Namen."

Mit einem leisen Lächeln und ein wenig Nervosität stieg sie in das Flugzeug ein. Die Durchsage des Piloten, „Cabin Crew, 10 Minutes to Landing", riss Aylin aus ihren Träumen. Sie blinzelte, sah sich um und blickte aus dem kleinen Fenster. Unter ihr erstreckten sich unzählige Lichter, die wie ein Netz über die dunkle Landschaft gespannt waren. Das musste Wien sein. Ein Kribbeln durchfuhr sie. So oft hatte sie sich diesen Moment vorgestellt, aber jetzt, wo er da war, fühlte sie sich unsicher. Sie überprüfte ihren Sitzgurt, zog ihn ein wenig straffer und warf einen schnellen Blick auf die Flugbegleiterin, die mit einem freundlichen, aber routinierten Lächeln durch den Gang ging.

Die Ansage des Kapitäns kam über die Lautsprecher, und dann erklang plötzlich der Donauwalzer. Die vertrauten Klänge ließen Aylin lächeln, und für einen Moment fühlte sie sich sicherer. Sie hatte über Wien gelesen, die elegante Stadt mit ihren Palästen, Cafés und natürlich der Donau. Jetzt war sie fast da. Sie versuchte, sich die Stadt vorzustellen, die Menschen, die neuen Wege, die vor ihr lagen. Ein neues Leben, fernab von allem, was sie kannte.

Die Räder des Airbus A320 berührten den Boden, und das sanfte Ruckeln des Flugzeugs ließ sie ein wenig in den Sitz gedrückt werden. Ein leises Dröhnen der Triebwerke mischte sich mit den Klängen des Donauwalzers. Wien-Schwechat. Endlich. Sie hatte es geschafft. Das Flugzeug rollte langsam zur Ankunftshalle, und Aylin spürte, wie ihr Herz schneller schlug. Sie war aufgeregt, aber auch nervös. Sie fragte sich, ob jemand auf sie warten würde, ob alles gutgehen würde. Professor Lehrner klang in seinen Nachrichten immer freundlich, aber was, wenn er sie nicht mochte? Oder schlimmer noch, was, wenn sie niemanden verstehen würde, wenn das Deutsch, das sie in der Schule gelernt hatte, nicht ausreichte?

Die Türen des Flugzeugs öffneten sich, und sie stand auf, griff nach ihrem Rucksack im Gepäckfach und folgte den anderen Passagieren hinaus. Die kühle Luft des Flughafens schlug ihr entgegen, und sie zog ihren Schal enger um den Hals. Der Weg zur Passkontrolle war deutlich ausgeschildert, und sie ging mit den anderen Reisenden mit. Vor der Passkontrolle musste sie kurz warten, bis sie an der Reihe war.

„Den Pass, bitte", sagte der Beamte mit einem strengen Ton. Aylin reichte ihm ihre Dokumente und bemühte sich, ruhig zu bleiben. Der Mann betrachtete sie genau, sein prüfender Blick wanderte von ihrem Gesicht zum Foto und wieder zurück. Sie fragte sich, ob er wohl etwas Verdächtiges suchte. Hatte sie etwas falsch gemacht? Aber nach einem Moment nickte er und sagte: „Weitergehen."

Aylin spürte, wie die Spannung von ihr abfiel, und ging weiter. Ihr Koffer kam schnell am Gepäckband, und sie war erleichtert, als sie ihn greifen konnte. Die anderen Passagiere drängten sich um sie herum, aber sie achtete kaum darauf. Ihr Herz klopfte heftig. Gleich würde sie Professor Lehrner treffen. Sie fragte sich, wie er wohl war. Sie hatte sich einen freundlichen älteren Mann vorgestellt, groß, vielleicht mit grauem Haar und einem freundlichen Lächeln.

Mit ihrem Koffer in der Hand verließ sie den Sicherheitsbereich. Sie zog ihn die grüne Spur entlang, wo Reisende ohne Zollwaren gingen, und trat in die helle Empfangshalle. Es war viel heller als in den Gängen zuvor, und sie musste kurz blinzeln, um sich an das Licht zu gewöhnen. Ihre Augen wanderten durch die Menge, suchten nach einem Schild oder einer vertrauten Gestalt. Und dann sah sie es: Ein weißes Schild mit ihrem Namen, „Aylin", in großen Buchstaben geschrieben.

Der Mann, der das Schild hielt, entsprach jedoch so gar nicht ihrer Vorstellung. Er war klein, hatte eine Glatze und war ein wenig füllig. Sein Blick war ernst, fast kühl. Das war also Professor Lehrner? Ihr Herz sackte ein wenig ab. „Hallo, Aylin", sagte er knapp, ohne jede Spur von Wärme in der Stimme. Sie zögerte kurz, bevor sie ebenfalls „Hallo" sagte und ihm ein höfliches Lächeln schenkte.

„Komm", sagte er nur, als wäre das alles eine reine Formalität. „Das Auto steht draußen." Wieder dieser sachliche, fast frostige Ton. Aylin folgte ihm mit ihrem Koffer, während ihre Gedanken wirbelten. Das hatte sie sich anders vorgestellt. Sie hatte gehofft, dass der Empfang herzlich wäre, dass sie sich willkommen fühlen würde. Stattdessen fühlte sie sich wie eine lästige Aufgabe auf seiner Liste. Was, wenn das ein schlechtes Omen für die nächsten Monate war?

Als sie nach draußen traten, schlug ihr die kühle Wiener Luft entgegen. Es war ein seltsames Gefühl – so fremd und doch so aufregend. Während sie über den Parkplatz liefen, dachte sie: *„Das kann ja heiter werden."*

Aylin folgte Professor Lehrner durch die hektische Menge vor dem Flughafengebäude. Er hatte mittlerweile ihren Koffer genommen, nachdem er, in einem Ton, der mehr nach Befehl klang, gesagt hatte: „Gib den Koffer her." Aylin war fast in eine Frau gelaufen, die direkt vor dem Ausgang stand und eine Zigarette rauchte. Sie murmelte eine Entschuldigung, doch der kalte Blick der Frau ließ sie noch unsicherer werden. Der Professor schien das nicht zu bemerken oder es war ihm egal – er marschierte weiter, als hätte er keine Zeit zu verlieren.

Aylin trottete hinter ihm her, den Blick auf den Boden gerichtet. Die Aufregung, die sie während der Reise verspürt hatte, war plötzlich einer schweren, unangenehmen Anspannung gewichen. Alles fühlte sich falsch an. Die kalte Luft, die fremde Sprache, die starren Menschen um sie herum. Ein Gedanke schlich sich in ihren Kopf und ließ sie nicht mehr los: *Ich will zurück.* Zurück nach Yozgat, zurück zu Besart, Öykü und Yiğit, zu ihren vertrauten Straßen, ihrer Familie. Es war ein brennender Wunsch, der sie für einen Moment fast überwältigte.

„Hast du dein Handy dabei?" Die Stimme des Professors riss sie aus ihren Gedanken.

Aylin nickte, stumm und verwirrt, warum er das wissen wollte.

„Gib es mir", forderte er knapp. Sie blinzelte, ihre Finger krallten sich um den Riemen ihres Rucksacks. „Und deinen Pass?", fügte er hinzu, ohne sie anzusehen. „Gib ihn mir, du brauchst ihn jetzt nicht mehr."

Ein seltsames Gefühl durchlief sie. Es fühlte sich falsch an, aber sie spürte keine Kraft, um zu widersprechen. Vielleicht war das normal hier, vielleicht war es ein Verfahren, das sie nicht verstand. Sie griff in ihren Rucksack, holte ihr Handy und den Pass hervor und übergab sie ihm widerstandslos. Als ihre Finger den Pass losließen, schien ein Teil von ihr mitzuschwinden.

Endlich blieben sie stehen. Vor ihnen parkte ein großer, weißer Bus. Er wirkte alt und ungemütlich, und das Fehlen der hinteren Fenster ließ ihn wie ein Gefängniswagen erscheinen. Aylin fühlte, wie sich ihre Brust zusammenzog. Das hier war nicht das, was sie erwartet hatte.

Sie wollte auf der Beifahrerseite einsteigen, doch bevor sie den Griff erreichen konnte, schnitt Professor Lehmers Stimme die Luft: „Nichts da, hinten einsteigen." Der scharfe Ton ließ sie zusammenzucken. Sie drehte sich zu ihm um, wollte etwas sagen, aber die Worte blieben ihr im Hals stecken. Ihr Blick wanderte zum hinteren Teil des Busses. Die Türen standen offen, und sie sah hinein: keine Sitze, keine Bänke. Nur ein kahler Raum, auf dessen Boden ein paar alte, fleckige Decken lagen.

Ihr Instinkt schrie, dass etwas nicht stimmte. Ihr Herz begann schneller zu schlagen, und sie wollte fragen, warum sie sich nach hinten setzen sollte, doch ihr Mund blieb trocken. Professor Lehrner hatte ihren Koffer bereits in den Bus geworfen, achtlos, als wäre er bedeutungslos. „Beeil dich", sagte er, diesmal mit einer Note von Ungeduld, die sie noch kleiner machte, als sie sich ohnehin schon fühlte.

Zögernd setzte Aylin einen Fuß auf die Metallkante des Wagens und stieg hinein. Der Boden war kalt, und der Raum roch muffig, als ob er lange nicht gelüftet worden wäre. In der Dunkelheit konnte sie kaum etwas erkennen, aber ihre Finger ertasteten die rauen, fleckigen Decken, die achtlos auf den Boden geworfen worden waren. Sie ließ sich auf eine der Decken sinken und versuchte, ruhig zu bleiben. Vielleicht war das alles nur ein Missverständnis, ein seltsames Ritual, das sie nicht verstand. Vielleicht würde sich alles klären, wenn sie ihr Ziel erreichten.

Als sie ihre Hand über die Decke gleiten ließ, spürte sie etwas Hartes und Kaltes. Instinktiv griff sie danach und hielt es ins spärliche Licht, das durch einen winzigen Spalt der geschlossenen Türen hereindrang. Es war ein Armbändchen, zierlich und aus bunten Perlen. Es schien nicht hierher zu gehören, wie ein Überbleibsel, das jemand vergessen hatte. Ihr

Herz setzte einen Schlag aus, als sie darüber nachdachte, wer es hier verloren haben könnte – und warum.

Ohne weiter nachzudenken, stopfte sie das Armband in die Tasche ihrer Jeans. Sie wusste nicht, warum sie es tat, doch ihr Instinkt sagte ihr, dass sie es behalten musste. Ein leises Knirschen hinter ihr ließ sie zusammenzucken, und in diesem Moment wurde die Tür des Wagens plötzlich zugeknallt. Das metallische Klirren hallte durch den leeren Raum, und um sie herum wurde es schwarz.

Die Enge des Raumes schien sie zu erdrücken, und eine kalte Welle der Panik breitete sich in ihrem Inneren aus. Sie hörte die Stimmen draußen nicht mehr, nur das dumpfe Geräusch, wie der Professor in den Wagen stieg und der Motor ansprang. Das monotone Brummen verstärkte die Dunkelheit um sie herum, und sie spürte, wie sich ihr Herzschlag beschleunigte.

Was passiert hier? dachte sie, ihr Atem wurde schneller, flacher. Ihre Hände suchten verzweifelt nach ihrem Handy, doch dann erinnerte sie sich daran, dass sie es ihm gegeben hatte. Ihr Pass war ebenfalls weg – ihre einzige Legitimation, die sie noch hatte. Sie war allein, in einem fremden Land, in einem dunklen Wagen. Die Tränen stiegen ihr in die Augen, doch sie presste die Lippen zusammen. Jetzt zu weinen, würde nichts ändern. Sie musste ruhig bleiben. Doch in ihrem Kopf schrie eine Stimme unaufhörlich: Das war ein Fehler. Ein riesiger Fehler.

Ihre Hand glitt unbewusst zu ihrer Tasche, wo sie das Armbändchen ertastete. Sie schloss die Finger darum, als sei es ein Talisman, der ihr Kraft geben konnte. Doch die Fragen ließen sie nicht los. Wem hatte es gehört? Und warum war es in diesem Wagen zurückgeblieben?

Plötzlich wurde die Tür des Lieferwagens aufgerissen. Eine dunkle Stimme drang an Aylins Ohren: „Wen haben wir denn da?" Sie blinzelte ins grelle Licht, das von einem Flutlichtmast über ihnen ausging, und erkannte eine schlanke, hager wirkende Gestalt mit scharf geschnittenem Gesicht.

„Das ist Aylin", sagte eine andere Stimme, ruhig und fast teilnahmslos. Ihr Herz setzte einen Schlag aus, als sie diese Stimme erkannte. Es war Professor Lehrners Stimme.

„Los, komm raus", sagte er tonlos. Aylin zögerte, doch ein fester Griff an ihrem Arm riss sie aus ihren Gedanken. *Jetzt wird sich alles aufklären,* dachte sie mit einem Funken verzweifelter Hoffnung. Langsam kletterte sie aus dem Fahrzeug, ihre Beine fühlten sich schwer und zittrig an. Kaum stand sie auf dem kalten, dunklen Asphalt, sah sie sich um: Um sie herum waren nur Lagerhallen, keine Wohnhäuser, keine Straßenlampen, keine Menschen. Sie befand sich offensichtlich in einem Industriegebiet.

Instinktiv steckte sie die Hand in die Tasche ihrer Jeans und umklammerte das Armbändchen, das sie gefunden hatte. Es war absurd, aber dieses kleine Band aus bunten Perlen spendete ihr Trost. Es erinnerte sie daran, dass sie nicht ganz allein war, auch wenn es sich gerade so anfühlte.

Professor Lehrner und der andere Mann eskortierten sie schweigend zu einer der Lagerhallen. Der Professor zog ihren Koffer hinter sich her, während der andere Mann ihren

Rucksack in der Hand hielt. Aylin spürte, wie ihre Angst sie überwältigte, und diesmal konnte sie nicht einmal den Versuch unternehmen, sie zu verbergen. Ihre Hände zitterten, und ihr Atem ging stoßweise, während sie versuchte, einen klaren Gedanken zu fassen.

Die kleine Eingangstüre der Lagerhalle wirkte fehl am Platz, als wäre sie ein winziger Eingang zu einem viel größeren Geheimnis. Es gab keine Fenster, keine anderen sichtbaren Zugänge. Die Stille um sie herum war drückend. Professor Lehrner gab einen Code in das Nummernfeld neben der Tür ein, und mit einem leisen Summen öffnete sich die Tür.

Der andere Mann schob Aylin mürrisch durch die Öffnung, und sie fanden sich in einem langen, kahlen Gang wieder. Auf beiden Seiten reihten sich unzählige Türen aneinander, hinter denen kleine Büros lagen. Die Büros waren voller Technik – Monitore, Headsets, Kabel. Vor den Bildschirmen saßen Menschen, die alle telefonierten, ihre Stimmen gedämpft, aber bestimmt. Es herrschte ein geschäftiges Treiben, das in merkwürdigem Kontrast zur späten Stunde stand. Es musste schon kurz vor Mitternacht sein, aber Aylin hatte keine Möglichkeit, das genau zu wissen. Wie so viele Teenager war sie auf die Uhr ihres Smartphones angewiesen, und das befand sich nun in Professor Lehrners Besitz.

Plötzlich blieb er stehen, kramte umständlich in seiner Hosentasche und zog einen Schlüssel hervor. Ohne sie anzusehen, sperrte er eine der Türen auf und wies mit einem knappen Kopfnicken hinein. „Rein da", sagte er.

Aylin trat zögernd in den Raum. Er war spärlich eingerichtet, beleuchtet von einer nackten Glühbirne, die in der Mitte der Decke hing und ein ungemütliches Licht warf. Eine Matratze lag auf dem Boden, daneben ein dünnes Kissen und eine Decke. Ein einfacher Tisch mit einer Plastikflasche Wasser und ein Sessel standen an der Wand.

„Hier wirst du schlafen", sagte Professor Lehrner, während er mit einer Hand auf die Glocke neben der Tür deutete. „Wenn du zur Toilette musst, läutest du. Wenn du durstig bist, trink das Wasser."

Aylin wollte etwas sagen, irgendetwas, um zu verstehen, was hier geschah. Doch bevor sie ihre Stimme finden konnte, zog Professor Lehrner die Tür zu und sperrte sie mit einem deutlichen Klicken ab.

Allein. Die Stille des Raums schien sie zu erdrücken. Ihre Gedanken rasten, und sie fühlte, wie die Angst in ihr wuchs. Ihr Blick fiel auf die Flasche Wasser. Der Durst, den sie bis jetzt ignoriert hatte, wurde plötzlich überwältigend. Sie nahm die Flasche in die Hand und drehte den Verschluss ab. Dabei bemerkte sie, dass er nicht knackte, obwohl die Flasche noch verschlossen schien.

Einen Moment lang hielt sie inne. Ein ungutes Gefühl stieg in ihr auf, aber der Durst war stärker. Sie nahm einen Schluck. Die Flüssigkeit war kühl, und für einen Moment spürte sie Erleichterung. Doch dann wurde ihr Blick trüb, ihre Knie gaben nach, und alles um sie herum wurde schwarz.

Das Armbändchen rutschte aus ihrer schlaffen Hand und lag neben ihr auf der Matratze, während sie in einen traumlosen Schlaf fiel.

XIX

Nur ein paar Kilometer entfernt wachte Professor Lehrner auf seiner Couch auf. Der Fernseher lief noch und zeigte eine Folge von *Mord im Paradies* auf Amazon Prime. Er blinzelte und fühlte sich für einen Moment desorientiert. Sein Blick fiel auf die Uhr am Bildschirmrand – es war 2:00 Uhr morgens. Mit einem Stirnrunzeln griff er nach seinem Handy, das neben ihm lag. Keine Nachrichten, keine Anrufe. Er wunderte sich. Es war vereinbart worden, dass Aylin sich melden sollte, sobald sie aus Ankara abflog. Doch dieser Anruf war nicht erfolgt, und auch eine Nachricht blieb aus.

Ein ungutes Gefühl breitete sich in ihm aus. „Wie konnte ich nur einschlafen?", murmelte er zu sich selbst. Er versuchte, die Sorge zu verdrängen, aber der Gedanke ließ ihn nicht los: *Was, wenn Aylin etwas passiert ist?*

Er setzte sich auf und rieb sich die Augen. Vielleicht hatte sie den Flug verpasst? Oder vielleicht gab es eine Verspätung? Das konnte er leicht herausfinden. Er öffnete sein Microsoft Surface, loggte sich ein und öffnete den Browser. Mit ein paar Klicks suchte er nach dem Flug von Ankara nach Wien, durchgeführt von Austrian Airlines. Der Flug war planmäßig in Wien gelandet. Seine Anspannung wuchs.

Ein Blick auf die Uhr erinnerte ihn daran, dass es in Yozgat bereits 4:00 Uhr morgens war – noch zu früh, um bei Aylins Eltern anzurufen. Aber er konnte nicht länger warten. Er stand auf, ging zum Kühlschrank und holte sich eine Dose Coke Zero. Mit zitternden Händen nahm er sein Handy und suchte die Nummer, die er von der Agentur bekommen hatte. Er hoffte inständig, dass Aylins Eltern zumindest ein bisschen Englisch sprechen konnten.

Das Telefon klingelte ein paar Mal, bevor ein verschlafen klingender Mann am anderen Ende abnahm. „Alo, kim arıyor?[31]", sagte die Stimme auf Türkisch.

„This is Mr. Lehrner speaking. Do you speak English?", fragte der Professor zögerlich.

Die Antwort kam langsam, aber deutlich: „Yes, a little."

Professor Lehrner atmete ein wenig auf. „Where is Aylin?", fragte er, seine Stimme ruhig, obwohl sein Herz raste.

„Plane, Vienna", antwortete der Mann, der offenbar Aylins Vater war, knapp.

„Aha", machte Professor Lehrner nur und überlegte, was er als Nächstes sagen sollte.

„All ok?", fragte Aylins Vater plötzlich, seine Stimme klang wachsam, vielleicht sogar besorgt.

Professor Lehrner zögerte. Sollte er die Wahrheit sagen? Sollte er zugeben, dass er nicht wusste, wo Aylin war? Dass sie ihn nie kontaktiert hatte? Doch er entschied sich dagegen.

---

[31] Hallo, wer ist da?

Panik würde nichts bringen, und vielleicht gab es eine harmlose Erklärung.

„Everything ok", log er schließlich und hoffte, dass es irgendwann wahr sein würde.

„Tamam[32]", antwortete Aylins Vater, offenbar beruhigt, und das Gespräch endete kurz darauf.

Professor Lehrner ließ das Handy sinken und starrte auf den Bildschirm. Er fühlte sich nicht beruhigt. Ganz im Gegenteil. Die Tatsache, dass er keine Ahnung hatte, wo Aylin war, lastete schwer auf ihn. Er musste etwas tun, aber was? Seine Gedanken rasten, während der Fernseher leise weiterlief, als sei nichts geschehen. Doch für Professor Lehrner war klar: Nichts ist in Ordnung.

XX

In der Lagerhalle wachte Aylin langsam auf. Ihr Kopf schmerzte, und sie fühlte sich schwer und verwirrt. *Was war passiert?* dachte sie. Das Letzte, woran sie sich erinnern konnte, war, dass sie das Wasser getrunken hatte – und dann wurde alles schwarz.

Ihre Hand wanderte instinktiv über die Matratze. Sie suchte das Armbändchen. Endlich spürte sie es. Ein kleiner Funken Trost durchfuhr sie, als sie es in ihrer Handfläche

---

[32] *Okay*

umklammerte. Schnell legte sie es an, als ob es eine Art Schutzschild wäre.

Doch die Realität holte sie schnell ein. Sie hatte Hunger, und sie musste dringend auf die Toilette. Sie stand auf, ihr Körper fühlte sich schwer an, und sie ging zur Tür. Neben der Tür hing eine Glocke, die Professor Lehrner ihr gezeigt hatte. Zögernd drückte sie darauf. Minuten vergingen – oder vielleicht auch länger? Ohne Uhr hatte sie kein Gefühl dafür, wie viel Zeit vergangen war. Endlich öffnete sich die Tür.

„Was ist?", knurrte ein Mann Mitte dreißig mit perfekt gestyltem Haar, den sie noch nie gesehen hatte. Er war durchtrainiert, mit einem ernsten Gesichtsausdruck, und strahlte keinerlei Geduld aus.

„Ich muss aufs WC und ich habe Hunger", sagte Aylin schüchtern, ihre Stimme kaum mehr als ein Flüstern. Der Mann verdrehte die Augen. „Komm", sagte er knapp und drehte sich um.

Aylin folgte ihm zögerlich, ihre Augen scannten den Gang, in den sie geführt wurde. Es war derselbe, aus dem sie in der Nacht zuvor gekommen war. Das künstliche Licht an der Decke brannte grell, die Wände waren kahl, und die Büros, an denen sie vorbeikamen, wirkten noch immer wie Bienenwaben. Menschen saßen in diesen Büros, die Headsets trugen und telefonierten, als wäre es mitten am Tag. Aylin hatte keine Ahnung, wie spät es war, denn auch in den Büros hingen keine Uhren.

Plötzlich blieb der Mann stehen und deutete wortlos auf eine Tür mit der Aufschrift „WC". Sie trat ein und sah sich um. Der

Raum war ebenso schmucklos wie alles andere hier. Kein Fenster, keine Dekoration – nur das Nötigste: ein WC, ein Waschtisch, ein Spiegel. Es fühlte sich wie eine Zelle an.

Aylin nutzte die Gelegenheit, erleichterte sich und wusch sich das Gesicht. Sie starrte in den Spiegel, als ob sie darin Antworten finden könnte. Ihre Augen waren gerötet, und sie sah müde aus. *Wie bin ich hier gelandet? Und wie komme ich hier wieder raus?*

Als sie aus der Tür trat, wartete der Mann bereits ungeduldig. „Komm", sagte er wieder, tonlos, ohne sie anzusehen. Sie folgte ihm mechanisch. Ihr Blick wanderte zu den anderen Türen, und für einen Moment überlegte sie, ob sie nicht einfach wegrennen sollte. Doch bevor sie handeln konnte, drehte sich der Mann um und sah sie durchdringend an.

„Denk nicht mal dran", sagte er ruhig, aber bedrohlich. „Du kommst keine zehn Meter weit."

Die Worte ließen sie erstarren. Aylin schluckte und folgte ihm zurück zu dem Raum, in dem sie eingesperrt war. Der Mann öffnete die Tür, schob sie unsanft hinein und wollte schon schließen, als Aylin plötzlich sagte: „Ich habe Hunger. Und wann … wann lassen Sie mich frei?"

Der Mann hielt kurz inne, als ob er überlegen müsste. Dann zuckte er die Schultern und sagte knapp: „Später."

Die Tür fiel ins Schloss, und das Klicken des Schlosses ließ Aylin zusammenzucken. Sie war wieder allein. Der Raum schien noch kälter und trostloser als zuvor, und der Hunger nagte an ihr. Doch die größte Last war die Ungewissheit. *Später? Wann ist später?*

Sie umklammerte das Armbändchen in ihrer Tasche und schloss die Augen. *Ich muss hier raus. Irgendwie. Doch wie, wusste sie nicht. Noch nicht.*

Ein Zimmer weiter, in dem stickigen, fensterlosen Büro, saßen zwei Männer an einem schmalen Tisch. Die Luft war schwer von Zigarettenrauch und abgestandenem Kaffee, die Atmosphäre bedrückend und kalt. Der Programmierer, ein Mann mit perfekt gestyltem Haar und einem Gesicht, das gleichzeitig gepflegt und abweisend wirkte, beugte sich vor, seine Zigarette locker zwischen den Fingern. Gegenüber saß der Mann, der von Aylin irrtümlich für Professor Lehrner gehalten worden war. Seine Haltung war lässig, fast gleichgültig, doch seine Augen verrieten etwas Dunkles, etwas Bedrohliches.

„Also, was machen wir mit ihr?", fragte der vermeintliche Professor Lehrner mit einem flüchtigen Blick zur Tür, die zu den Zellen führte. Seine Stimme war ruhig, aber in seinen Worten lag ein kaltes Interesse.

Der Programmierer zog genüsslich an seiner Zigarette, während er seinen Blick auf den dampfenden Becher vor sich richtete. „Welcher von den beiden?", fragte er spöttisch und ließ den Rauch durch die Nase entweichen.

„Sara", erwiderte der andere und lehnte sich zurück, die Zigarette in seiner Hand schwenkend. „Wir wissen, dass sie clever ist. Dieses Mädchen hat uns mehr Probleme bereitet, als es ein paar Teenager je sollten."

Der Programmierer lachte. Ein trockenes, bitteres Lachen, das die bedrückende Stille im Raum durchbrach. „Oh, sie ist clever, keine Frage. Aber sie hatte Pech. Weißt du, sie hat mich im Supermarkt erkannt, als ich diese Box Chivas Regal 18 genommen habe. Der Moment, in dem sich unsere Blicke trafen, war unbezahlbar. Ihre Augen wurden groß, voller Panik. Sie wusste genau, wer ich war." Seine Stimme wurde leiser, fast genüsslich, als er sich zurücklehnte und an seine Zigarette zog.

„Und weißt du, was das Beste ist?", fuhr er fort und blies den Rauch langsam aus. „Sie war so geschockt, dass sie keinen klaren Gedanken mehr fassen konnte. Ein perfekter Moment, um sie zu schnappen. Der Supermarkt war der denkbar unverdächtigste Ort – voll von Menschen, keiner hat auf uns geachtet. Niemand hat etwas bemerkt."

Der Mann, der ihm gegenüber saß und von Aylin für Professor Lehrner gehalten wurde, zog eine Augenbraue hoch und musterte ihn. „Wie hast du sie so schnell hinausbekommen? Supermärkte haben doch normalerweise Kameras."

„Das ist das Schöne daran", sagte der Programmierer, seine Stimme voller Selbstgefälligkeit. „Dieser Supermarkt? Keine Kameras. Absolut nichts. Und es war ein Leichtes, sie durch den Personaleingang hinauszubringen. Niemand hat es gesehen. Niemand hat es gehört. Die anderen Angestellten waren alle beschäftigt – und ich war schneller, als sie reagieren konnten."

Sein Gegenüber nickte langsam, sein Blick prüfend. „Und sie hat dich wirklich erkannt?"

„Oh, das hat sie", sagte der Programmierer mit einem selbstgefälligen Grinsen. „Ihr Gesichtsausdruck war unverkennbar. Sie wusste sofort, dass ich es war. Das machte es sogar noch besser. Sie hatte Angst, und das hat sie gelähmt. Keine Chance, wegzulaufen oder um Hilfe zu rufen. Es war fast zu einfach." Er nahm einen tiefen Zug von seiner Zigarette und fügte mit eisiger Kälte hinzu: „Und jetzt sitzt sie in der Zelle nebenan. Ganz allein, ohne Handy, ohne Hoffnung."

„Und die andere? Aylin?", fragte der vermeintliche Professor Lehrner und zog an seiner Zigarette.

„Die war sogar noch einfacher", sagte der Programmierer und grinste selbstgefällig. „Diese Nachricht, die sie von ‚Professor Lehrner' bekommen hat? Ein Kinderspiel. Die Leichtgläubigkeit dieser Kinder ist fast enttäuschend. Ein paar Worte auf ihrem Handy, und sie hat uns genau dahin geführt, wo wir sie haben wollten."

Er drückte seine Zigarette im übervollen Aschenbecher aus, lehnte sich zurück und nahm einen Schluck aus seiner Tasse. „Aber weißt du, was das Beste ist? Diese beiden haben keine Ahnung, dass sie nicht alleine sind. Sara sitzt in der einen Zelle, Aylin in der anderen. Und keine von beiden weiß, dass wir sie beide hier haben."

Der vermeintliche Professor Lehrner nickte langsam. „Wir könnten sie gegeneinander einsetzen", überlegte er laut.

„Vielleicht lässt sich mit einem von ihnen eine Botschaft an die anderen Kinder senden. Oder an ihre Familien."

Der Programmierer grinste kalt. „Oh, ich habe schon einige Ideen. Aber zuerst lassen wir sie ein bisschen in der Ungewissheit schmoren. Die Angst wird sie zermürben. Und wenn die Zeit reif ist …" Er machte eine bedeutungsschwere Pause. „Dann werden wir entscheiden, wie sie uns am nützlichsten sind."

Der vermeintliche Professor Lehrner beobachtete seinen Gesprächspartner mit einem Blick, der schwer zu deuten war. „Du bist sicher, dass sie uns nichts mehr anhaben können? Keine Geräte, die uns auffliegen lassen könnten? Keine Beweise?"

„Absolut sicher", sagte der Programmierer selbstbewusst. „Sara hat ihr Handy in der Handtasche im Supermarkt zurückgelassen. Und die andere? Ich habe alles gelöscht, was sie jemals hätte aufzeichnen können. Glaub mir, wir haben die Kontrolle."

Im Nebenzimmer, hinter den dicken Wänden, saß Sara auf dem kalten Betonboden und starrte in die Leere. Sie hatte die Schritte der Männer gehört, die draußen vorbeigingen, und jedes Mal raste ihr Herz. Ihre Gedanken wirbelten. Warum hielten diese Kriminellen sie hier fest? Und was wollten sie von ihr?

In der Zelle daneben saß Aylin, genauso verängstigt und verwirrt. Sie hatte Saras Stimme nicht gehört, aber sie hatte ein leises Wimmern wahrgenommen, ein Geräusch, das wie ein Echo ihrer eigenen Angst klang. Beide Mädchen waren sich ihrer gegenseitigen Existenz nicht bewusst, doch die Erkenntnis, dass sie nicht allein in diesem Albtraum waren, hätte ihnen vielleicht einen winzigen Funken Hoffnung gegeben.

Im Büro legte der Programmierer seine Zigarette in den Aschenbecher und beugte sich nach vorn. „Hör zu, ich will, dass wir in den nächsten Tagen entscheiden, wie wir mit ihnen verfahren. Aber lass sie erst mal leiden. Sie sollen wissen, dass wir die Kontrolle haben."

„Einverstanden", murmelte der vermeintliche Professor Lehrner. „Lass sie zappeln. Angst ist eine mächtige Waffe."

Ihre Stimmen wurden leiser, bis nur noch das Klicken der Kaffeetassen und das Kratzen von Stuhlbeinen auf dem Boden zu hören waren. Draußen, in den kalten, fensterlosen Zellen, saßen Sara und Aylin in der Dunkelheit, jede von ihnen allein mit ihrer Angst.

Sein Lächeln wurde breiter, und er fügte hinzu: „Ein, zwei Tage noch, und dann beginnen wir mit Phase 2."

Beide lachten, ein Ton, der im kahlen Raum widerhallte und eine kalte, unangenehme Atmosphäre hinterließ. Doch während der vermeintliche Professor Lehrner lachte, flackerte in seinen Augen Unsicherheit auf. Er wusste nicht genau, worauf Phase 2 hinauslief, aber das schien in diesem Moment keine Rolle zu spielen.

Im Nebenzimmer lauschte Sara angestrengt, versuchte, jedes Wort durch die dünnen Wände aufzuschnappen. Sie verstand nicht alles, aber eines war ihr klar: Sie war in Gefahr. Und dann war da noch ein anderes Mädchen. Und sie mussten einen Weg finden, hier herauszukommen – zusammen.

Aylin, die ebenfalls die Stimmen gehört hatte, war sich der Situation nicht voll bewusst, aber die Anwesenheit des Armbändchens in ihrer Tasche und das Wissen, dass sie nicht allein war, gaben ihr einen Funken Hoffnung. Sie ahnte nicht, dass die andere Gefangene genauso verzweifelt versuchte, einen Ausweg zu finden.

Die Schritte der Männer entfernten sich wieder, und in der Stille der Lagerhalle spürten beide Mädchen: Die Zeit lief.

XXI

„Ich habe etwas gefunden!", rief einer der Polizisten, der sich als Eren Haqani vorgestellt hatte, als er den Raum betrat, in dem die Leiche lag. Er hielt vorsichtig eine zerbrochene Spritze mit der Nadel nach oben. „Was ist denn los, Eren? Was hast du da?", fragte sein Kollege, ein stämmiger Mann mit markanter Stimme.

„Eine zerbrochene Spritze", erwiderte Eren Haqani, seine Stirn in Falten gelegt. „Sie lag direkt neben dem Nachtschrank. Es sieht aus, als ob sie im Todeskampf heruntergefallen ist."

Der andere Polizist trat näher, sein Blick verengte sich. „Also können wir einen natürlichen Tod wohl ausschließen. Hat der Arzt schon was gesagt?"

Haqani schüttelte den Kopf. „Nein, er ist noch nicht eingetroffen. Aber schau dir das hier an." Er zeigte auf den zertrümmerten Nachttisch. „Es sieht so aus, als hätte sich die alte Dame gewehrt. Sie muss im Todeskampf Gegenstände vom Tisch gerissen haben."

Plötzlich waren Schritte auf der Treppe zu hören. Der herbeigerufene Arzt, ein hagerer Mann mittleren Alters, mit einer Aktenmappe unter dem Arm, betrat den Raum. Er nickte knapp zur Begrüßung, bevor er sich neben die Leiche kniete.

„Herr Doktor", begann Eren Haqani ungeduldig, „haben sie schon eine Vermutung?"

Der Arzt musterte die Leiche aufmerksam, seine Stirn gerunzelt. „Es ist schwer zu sagen", begann er zögernd. „Ich sehe keine Würgemale oder sichtbare Verletzungen. Aber diese Spritze hier …" Er zeigte auf das Beweisstück. „Das deutet auf einen Giftmord mittels Injektion hin. Natürlich muss ich das durch eine Obduktion bestätigen lassen."

Der Polizist runzelte die Stirn. „Welches Gift könnte es gewesen sein?"

Der Arzt zuckte mit den Schultern. „Das kann ich hier nicht feststellen. Wir müssen die Überreste untersuchen." Er richtete seinen Blick auf Mert. „War Ihre Großmutter krank?"

Mert nickte, seine Stimme zitterte leicht. „Ja, sie hatte starke Herzprobleme. Mein Onkel, Dr. Güler, behandelte sie regelmäßig."

Der Arzt nickte nachdenklich und warf einen Blick auf die Medikamente, die auf dem Nachtschrank lagen. „Hat sie sich selbst Spritzen verabreicht?"

Mert schüttelte hastig den Kopf. „Niemals. Sie hatte schreckliche Angst vor Nadeln. Das hätte sie nie getan."

Eren Haqani wandte sich nun an Ömer, der angespannt in einer Ecke stand. „Sie haben also Ihren Freund nach Hause gebracht?"

Ömer nickte. „Ja, ein Freund hat uns hierhergefahren."

„Von wo?"

„Wir waren in einer Shisha-Bar in der Stadt", erklärte Ömer.

Der Polizist runzelte die Stirn. „Und warum sind Sie nicht mit Ihrem Freund zurückgefahren?"

Ömer zögerte, bevor er antwortete. „Ich wollte hier übernachten. Ich hatte Streit mit meinen Eltern und bin abgehauen. Verstehen sie, mein Vater hat bestimmte Vorstellungen von Disziplin und Ehre."

Eren Haqani hob eine Augenbraue. „Ehre? Was hat das mit Ihrem Streit zu tun?"

Mert sprang ein. „Er war traurig. Es war mehr Enttäuschung als Wut."

„Das ist doch egal", unterbrach Ömer ungeduldig. „Was hat das mit dem Mord zu tun?" Er sah den Polizisten scharf an. „Es war doch Mord, richtig?"

Der Polizist schwieg einen Moment. „Soweit wir das beurteilen können, ja."

Mert unterbrach aufgeregt. „Wir haben einen Schatten an Omas Fenster gesehen! Da war jemand!"

Eren Haqani spitzte die Ohren. „Einen Schatten? Erzählen sie mehr."

Mert schilderte, was er und Ömer beobachtet hatten. „Wir gingen durch den Park vor dem Haus. Es regnete stark, und wir sahen einen Lichtschein an den Flurfenstern

189

entlangwandern. Im ersten Stock, in Omas Zimmer, flackerte Licht."

„Wir dachten zuerst, sie hätte eine Taschenlampe", ergänzte Ömer. „Doch dann sahen wir diesen Schatten – groß und verzerrt – und kurz darauf hörten wir einen Schrei. Wir rannten hinauf und fanden Oma."

Der Polizist namens Eren fragte weiter: „Haben sie den Mörder gesehen? Irgendein Geräusch gehört?"

Mert schüttelte den Kopf. „Nein. Er muss die Hintertreppe genommen haben und durch die Hintertür verschwunden sein."

Plötzlich mischte sich der Dorfpolizist ein, der mit einer Bierfahne in den Raum getorkelt war. „Ich sage euch, der Junge lügt!", brüllte er und deutete mit einem wackeligen Finger auf Ömer.

Eren Haqani drehte sich zu ihm um, sichtlich genervt. „Was soll das?"

Der betrunkene Polizist grinste schief. „Ich rieche das doch. Der Bursche hat was damit zu tun. Vielleicht Drogen? Vielleicht hat er die Spritze selbst mitgebracht."

Ömer sprang auf, seine Augen loderten vor Wut. „Was? Das ist absurd! Ich würde so etwas niemals tun!"

Doch der betrunkene Polizist ließ nicht locker. „Ach ja? Ein Ausländer. Ein Österreicher. Sicher hat er Dreck am Stecken!"

Eren Haqani stellte sich schützend zwischen Ömer und den Polizisten. „Halt den Mund. Du bist betrunken und eine Schande für die Uniform." Er wandte sich an Ömer. „Wir werden das herausfinden. Aber ich glaube ihnen vorerst."

XXII

Es war schon nach Mitternacht. Der Pausenraum des Supermarktes lag in beklemmender Stille, nur das leise Summen des Kühlschranks war zu hören. Oliver saß mit Kimberly am Esstisch, sein Blick fest auf sein Handy gerichtet, als ob sich die Lösung des Rätsels plötzlich dort zeigen könnte. Doch da war nichts – keine Spur. Das AirTag in der Whiskey-Box war wie vom Erdboden verschluckt. Und Sara ebenfalls.

„Hast du etwas auf der App gesehen?", fragte Kimberly leise, ihre Stimme kaum mehr als ein Flüstern.

Oliver schüttelte den Kopf. „Nein, keine Bewegung. Keine Spur."

Kimberly biss sich auf die Lippe, bevor sie zögernd fragte: „Und die Polizei? Was haben die gesagt?"

Oliver runzelte die Stirn, seine Hände ballten sich zu Fäusten. „Sie machen frühestens in 48 Stunden etwas. Verschwundene Jugendliche – da warten sie erstmal ab."

„Früher hat man bei sowas doch sofort gesucht, oder?" Kimberly sah ihn fragend an, ihre Augen glitzerten vor Entsetzen.

„Früher, ja", murmelte Oliver düster. „Aber jetzt? Jetzt muss man sparen. Einsparungen in Milliardenhöhe. Und natürlich fängt man bei der Polizei an."

Kimberly schüttelte den Kopf, ihre Empörung war unüberhörbar. „Das ist doch krank. Sara könnte in Gefahr sein, und die wollen warten? Einfach nur warten?"

Oliver zuckte mit den Schultern, doch seine Haltung verriet die innere Zerreißprobe, die in ihm tobte. Sein Gesicht war blass, seine Augen glasig. „Ich mache mir solche Vorwürfe", sagte er plötzlich, und seine Stimme brach. „Hätte ich keine Pause gemacht … hätte ich nicht …" Er konnte den Satz nicht beenden. Seine Kehle schnürte sich zu, und er starrte auf den Tisch, während ihm eine einzelne Träne die Wange hinunterlief.

Kimberly sah ihn an, ihre Augen voller Mitgefühl. Sie wollte ihm Mut zusprechen, doch wie? Auch sie fühlte die Ohnmacht, die Hilflosigkeit. Langsam rückte sie näher an ihn heran, zog ihren Stuhl direkt neben seinen und legte ihren Kopf sanft an seine Schulter.

„Du bist der Einzige, der das hier ernst nimmt, Oliver", flüsterte sie. „Wenn jemand Sara finden kann, dann du." Ihre Stimme war leise, aber voller Überzeugung.

Oliver hob den Kopf und sah sie an. Seine Lippen zitterten, und eine weitere Träne rollte über seine Wange. Er wollte ihr glauben, wollte stark sein, aber die Zweifel nagten an ihm.

„Und Ömer …" Er sprach seinen Namen fast flehend aus. „Er wüsste, was zu tun ist. Aber er ist weg. Er meldet sich nicht. Ich habe ihn so sehr gebraucht, Kimmy."

Kimberly sah den Schmerz in seinen Augen, die Verzweiflung, die ihn förmlich erdrückte. Sie rückte noch näher an ihn heran, schlang ihre Arme sanft um ihn und hielt ihn fest, als wollte sie ihn vor der Dunkelheit bewahren, die sich in seinem Inneren ausbreitete.

„Oliver", sagte sie schließlich, ihre Stimme nur ein Hauch, „du bist nicht allein. Ich bin hier. Und wir werden das schaffen."

Er sah sie an, ihre Nähe fühlte sich wie ein Anker an, etwas, das ihn davon abhielt, völlig in seinen Schuldgefühlen zu versinken. Kimberly schloss die Augen, neigte leicht ihren Kopf, und er erkannte das Zeichen. Vorsichtig beugte er sich zu ihr, ihre Lippen trafen sich in einem sanften, zarten Kuss.

Es war ein Kuss, der von Verzweiflung sprach, von Hoffnung und von dem Wunsch, die Dunkelheit gemeinsam zu überwinden.

XXIII

„Mann, bin ich froh, dass die alle weg sind. Es ist drei Uhr früh", seufzte Ömer erleichtert auf, während er sich auf das alte Sofa fallen ließ. „Ich bin vielleicht fertig. Mich wundert nur, dass sie mich so einfach hier gelassen haben bei dir. Na ja, wo hätte ich denn hin sollen, mitten in der Nacht?"

Mert lehnte sich an den Küchentisch und zuckte mit den Schultern. „Vielleicht hat der Kommissar gedacht, es wäre besser, wenn ich nicht allein bin. Oder er wollte dich einfach nur loswerden, damit er nicht noch mehr Fragen beantworten muss."

Ömer grinste müde. „Euer Dorfpolizist, dieser wandelnde Alkoholpegel – er ist wirklich ein Kapitel für sich. Ich schwöre, der hat einen Vogel."

Mert lachte bitter, seine Augen jedoch blieben ernst. „Das wundert mich auch nicht. Der hat in seinem ganzen Leben nie Karriere gemacht, und jetzt ist er zu alt und zu doof dazu. Aber ehrlich gesagt, ich bin froh, dass sie weg sind. Möchtest du etwas trinken?"

„Danke, dass du an alles denkst. Trotz allem", sagte Ömer, während er Mert mit einem prüfenden Blick musterte. Nach einem Moment der Stille fragte er: „Hattest du eigentlich ein gutes Verhältnis zu deiner Oma?"

Mert nickte langsam, sein Blick auf den Boden gerichtet. „Oh Gott, ja. Sie war ein bisschen schrullig, klar. Es war nicht immer einfach mit ihr, aber ich habe sie trotzdem gemocht. Sie war meine Familie, weißt du?"

„Und du warst wahrscheinlich der Einzige, der sich wirklich um sie gekümmert hat, oder?" Ömer lehnte sich nach vorne, die Ellbogen auf die Knie gestützt. „Hatte sie keine anderen Verwandten, die sich hätten kümmern können?"

„Doch, doch, Verwandte gab es schon", sagte Mert mit einem Hauch von Bitterkeit in der Stimme. „Es hat sich bloß nie einer um sie geschert. Tante Nasrin, ihre Tochter, die kam einmal im Jahr zu Omas Geburtstag, hat sich dann den Kuchen schmecken lassen und ist wieder gegangen."

„Und die anderen?"

„Sonst gibt's niemanden mehr, der was mit ihr zu tun hatte. Na ja, außer Onkel Eyyüp – ihr Schwiegersohn. Der Mann von Tante Nasrin. Er war ihr Arzt."

„Ihr Arzt?" Ömer runzelte die Stirn. „Dr. Eyyüp Güler, ja?"

Mert nickte. „Genau der."

„Sag mal, wer könnte ein Interesse daran haben, deine Oma umzubringen?", fragte Ömer nachdenklich. „Hier gibt es doch keine Schätze zu holen. Hatte sie irgendwas zu vererben? Geld? Schmuck?"

Mert schüttelte den Kopf. „Oma hat nie viel von solchen Sachen gehalten. Aber sie hatte Land. Viel Land."

„Land?" Ömer richtete sich auf. „Wie viel reden wir da?"

„So etwa 100 Hektar", antwortete Mert, ohne zu merken, wie er damit Ömers Interesse weckte.

Ömer stieß leise einen bewundernden Pfiff aus. „100 Hektar sind eine Menge. Und wer bewirtschaftet das alles?"

„Der eigentliche Bauernhof liegt außerhalb von Yozgat, in einem kleinen Dorf. Wir haben da so einen Verwalter, der sich um alles kümmert. Ich habe mich da nie wirklich reingehängt. Oma hat das immer geregelt."

Ömer schüttelte den Kopf und lächelte müde. „Na toll. Es könnte also sein, dass jemand dachte, dieses Land sei eine goldene Gelegenheit."

Mert sah ihn einen Moment lang an, bevor er leise sagte: „Weißt du was? Wir denken morgen weiter darüber nach. Lass uns jetzt irgendwo ein Lager suchen und versuchen zu schlafen."

„Deal", sagte Ömer, stand auf und klopfte Mert leicht auf die Schulter. Doch in seinem Hinterkopf arbeitete es bereits. 100 Hektar Land? Es klang, als gäbe es mehr zu diesem Fall, als auf den ersten Blick ersichtlich war.

XXIV

Wo war das andere Mädchen? Der Gedanke nagte an Sara, während sie sich im trostlosen Raum umsah. Sie wusste nicht, wie spät es war. Keine Uhr. Natürlich nicht. Wie die meisten in ihrem Alter hatte sie sich nie die Mühe gemacht, eine Armbanduhr zu tragen. Das Handy war doch immer da – zumindest normalerweise. Ein bitteres Lächeln huschte über ihr Gesicht, das jedoch schnell wieder verschwand. Nicht immer. Jetzt nicht.

Sara fühlte sich zerrissen. Was mache ich hier? Ihre Gedanken sprangen von der Gegenwart zu den Erinnerungen an ihre erste Begegnung mit dem Programmierer. Damals hatten Ömer und Oliver den Mann auf dieser Couch gefangen. *Ömer*, dachte sie und spürte, wie sich ihr Herz zusammenzog. Sie erinnerte sich an den Triumph, den sie damals gespürt hatte, als der Programmierer der Polizei übergeben wurde – ein Sieg, der sie alle zusammengeschweißt hatte. Doch jetzt war alles anders. Der Mann war wieder frei, und sie war erneut in seiner Gewalt. Und Ömer? Sie vermisste ihn so sehr, dass es schmerzte. Doch er war nicht hier. Er war in Yozgat, ohne

Handy, ohne Möglichkeit, sie zu retten. Kein weißes Pferd, kein Held, der sie aus dieser Hölle holen konnte.

Ich muss selbst stark sein. Aber die Wut in ihr kochte. Wut auf den Programmierer, der sie zurück in diese Situation gezerrt hatte. Wut auf sich selbst, weil sie nicht aufgepasst hatte. Und Wut auf die Welt, die sie hier allein ließ. „Was für ein Bastard", murmelte sie vor sich hin und ballte die Fäuste. Ich werde nicht aufgeben. Ich werde nicht das Opfer sein, das er aus mir machen will.

Tief durchatmend zwang sie sich, sich auf die Umgebung zu konzentrieren. *„Wie war das nochmal mit diesem Morsealphabet?"*, überlegte sie angestrengt. *„SOS … dreimal kurz, dreimal lang, dreimal kurz."* Ein flüchtiges Lächeln huschte über ihr Gesicht, nur um sofort wieder zu verschwinden. *Was brachte ihr das überhaupt? Worauf sollte sie überhaupt klopfen? Auf das Heizungsrohr? Ja, das könnte funktionieren*, dachte sie. *Aber womit?* Sie ließ ihren Blick suchend durch den Raum wandern, während ihr Herz schneller schlug. Es musste doch etwas geben, irgendetwas, das sie benutzen konnte.

Sie begann, den Raum systematisch abzusuchen. Irgendetwas musste hier sein, irgendetwas, das sie verwenden konnte. Sie schob die Matratze zur Seite, doch darunter lag nur Staub und ein paar Krümel. Der Tisch und der Stuhl waren stabil, alt, aber ohne lose Teile. Sie stieß leicht gegen die Wände und suchte nach Schwachstellen, Unebenheiten oder Geheimnissen. Nichts. Ihre Frustration wuchs, und für einen Moment überkam sie eine Welle der Verzweiflung.

Nein. So leicht werde ich nicht aufgeben. Sie zwang sich, tiefer zu atmen, ihre Gedanken zu ordnen. Da fiel ihr Blick auf die Decke. Direkt über der Matratze war ein kleines Loch im Beton, etwa so groß wie ein Finger. „Was zum …?" Sie stand auf der Matratze, streckte sich und ertastete das Loch mit ihren Fingern. Es fühlte sich leer an, doch am Rand klemmte etwas Metallisches. Nach einigem Zerren gelang es ihr, das Teil herauszuziehen.

Sie hielt es hoch und betrachtete es. Ein kleines, L-förmiges Metallstück. Sie erkannte es sofort. Werkstattunterricht. Es sah aus wie ein Halterungsstück, vielleicht von einer alten Vorrichtung, um eine Decke oder ein Seil zu befestigen. Es war alt und verbogen, aber stabil. „Das könnte funktionieren", murmelte sie und stieg vorsichtig von der Matratze.

Sie hob das Metallstück und begann, vorsichtig auf das Rohr zu klopfen. Dreimal kurz. Dreimal lang. Dreimal kurz. SOS.

Zunächst war da nichts. Sie lauschte, die Stille schien sie förmlich zu erdrücken. Doch dann – ein leises Kratzen. Es kam von der Wand rechts neben ihr. Ihre Augen weiteten sich. Da ist jemand.

„Hallo?", flüsterte sie zögernd, fast ohne Hoffnung. Sie legte ihr Ohr an die Wand und lauschte. Das Kratzen verstummte. Dann, nach ein paar Sekunden, ertönte ein dumpfes Klopfen. Zwei Schläge. Antwort.

Ihr Herz begann schneller zu schlagen. Sie klopfte zurück – zweimal, als Antwort. Es war kein Zufall. Mit zitternden Händen begann sie, mit dem Metallstück an der Wand zu kratzen, an der Stelle, von der das Geräusch gekommen war.

Der Beton war brüchig, und sie arbeitete langsam, aber entschlossen daran, den Spalt zu erweitern.

Nach Minuten, die sich wie Stunden anfühlten, entstand ein schmaler Spalt. Staub und Putz rieselten auf die Matratze. Durch das winzige Loch konnte sie eine Bewegung sehen – eine Hand, die auf der anderen Seite ebenfalls kratzte. Ihr Herz setzte aus.

XXV

„Mert, wach auf, jemand ist draußen und will rein", rief Ömer leise, aber eindringlich.

Mert drehte sich verschlafen auf die andere Seite und murmelte: „Was? Wer denn? Wie spät ist es überhaupt?"

„Ein Uhr ... und zwölf Uhr mittags", antwortete Ömer mit einem schiefen Lächeln, das er sich aber eher aufzwingen musste. Der Schock des gestrigen Abends nagte noch immer an ihm, und er fühlte sich alles andere als entspannt. „Draußen steht der Marschall und will dich erschießen."

„Was?" Mert fuhr hoch, bevor er realisierte, dass Ömer nur versuchte, die Spannung mit einem Scherz zu brechen. „Der Dorfpolizist?", fragte er alarmiert.

„Nee", sagte Ömer, während er am Fenster einen Blick hinauswarf, „irgendein Typ auf einem Traktor. Sieht aus wie ... keine Ahnung, ein Bauer vielleicht?"

„Ach, das wird der Verwalter sein", brummte Mert und strich sich durchs Gesicht. Er richtete sich langsam auf, während Ömer weiter beobachtete.

„Willst du mit ihm sprechen, oder soll ich?", fragte Ömer schließlich.

Mert seufzte, stand auf und zuckte mit den Schultern. „Mach du erst mal."

Mit höflichem Ton öffnete Ömer schließlich die Tür. „Womit kann ich dienen?", fragte er, während der Mann vor ihm den Schirm seiner Kappe zurechtrückte.

„Ich wollte eigentlich zu Mert", sagte der Mann, während er vom Traktor abstieg. „Ich bin der Verwalter. Özgür heiße ich."

„Das macht nichts, kommen Sie nur rein", erwiderte Ömer in gespielter Freundlichkeit, was Özgür mit einem Stirnrunzeln quittierte.

„Wirklich witzig", murmelte der Verwalter und trat ein.

„Was gibt es denn?", fragte Ömer und deutete ihm, Platz zu nehmen.

„Ich wollte nur mit Mert sprechen", begann Özgür zögernd, „wegen ... na ja, wegen der Sache mit seiner Oma. Ist das nicht eine schreckliche Geschichte?" Er schüttelte bedauernd den Kopf, während er sich hinsetzte.

„Ja, wirklich schrecklich", sagte Ömer höflich, doch seine Augen musterten den Verwalter aufmerksam. „Wie lange sind sie eigentlich schon der Verwalter hier?"

„Seit etwa 15 Jahren", antwortete Özgür und verschränkte die Arme. „Seitdem auch Merts Vater, Gott hab ihn selig, gestorben ist. Ein feiner Kerl, genau wie die Oma. Schade drum."

„Kamen sie gut mit der Oma aus?", hakte Ömer nach und versuchte, möglichst beiläufig zu klingen.

Der Verwalter zögerte einen Moment. „Wie meinen sie das?", fragte er misstrauisch.

„Hatten sie Meinungsverschiedenheiten? Zum Beispiel wegen des Hofs?", fragte Ömer direkt.

Özgür lehnte sich etwas zurück und seufzte. „Na ja, hin und wieder. Ich sagte immer, wir sollten Land verkaufen, um Maschinen anzuschaffen. Man muss doch heutzutage Schritt halten, sonst geht man kaputt. Aber die alte Dame wollte von sowas nichts wissen."

„Sie hat das Land also nicht verkaufen wollen?", fragte Ömer mit gerunzelter Stirn.

„Nein, nicht einen einzigen Quadratmeter", erwiderte Özgür kopfschüttelnd. „Sie sagte immer, das ist Familienbesitz. Heilig, unantastbar. Aber die Maschinen kosten ein Vermögen, und Subventionen vom Staat? Hah! Die gehen doch nur an die Großen. Die Kleinen bleiben auf der Strecke."

„Gab es kürzlich ein Angebot?", fragte Ömer, während er jeden Ausdruck im Gesicht des Verwalters genau beobachtete.

„Ja, Taylan, ein Makler aus der Kreisstadt, wollte uns 5 Euro pro Quadratmeter für zehn Hektar zahlen. Das wären eine halbe Million Euro gewesen." Er machte eine wegwerfende Geste. „Aber Oma wollte nicht, aber meine Frau sagte …"

In diesem Moment kam Mert ins Zimmer, ein Handtuch um die Schultern geworfen, und unterbrach das Gespräch. „Da sagt Ihre Frau auch etwas dazu, Herr Özgür?", fragte er trocken.

Özgür wirkte ertappt, räusperte sich und stand auf. „Ich wollte nur mal nach dem Rechten sehen. So eine Tragödie, was mit deiner Oma passiert ist. Meine Frau hat gemeint, ich sollte vorbeischauen. Wie geht es dir denn, Junge?"

„Danke, mir geht's gut", erwiderte Mert kühl. „Wundert mich trotzdem, dass sie den Weg hierher gefunden haben."

Der Verwalter schien die Spitze zu ignorieren und hob abwehrend die Hände. „Na ja, ich wollte ja nur helfen. Dann lass ich euch mal. Schönen Tag noch."

„Wiedersehen, Herr Özgür", sagte Mert knapp und schloss die Tür hinter ihm.

Kaum war der Verwalter weg, drehte sich Ömer zu Mert. „Er wollte dich also besuchen, oder? Glaubst du ihm?"

„Ich glaube, er wollte sehen, ob er den Hof jetzt übernehmen kann", murmelte Mert finster. „Wieso taucht er sonst gleich nach Omas Tod hier auf?"

XXVI

„Wer bist du?", flüsterte sie, kaum mehr als ein Hauch.

Von der anderen Seite kam eine zögernde, schwache Stimme: „Aylin. Wer bist du?"

„Sara", antwortete sie. Sie konnte die Tränen nicht zurückhalten. Sie war nicht allein. Gemeinsam könnten sie es schaffen.

XXVII

„Aasgeier", murmelte Mert kalt und biss in seinen Döner.

„Warum bist du so hart zu ihm? Ist doch kein schlechter Kerl", erwiderte Ömer mit einem fragenden Blick, während er ebenfalls von seinem Döner abbiss. Sie saßen in der kleinen, kargen Küche, die nach Gewürzen und frisch gegrilltem Fleisch duftete, doch die Anspannung im Raum war deutlich spürbar. Ömer hatte den Eindruck, dass Mert etwas vor ihm zurückhielt, etwas, das ihn innerlich auffraß.

Plötzlich läutete es wieder an der Tür. Mert verdrehte die Augen und seufzte. „Was jetzt noch?" Er stand auf und ging zur Tür, während Ömer ihm mit wachsamer Miene folgte.

Draußen stand einer der Polizisten von der vergangenen Nacht. Er salutierte knapp, bevor Mert ihn hereinbat. „Also, schießen sie los", sagte Mert ohne Umschweife. Seine Stimme klang gereizt.

Der Polizist trat ein, zog die Mütze ab und begann: „Ihre Großmutter war herzkrank, das wissen sie ja. Sie wurde von ihrem Schwiegersohn, Dr. Güler, mit Digitalis behandelt. Das ist üblich bei Herzleiden. Aber ..." Er machte eine Pause, als wolle er sicherstellen, dass er ihre volle Aufmerksamkeit hatte. „Ihr Mörder hat ihr durch das Kleid eine tödliche Dosis

Strophantin injiziert. Der Arzt hat eine Einstichstelle gefunden, zusammen mit Fasern von ihrer Kleidung."

Mert erstarrte, und Ömer runzelte die Stirn. „Ist Strophantin so gefährlich?", fragte er.

Der Polizist nickte. „Die tödliche Dosis, die sogenannte *dosis letalis*, ist sehr niedrig. Normalerweise spritzt man intravenös, damit das Gift sofort wirkt. Aber hier wurde es in den Muskel gespritzt. Das ist nicht so effizient, aber für Herzpatienten, die mit Digitalis behandelt werden, immer noch absolut tödlich."

„Das heißt, der Mörder wusste genau, was er tat", sagte Ömer, seine Stimme angespannt. „Sowas weiß doch eigentlich nur ein Arzt, oder?"

Der Polizist zuckte mit den Schultern. „Es sieht jedenfalls danach aus. Aber ich kann dazu noch nichts Abschließendes sagen. Die Ermittlungen laufen."

„Danke, Herr Kommissar", sagte Mert tonlos und begleitete den Polizisten zur Tür. Kaum war die Tür zu, wollte Ömer seinen Döner wieder aufnehmen, als es erneut klingelte. Dieses Mal öffnete Ömer die Tür.

Ein Mann in einem langen Mantel und einem eleganten Hut stand davor. „Schönen guten Tag. Taylan ist mein Name", stellte er sich mit einem geschäftsmäßigen Lächeln vor. „Ich wollte mein Beileid aussprechen."

„Kommen sie doch rein", sagte Ömer freundlich, aber seine Augen musterten Taylan misstrauisch.

„Danke", sagte Taylan und trat ein.

„Sind sie Jäger?", fragte Ömer, der den Mantel und den Hut des Mannes betrachtete.

Taylan zog verwundert die Augenbrauen hoch. „Wie kommen sie darauf?"

„Der Mantel und der Hut", erklärte Ömer beiläufig.

Taylan lachte höflich. „Ah, nein, das täuscht. Ich bin Makler – zwar leidenschaftlich, aber nicht im Sinne von Wildjagd." Dann bemerkte er Mert, der mit verschränkten Armen in der Tür zur Küche stand. „Ah, da ist ja unser junger Herr. Mein herzliches Beileid. Eine schreckliche Tragödie."

Mert trat einen Schritt näher und betrachtete Taylan mit eisigem Blick. „Sind sie nicht der Makler, der meine Oma immer wegen des Landes belästigt hat?"

Taylan schüttelte bedauernd den Kopf. „Belästigt, oh nein! Ich hatte die Ehre, mit Ihrer Großmutter in geschäftlichem Kontakt zu stehen. Wir waren kurz davor, eine Transaktion abzuschließen. Leider kam dieser schreckliche Vorfall dazwischen."

„Was führt sie dann her?", fragte Mert trocken.

„Nun", begann Taylan zögernd, „ich wollte nur sicherstellen, dass alles in Ordnung ist. Ihre Großmutter wollte mir zehn Hektar Land für 25 Cent pro Quadratmeter verkaufen. Ein fairer Preis."

„25 Cent?", wiederholte Ömer ungläubig und warf Mert einen warnenden Blick zu. „Sind sie sicher?"

„Absolut", antwortete Taylan. „Es war ein gutes Geschäft. Alles war bereit für die Unterschrift. Ich habe den Vertrag sogar dabei." Er zog ein Dokument aus seiner Tasche und legte es auf den Tisch. „Hier, wenn sie unterschreiben, gehören ihnen 25.000 Euro."

Ömer konnte seinen Ärger nicht mehr zurückhalten. „Sie sind ein überaus taktvoller Mensch, Herr Taylan. Gerade mal ein paar Stunden, nachdem Merts Großmutter ermordet wurde, kommen sie mit einem Vertrag, um das Land zu kaufen?"

„Das ist wirklich geschmacklos", stimmte Mert zu, seine Stimme bebte vor Zorn.

„Liebe Kinder, ich wollte doch nur helfen", sagte Taylan beschwichtigend und hob abwehrend die Hände.

„Nehmen sie Ihren Vertrag und gehen sie", sagte Mert mit Nachdruck und zeigte zur Tür.

„Ich darf mich trotzdem wärmstens empfohlen halten", sagte Taylan und zog sich langsam zurück. Ömer begleitete ihn zur Tür und schloss sie mit einem energischen Knall.

„Was für ein widerlicher Kerl", murmelte Ömer.

„Er ist schlimmer als ein Aasgeier", sagte Mert, seine Fäuste geballt. „Ich wette, er hat mit dem Mord an meiner Oma zu tun."

XXVIII

„Heute geht es bei uns zu wie im Taubenschlag", murmelte Mert sarkastisch und biss genervt in seinen Döner. „Jetzt kommen auch noch Onkel Eyyüp und Tante Nasrin hierher. Sonst sehen wir die nie und heute tauchen plötzlich alle auf."

„Ah, der berühmte Dr. Güler", sagte Ömer trocken, ohne den Blick von seinem Essen zu heben. „Na, da bin ich mal gespannt. Vielleicht hat der auch noch ein paar Pillen für seine Nerven dabei."

„Sag doch sowas nicht", entgegnete Mert, während er zur Tür ging, um die Ankömmlinge zu begrüßen. „Die beiden stehen draußen herum und inspizieren Haus und Garten, als wäre das hier ein verdammtes Immobilienprojekt. Ich gehe mal nachsehen, was sie wollen."

Ömer erhob sich und hielt Mert am Arm zurück. „Du, die brauchen mich hier nicht zu sehen. Ich gehe wieder nach oben und suche weiter nach dem Testament. Und sag ihnen bloß nicht, dass ich hier bin."

Mert nickte knapp und ging hinaus in den Garten. Er kam genau in dem Moment an, als Tante Nasrin sich zu Onkel Eyyüp wandte: „Dann prüfen wir diese alte Villa und entscheiden, ob wir sie für unsere Pläne nutzen können."

„Selbstverständlich, Liebste. Ich finde, das Anwesen ist ideal für unsere Zwecke", antwortete Onkel Eyyüp mit einem selbstgefälligen Lächeln.

„Was zum Teufel soll das?", fragte Mert scharf, als er vor ihnen stand.

„Ganz einfach, Kleiner", erwiderte Eyyüp unbeeindruckt. „Das hier gehört jetzt wohl deiner Tante Nasrin. Schließlich ist sie die Haupterbin deiner Großmutter. Du wirst als Enkel natürlich großzügig abgefunden."

Mert verschränkte die Arme vor der Brust. „Und was, wenn Oma ein Testament hinterlassen hat?"

„Das gibt es nicht", warf Nasrin hastig ein. „Und wenn doch, dann sind das Hirngespinste. Mutter hat viel geredet, wenn der Tag lang war."

„Wir müssen realistisch denken, Mert", fügte Eyyüp hinzu. „Ich denke, wir machen den rechten Flügel hier unten zu meiner Ordination. Behandlungsräume und alles, was ich brauche. Und der linke Flügel? Perfekt für die Wirtschaftsräume. Oben kommen dann die Schlafräume hin. Wir müssen allerdings viel modernisieren."

„Ihr wollt hier eine Privatklinik oder so etwas aufmachen?", fragte Mert spöttisch.

„Schönheitsfarm", korrigierte Nasrin mit einem überlegenen Blick. „Eine exklusive Schönheitsfarm in ruhiger, idyllischer Lage. Es ist perfekt."

„Seid ihr euch überhaupt sicher, dass ihr Haupterben seid?" hakte Mert nach.

Nasrin verzog das Gesicht und antwortete schnippisch: „Natürlich bin ich die Haupterbin. Du bist doch nur unmündig und geschäftlich nicht handlungsfähig. Wir, deine nächsten Verwandten, werden alles für dich regeln."

Mert dachte kurz nach und sagte dann: „Komisch. Vor ein paar Wochen hat mir Oma erzählt, dass sie eine großartige Überraschung für mich hat. Sie sprach von einem Notar."

Nasrin hielt inne, ihre Augen verengten sich. „Ein Notar? Was für ein Notar?"

„Keine Ahnung", antwortete Mert, „aber Oma schien sich ziemlich sicher zu sein."

Eyyüp drehte sich zu Nasrin und zischte: „Du hast doch gesagt, dass es kein Testament gibt."

„Reg dich nicht auf, Eyyüp", sagte Nasrin abwinkend. „Das sind bloß Hirngespinste."

Die beiden setzten ihre Diskussion fort, während sie in ihr Auto stiegen und davonfuhren.

Mert kehrte ins Haus zurück, wo Ömer ihn bereits erwartete. „Hast du gehört, was die gesagt haben?", fragte Mert mit einem bitteren Lächeln.

„Oh ja", sagte Ömer. „Feine Verwandte hast du da. Die sind so kalt wie eine Gefriertruhe. Und dann verschwinden sie, ohne sich zu verabschieden. Ehrlich gesagt, Mert, was war das jetzt wirklich mit dem Testament?"

„Oma hat es irgendwo im Haus versteckt", sagte Mert überzeugt. „Sie hat mir nichts vorgemacht."

„Na dann los", sagte Ömer entschlossen. „Wir suchen dieses Ding. Ich schaue mir mal den Rokoko-Sekretär an, und du machst uns ein paar Brote. Deal?"

„Klar, und ich mache Tee", sagte Mert und verschwand in Richtung Küche.

Plötzlich hallte ein lauter Knall durch das Haus. Ömer sprang auf. „Mert! Was war das?"

„Jemand hat auf mich geschossen!", rief Mert panisch aus der Küche. „Mein Gott, Ömer, ich kann kaum stehen. Meine Beine zittern!"

„Bist du verletzt?", fragte Ömer alarmiert und rannte in die Küche.

„Nein", sagte Mert, während er hinter der Arbeitsplatte Deckung suchte. „Der Typ hat zu früh geschossen. Ich habe ihn nicht gesehen, aber er war draußen."

„Ich rufe die Polizei", sagte Ömer entschieden und griff nach seinem Handy.

„Kommissar Haqani, ich bin's, Ömer", sagte er, nachdem die Verbindung hergestellt war.

„Was ist los, Ömer?", fragte Haqani mit einem ernsten Ton.

„Man hat gerade auf Mert geschossen!"

„Was? Ist er verletzt?", fragte Haqani alarmiert.

„Nein, glücklicherweise nicht. Der Schütze hat verfehlt, aber er hat durchs Küchenfenster geschossen. Wir sind uns sicher, dass es ein gezielter Mordversuch war."

„Bleibt im Haus. Ich bin sofort da", sagte der Kommissar und legte auf.

Ömer wandte sich zu Mert, der blass und zitternd am Boden kauerte. „Keine Sorge, Mert. Die Polizei ist unterwegs. Wir kriegen diesen Mistkerl."

XXIX

„Wir brauchen Hilfe", sagte Oliver mit zitternder Stimme, während er auf den Tisch im Pausenraum starrte. Die Nacht schien sich endlos hinzuziehen, und die Stille drückte auf ihre Gemüter. „Wir schaffen das alleine nicht. Aber wen können wir fragen?"

Kimberly legte ihre Hand tröstend auf seinen Arm und überlegte laut: „Was ist mit Professor Lehrner? Oder Professor Kurz? Sie ist schließlich die Klassenvorständin von Sara. Vielleicht weiß einer von den beiden, was wir tun könnten."

Oliver nickte zögernd. „Das ist eine gute Idee, aber es ist mitten in der Nacht. Sie schlafen wahrscheinlich längst."

Kimberly zuckte mit den Schultern, ihre Entschlossenheit wuchs. „Warum schreiben wir ihnen keine WhatsApp? Wenn sie sie morgen lesen, melden sie sich bestimmt. Vielleicht hat Professor Lehrner sogar jetzt schon eine Idee, was wir tun können."

Oliver atmete tief durch und zog sein Handy aus der Tasche. „Du hast recht", sagte er und begann zu tippen:

Hallo Herr Professor Lehrner. Wir haben ein großes Problem. Sara ist seit gestern verschwunden. Wir wissen nicht, was wir tun sollen. Die Polizei will nicht nach ihr suchen. Wir glauben, dass jemand sie entführt hat. Haben sie einen Rat für uns? Liebe Grüße, Oliver und Kimberly.

Nachdem Oliver die Nachricht fertig geschrieben hatte, hielt er das Handy Kimberly hin. „Schaue dir das mal an. Passt das so? Ich will keine Fehler machen. Es soll ernst wirken."

Kimberly las die Nachricht aufmerksam durch und nickte dann. „Es passt. Drück auf Senden."

Oliver zögerte einen Moment, als würde das Abschicken der Nachricht die Schwere der Situation noch realer machen, dann tippte er auf „Senden". Zwei Sekunden später war die

Nachricht unterwegs – und landete nicht nur auf dem Handy von Professor Lehrner, sondern auch in einer staubigen Lagerhalle am Stadtrand, wo sie auf einem zweiten Handy aufleuchtete. In der menschenleeren Halle schien die Nachricht zunächst unbemerkt zu bleiben. Aber die Halle war nicht ganz menschenleer: In zwei kleinen Zellen lagen Sara und Aylin, die hinter dicken Stahlwänden gefangen gehalten wurden.

In der Wohnung von Professor Lehrner war es still – bis auf das gedämpfte Summen des Handys in der Jackentasche von Professor Lehrner, der rastlos in seinem Bett lag.

Professor Lehrner, der seit Saras Verschwinden immer wieder unruhig sein Handy überprüfte, griff sofort danach. Seine Hände zitterten, als er die Nachricht von Oliver las. „Oh mein Gott, noch ein verschwundenes Kind", murmelte er, und sein Verstand begann sofort zu rasen.

Ohne zu zögern, schrieb er zurück:

„Wollt ihr euch treffen?"

Erleichtert hielt Oliver das Handy Kimberly hin. „Er hat geantwortet! Wo könnten wir uns treffen? Was hat um diese Uhrzeit noch offen?"

Kimberly überlegte einen Moment, ihr Blick huschte zur Uhr an der Wand. „Der McDonald's in der Nähe der Schule hat fast die ganze Nacht offen. Das wäre perfekt."

„Ja, das klingt gut", stimmte Oliver zu. Er schrieb schnell zurück:

Sehr geehrter Herr Professor Lehrner, sehr gerne. Bei McDonald's in der Nähe der Schule? Können sie in 20 Minuten dort sein?

Keine Minute später vibrierte Olivers Handy erneut. Die Antwort bestand nur aus einem Daumen-hoch-Emoji.

„Los geht's", sagte Oliver entschlossen, während er aufstand und Kimberlys Hand nahm. „Wir dürfen keine Zeit verlieren."

Sie verließen den Personalraum des Supermarktes, gingen durch den Personalausgang und traten in die kühle Nacht hinaus. Oliver hielt kurz inne, um die Alarmanlage scharfzustellen, bevor er die Tür abschloss. Gemeinsam eilten sie durch die stille, dunkle Straße in Richtung McDonald's, ihre Herzen schlugen im Takt ihrer eiligen Schritte.

Die Sekunden verstrichen qualvoll langsam, doch in ihnen flackerte ein Funken Hoffnung auf: Vielleicht konnte Professor Lehrner helfen. Vielleicht gab es noch einen Weg, Sara zu finden.

XXX

Sara flüsterte vorsichtig durch den schmalen Spalt in der Wand: „Aylin … diesen Namen habe ich schon einmal gehört. Aber ich komme nicht darauf, von wo ich ihn kenne." Sara spürte, dass das Mädchen auf der anderen Seite genauso verängstigt war wie sie selbst.

„Sara, wo sind wir hier?", fragte Aylin schließlich, ihre Stimme zitterte leicht.

Sara zuckte instinktiv mit den Schultern, doch dann fiel ihr ein, dass Aylin sie ja nicht sehen konnte. Also antwortete sie leise: „Aylin, ich habe keine Ahnung. Wirklich nicht. Es fühlt sich an wie eine Art Lagerhaus, aber mehr weiß ich auch nicht. Wie lange bist du schon hier?"

Jetzt zuckte Aylin ebenfalls mit den Schultern, bis sie sich daran erinnerte, dass Sara sie nicht sehen konnte. „Ich weiß es nicht genau … vielleicht einen Tag? Sie haben mir mein Handy und meinen Pass abgenommen. Ich habe komplett das Gefühl für die Zeit verloren", erklärte sie tonlos.

„Deinen Pass?", fragte Sara überrascht. „Mein Handy habe ich im Supermarkt vergessen, als mich dieser … dieser Programmierer geschnappt hat. Aber warum haben sie deinen Pass?"

„Mich hat Professor Lehrner am Flughafen abgeholt", erklärte Aylin stockend. „Ich bin von Ankara nach Wien geflogen. Er hat mich vom Flughafen abgeholt – und dann bin ich hier gelandet."

Sara erstarrte. „Professor Lehrner?", fragte sie ungläubig, ihre Stimme wurde plötzlich schärfer. „Bist du dir sicher, dass es *mein* Professor Lehrner war?"

„Ja", antwortete Aylin zögernd. „Er hat gesagt, er wäre von der Schule und dass er mich sicher abholen würde. Aber dann … dann bin ich hier gelandet. Warum hat er mich eingesperrt?"

Sara schüttelte ungläubig den Kopf, obwohl Aylin es nicht sehen konnte. „Das kann doch nicht sein", murmelte sie.

„Professor Lehrner ist … er ist mein Lehrer. Also, nicht direkt meiner, aber er ist der Lehrer meines Freunds Ömer."

„Dein Freund heißt Ömer?", fragte Aylin plötzlich, ein Hauch von Erkennen in ihrer Stimme. „Ich kenne auch einen Ömer. Also ich kannte einen Ömer. Zuhause, in Yozgat. Der ist aber mit seiner Familie weggezogen. Ich glaube nach Deutschland, oder sogar nach Österreich."

„Das kann doch nicht sein", stammelte Sara. Ihr Herz raste. „Ömer kommt auch aus Yozgat. Bist du die Austauschschülerin, die nach den Herbstferien zu uns in die Schule kommen soll? Wieso hat dich Professor Lehrner entführt? Warum bin ich hier? Ich … ich verstehe gar nichts mehr."

Aylin schwieg einen Moment, bevor sie leise fragte: „Ja, ich bin die Austauschschülerin. Glaubst du, dass dieser Programmierer etwas damit zu tun hat?"

Bevor Sara antworten konnte, hörte sie plötzlich Schritte auf dem Gang. Ihre Augen weiteten sich vor Angst, und sie hielt den Atem an. Stimmen näherten sich.

„Chef", sagte eine männliche Stimme, rau und geschäftsmäßig, „ich habe gerade die Info bekommen, dass Phase 2 angelaufen ist."

„Gut", erwiderte eine vertraute Stimme – die des Programmierers. „Das heißt, die Oma ist tot?"

„Ja", bestätigte die erste Stimme. „Unser Verbindungsmann hat es gerade gemeldet."

Der Programmierer lachte leise, ein süffisantes, kaltes Lachen. „Sehr gut. Phase 2 läuft also. Alles nach Plan."

Die Schritte wurden leiser, bis sie im Flur verklangen, und die beklemmende Stille kehrte zurück. Sara spürte, wie sich ihre Hände in die Matratze krallten. Ihr Atem ging stoßweise, und sie rang um Fassung.

„Sara?", flüsterte Aylin zögernd. „Hast du das gehört? Was … was meinen die mit Phase 2? Wer ist tot?"

„Ich weiß es nicht", antwortete Sara heiser. Ihre Stimme zitterte. „Aber wenn das stimmt, dann … dann ist das viel größer, als wir denken. Sie spielen ein verdammt gefährliches Spiel, Aylin. Wir müssen hier raus. Irgendwie."

Aylin nickte schwach, obwohl sie wusste, dass Sara es nicht sehen konnte. Beide Mädchen spürten, dass die Zeit gegen sie arbeitete – und dass jede Sekunde in diesen Zellen sie weiter in die Fänge eines finsteren Plans zog.

XXXI

Professor Lehrner betrat das McDonald's-Restaurant, in dem zu dieser späten Stunde nur Oliver und Kimberly sowie ein paar Obdachlose und vereinzelte Betrunkene saßen. Die grellen Neonlichter ließen die ohnehin sterile Atmosphäre noch kälter wirken. Kimberly und Oliver hatten sich an einen der letzten Tische im hinteren Bereich gesetzt, weit weg von den anderen Gästen. Vor ihnen stand ein halb leerer Becher Coca-Cola Light, aus dem beide getrunken hatten. Ihre Hände lagen ineinander verschlungen auf dem Tisch, bis sie Professor

Lehrner erblickten. Schnell lösten sie sich, als Kimberly ihm mit einer knappen Geste zuwinkte.

„Servus Oliver und Kimberly", grüßte Professor Lehrner lächelnd, als er sich auf den Plastikstuhl setzte. Sein Lächeln wirkte bemüht, doch die Müdigkeit in seinen Augen war nicht zu übersehen. „Erzählt mir, was ist mit Sara los?"

Oliver zögerte einen Moment und blickte hilfesuchend zu Kimberly, die ihn aufmunternd ansah. „Los, Olli, erzähl ihm alles", drängte sie sanft.

Oliver atmete tief durch und begann stockend, die Ereignisse der letzten zwei Tage zu schildern. Seine Stimme war leise, zitterte gelegentlich, doch er ließ nichts aus. Professor Lehrner hörte aufmerksam zu, sein Gesichtsausdruck wurde mit jeder Minute ernster. Ab und zu schüttelte er den Kopf, als könne er nicht glauben, was er da hörte.

Als Oliver endlich fertig war, herrschte einen Moment lang Schweigen. „Was sollen wir tun?", fragte Oliver schließlich, seine Stimme kaum mehr als ein Flüstern.

Professor Lehrner lehnte sich zurück, fuhr sich über das Gesicht und starrte dann auf den Tisch. „Ich weiß es nicht", sagte er langsam, seine Stimme klang erschöpft und resigniert. „Ich verstehe das alles nicht. Zuerst Aylin, jetzt Sara. Warum verschwinden meine Schülerinnen?"

Kimberly riss die Augen auf. „Aylin?", fragte sie ungläubig. „Die Austauschschülerin?"

Professor Lehrner nickte schwer. „Ja. Sie hätte vor zwei Tagen in Wien ankommen sollen. Aber sie ist nie aufgetaucht. Ich habe mit ihrem Vater telefoniert. Er hat mir gesagt, dass er sie persönlich in Ankara in den Flieger gesetzt hat. Aber ich habe nie eine Nachricht von ihr bekommen."

„Wie sollte sie sich melden?", wollte Oliver wissen, der plötzlich wieder in seinem gewohnten Detektivmodus war.

„Wir waren immer nur über WhatsApp in Kontakt", erklärte Professor Lehrner und zog sein Handy aus der Tasche. „Ich dachte, sie würde mir schreiben, wenn sie landet."

Er öffnete den Chatverlauf und zeigte Oliver und Kimberly die letzte Nachricht von Aylin:

Ich freue mich schon so sehr auf die Zeit in Wien.

Sie wurde vor drei Tagen verschickt.

Oliver runzelte die Stirn. „Hm", murmelte er. „Darf ich mir kurz Ihr Handy ansehen?", fragte er vorsichtig.

Professor Lehrner sah ihn verwirrt an. „Warum? Was möchtest du damit machen?"

„Darf ich eine App aus dem Store herunterladen?", fragte Oliver vorsichtig.

Professor Lehrner zögerte, dann zuckte er mit den Schultern. „Natürlich. Aber was hast du vor?"

„Olli, was machst du da?", fragte Kimberly neugierig, als Oliver das Handy nahm und begann, darauf herumzutippen.

„Ich habe eine Vermutung", murmelte Oliver, während er die App herunterlud. „Wenn Aylin über WhatsApp kommuniziert hat und irgendetwas verdächtig ist, könnten wir es herausfinden. Es gibt Apps, die gelöschte Nachrichten aus der Benachrichtigungsleiste rekonstruieren können. Ich will sehen, ob es hier etwas gibt, das uns weiterhilft."

Professor Lehrner hob skeptisch die Augenbrauen, sagte aber nichts. Kimberly beugte sich neugierig vor. „Glaubst du, dass das klappt?", fragte sie hoffnungsvoll.

„Ich weiß es nicht, aber es ist einen Versuch wert", murmelte Oliver und öffnete die frisch installierte App. Er scrollte durch den Chatverlauf zwischen Professor Lehrner und Aylin, bis sein Atem plötzlich stockte. „Sehen sie sich das an", sagte er aufgeregt und hielt das Handy Professor Lehrner hin.

Professor Lehrner nahm das Gerät und las laut vor:

Ich werde pünktlich landen.

Dann:

Ich hole dich ab. Ich habe ein Schild mit deinem Namen.

„Was?", stammelte der Professor. „Diese Nachricht habe ich nie geschrieben!" Er starrte auf den Bildschirm, als könne er es nicht glauben.

Kimberly nahm das Handy, um selbst nachzusehen, und las die Worte laut vor. „Ich hole dich ab. Ich habe ein Schild mit deinem Namen." Sie schaute ungläubig zwischen Oliver und Professor Lehrner hin und her. „Das … das ergibt keinen Sinn. Jemand hat sich als sie ausgegeben, Herr Professor!"

„Das geht nicht mit rechten Dingen zu", sagte Professor Lehrner schließlich, seine Stimme war kaum mehr als ein Flüstern. „Hier ist etwas ganz und gar nicht in Ordnung."

Oliver legte die Hände flach auf den Tisch, seine Augen funkelten vor Entschlossenheit. „Das bedeutet, dass jemand Zugang zu Ihrem WhatsApp-Konto haben musste. Jemand, der wusste, dass Aylin auf dem Weg nach Wien war, und der wusste, dass sie Aylin abholen sollten."

„Aber wer könnte das sein?", fragte Kimberly leise. „Und warum?"

„Das ist die Frage", antwortete Oliver düster. „Aber eins steht fest: Aylin ist nicht einfach so verschwunden. Jemand hat sie gezielt in diese Falle gelockt.

XXXII

„Es hat geklopft, Ömer."

„Ja, ich hab's gehört, ich mache schon auf."

Ömer öffnete die Tür und stand dem Verwalter, Herrn Özgür, gegenüber. Sein Gesichtsausdruck war neugierig, fast ein wenig zu neugierig, als er sagte: „Guten Abend. Ich habe vorhin so einen Schuss gehört und dachte, ich schaue mal bei Mert vorbei. Wurden sie beschossen?"

„Guten Abend, Herr Özgür", antwortete Ömer ruhig.

„Wer ist es denn, Ömer?", rief Mert aus dem Nebenraum.

„Meister Özgür, euer Verwalter", rief Ömer zurück, bevor er sich wieder dem Mann an der Tür zuwandte. „Kommen sie doch rein."

„Danke" Herr Özgür trat ein und blickte sich unsicher um. „Ja, ist denn hier nun wirklich geschossen worden?"

„Wie kommen sie darauf, dass geschossen wurde?", fragte Ömer, sein Tonfall war beiläufig, doch seine Augen musterten den Verwalter aufmerksam.

„Na ja, ich habe einen Knall gehört, und da dachte ich mir, es hat irgendwer geschossen."

„Wo waren sie denn, Herr Özgür?", fragte Ömer.

„Ich? Ich ging mit dem Hund spazieren. Auf einmal macht's peng, und kurz darauf höre ich einen Wagen."

„Einen Wagen? Was für einen?" Ömer verschränkte die Arme und musterte ihn aufmerksam.

„Na ja, es klang wie ein Mercedes oder so", erwiderte Özgür. „Ist denn wirklich alles in Ordnung?"

Ömer tat, als hätte er die Frage nicht gehört, und machte stattdessen eine seiner berühmten spitzen Bemerkungen: „Mercedes, also. Während das Land mit einer galoppierenden Inflation kämpft, fahren die feinen Herren Mercedes."

Özgür ignorierte den Sarkasmus und setzte erneut an. „Ist wirklich niemand verletzt worden?"

„Zum Glück nicht", sagte Ömer achselzuckend. „Wollen sie einen Raki?"

Der Verwalter zögerte. „Eigentlich … Nun, warum nicht? Gerne."

Ömer schenkte ihm ein großes Glas ein, reichte es ihm und sagte mit einem aufmunternden Ton: „Na dann, Prost."

„Prost." Herr Özgür nahm einen großen Schluck und setzte das Glas ab. „Ach, sowas Furchtbares. Auf wen ist denn …"

„Wo haben sie denn Ihren Hund gelassen?", unterbrach ihn Ömer scheinbar beiläufig.

„Der ist draußen angebunden. Ein feiner Jagdhund."

„Sie sind Jäger?"

„Nein, nein, ich kann keine Tiere totschießen. Das finde ich furchtbar", erklärte Herr Özgür.

„Ja, ich auch", sagte Ömer mit einem dünnen Lächeln. „Und sie sind zufällig vorbeigekommen, ja?"

„Eigentlich ja. Aber wo ich schon mal hier bin … Meine Frau meint auch, ich müsste Mert …"

„Was meint Ihre Frau auch, Herr Özgür?" mischte sich Mert ein, der nun aus dem Nebenraum kam.

„Ich war heute Morgen in der Stadtratssitzung. Ich bin nämlich im Stadtrat. Und da habe ich gehört, dass im Bauausschuss beschlossen werden soll … Also, das ist natürlich noch geheim …"

„Na, was denn?", fragte Ömer scharf.

Herr Özgür senkte die Stimme, als wäre die Information gefährlich. „Die haben heute den Bebauungsplan für die nächsten Jahre besprochen. Etwa 20 Hektar Land von Merts Familie sollen darin aufgenommen werden. Aber… ich habe nichts gesagt."

Mert starrte ihn ungläubig an. „Mein Gott, das … Das bedeutet ja, dass das Land viel mehr wert wird."

„Das kann man wohl sagen. Bauerwartungsland kostet mindestens drei- bis viermal so viel wie normales Ackerland."

Ömer verschränkte die Arme und grinste bitter. „Ach, die gute alte kapitalistisch-feudale Teuerungsdemokratie. Spekulanten, die sich die Taschen füllen."

„Wie bitte?", fragte Özgür verwirrt.

„Ach, nichts", winkte Ömer ab. „Hauptsache, sie haben uns gewarnt."

„Taylan wollte uns hereinlegen. So ein Hund!", rief Mert verärgert. „Er wollte das Land für 25 Euro Cent pro Quadratmeter kaufen und dann für zwanzig Euro weiterverkaufen."

„Korruption?", murmelte Ömer, sein Blick funkelte. „Der Plan ist doch inoffiziell. Taylan hat jemanden im Ausschuss, der ihm das gesteckt hat."

Herr Özgür hob abwehrend die Hände. „Ich habe nichts gesagt. Jedenfalls wollte ich das berichten, damit ihr nicht auf ihn hereinfällt."

„Zu spät", sagte Ömer. „Er war schon hier. Wir haben ihn hinausgeworfen."

Der Verwalter atmete erleichtert auf. „Gott sei Dank. Dann wünsche ich noch einen schönen Abend. Ich gehe mal besser."

„Auf Wiedersehen", sagten Ömer und Mert fast gleichzeitig, während sie ihm nachsahen.

Als die Tür ins Schloss fiel, schüttelte Ömer den Kopf. „Korruption, Spekulation … Deine Familie scheint ein richtiger Magnet für Probleme zu sein, Mert."

„Und trotzdem müssen wir das durchstehen", sagte Mert entschlossen. „Wir lassen uns das Land nicht wegnehmen."

XXXIII

„Lasst uns überlegen", begann Oliver, seine Stimme war ernst, und seine Hände spielten nervös mit einem Kugelschreiber. „Wie können wir Sara und Aylin helfen? Eines ist doch klar: Professor Lehrners Smartphone wird überwacht. Wie sonst könnte jemand seine WhatsApp-Nachrichten löschen oder in seinem Namen antworten?" Er sah Professor Lehrner forschend an.

Professor Lehrner nickte langsam. „Aber wie konnten diese Kriminellen Zugriff auf mein Handy bekommen?"

„Am ehesten im Ferienlager", überlegte Oliver laut. Dann hielt er inne und fragte plötzlich: „Haben sie Ihr Telefon nach dem Ferienlager auf Werkseinstellungen zurückgesetzt?"

Professor Lehrner runzelte die Stirn. „Nein, warum hätte ich das tun sollen?"

Oliver holte tief Luft. „Naja, diese Cyberkriminellen, die Sara—" Er verstummte abrupt, als Kimberly ihm ihren Ellbogen in die Seite rammte. Ihre Augen funkelten warnend, und sie sprach schnell weiter, um Olivers Ausrutscher zu überspielen: „Was Oliver sagen wollte, ist, dass es diese Cyberkriminellen schon einmal geschafft haben, Nachrichten von Ömers Handy zu verschicken."

Kimberly warf Oliver einen strengen Blick zu, der ihren fragenden Gesichtsausdruck ignorierte. Professor Lehrner war zu sehr in Gedanken vertieft, um den Zwischenfall zu bemerken. „Aber was ich nicht verstehe", murmelte er, „ist, wie das alles zusammenhängt. Mein Handy wurde also möglicherweise kompromittiert, aber warum? Wie hängt das mit Aylin zusammen? Und jetzt auch noch Sara ... das kann doch kein Zufall sein."

Er richtete sich plötzlich an Oliver. „Du hast diese Whiskeyflaschen mit einem AirTag präpariert. Warum sendet das AirTag kein Signal?"

„Das kann nur passieren, wenn das AirTag zerstört wurde oder sich in einem abgeschirmten Raum befindet", erklärte Oliver. „Manche Lieferwagen haben Laderäume, die GPS-Signale blockieren."

„Also basiert die AirTag-Technologie auf GPS?", fragte Professor Lehrner, der konzentriert zuhörte.

„Ja", bestätigte Oliver. „Und wenn das Signal direkt beim Personaleingang abgebrochen ist, dann bedeutet das, dass die Entführer entweder das AirTag zerstört haben oder Sara in ein Fahrzeug gebracht haben, das GPS blockiert. Egal, wie wir es drehen und wenden, wir kommen hier keinen Schritt weiter."

Professor Lehrner seufzte tief und lehnte sich in seinem Stuhl zurück. „Wir können nur hoffen, dass das AirTag noch intakt ist und wir irgendwann ein Signal bekommen. Aber was Aylin betrifft ..." Er richtete sich wieder an Oliver. „Gibt es eine Möglichkeit, herauszufinden, wer meine WhatsApp-Daten mitliest oder wo sich derjenige befindet?"

Oliver zögerte. „Theoretisch ja", sagte er langsam. „Es gibt sogenannte MDM-GPS-Tools. Sie funktionieren wie ein Geofence und könnten uns helfen, den Standort eines Geräts oder dessen Verlauf nachzuvollziehen."

„Wie genau funktioniert das?", fragte Kimberly, ihre Augen funkelten vor Neugier.

„Es gibt eine Funktion in WhatsApp, mit der man seinen Live-Standort teilen kann", erklärte Oliver. „Wenn wir die Standortfreigabe auf Professor Lehrners Handy aktivieren, könnte sie auch auf dem Gerät des Entführers aktiviert werden – vorausgesetzt, er nutzt ein Spiegelgerät oder liest aktiv mit."

Professor Lehrners Stirn legte sich in tiefe Falten. „Aber das klingt riskant. Könnte der Entführer das nicht bemerken?"

Oliver nickte langsam, seine Stimme war jetzt leiser, bedächtig. „Das ist das Risiko. Wenn der Entführer sieht, dass die Standortfreigabe plötzlich aktiviert ist, könnte er Verdacht schöpfen – oder, noch schlimmer, Aylin etwas antun."

Eine beklemmende Stille legte sich über den Raum. Kimberly legte eine Hand auf Olivers Arm und sagte ruhig: „Aber was, wenn es funktioniert? Wenn wir Aylin finden, wäre das jede Gefahr wert."

Professor Lehrner seufzte und nahm schließlich sein Handy zur Hand. „Ein riskanter Plan", murmelte er. „Aber wir haben keine andere Wahl."

Kimberly und Oliver nickten entschlossen. Professor Lehrner öffnete WhatsApp und aktivierte die Standortfreigabe für Oliver. Während sie gebannt auf das Handy starrten, schien die Zeit stillzustehen. Jede Sekunde fühlte sich wie eine Ewigkeit an, während sie hofften – auf ein Signal, auf eine Spur, auf einen Funken Hoffnung.

Plötzlich rief Oliver laut auf und deutete auf sein Handy: „Hier, hier. Wir haben ein Signal!"

XXXIV

„Es hat schon wieder geklopft", sagte Ömer mit einem Stirnrunzeln, während er die Tür zur Villa öffnete. „Der Kommissar, Herr Haqani, ist gekommen."

Kommissar Haqani betrat den Raum und nickte den beiden jungen Männern knapp zu. Er wirkte konzentriert, seine Augen scannten die Umgebung, bevor er ohne Umschweife zur Sache kam. „Also, Mert", begann er und fixierte den Jungen mit seinem Blick, „du kamst also durch diese Tür in die Küche, wolltest gerade das Licht anschalten und dann knallte es?"

Mert nickte, seine Stimme war etwas zittrig. „Ja, genauso war es. Sie können sich gar nicht vorstellen, wie ich erschrocken bin."

„Das kann ich mir vorstellen", erwiderte Haqani ruhig. Dann wandte er sich an Ömer. „Haben sie sich die Szene schon angesehen?"

„Ich denke schon", sagte Ömer und zuckte mit den Schultern. „Wo waren sie zur Zeit des Attentats?"

„Oben", antwortete Ömer sofort. „Mert wollte uns was zu essen machen und ging hinunter. Einen Augenblick später hat es geknallt."

„Und sie sind sofort zu ihm gerannt?", hakte der Polizist nach.

„Ja", bestätigte Ömer knapp.

„Haben sie irgendetwas bemerkt? Geräusche, Schatten?"

„Ich nicht", sagte Ömer und schüttelte den Kopf. Der Kommissar drehte sich zu Mert.

„Und sie? Haben sie irgendetwas gesehen?"

Mert überlegte kurz, bevor er antwortete. „Gar nichts. Nur einen Mündungsblitz."

Haqani zog die Stirn in Falten. „Der Schütze muss draußen in den Blumen gestanden haben. Er hat durch das geschlossene Fenster geschossen, als die Tür aufging."

„Aber warum hat er mich nicht getroffen?", fragte Mert laut und wirkte sichtlich verwirrt. „Ich stand direkt im Licht. Ich hätte ein leichtes Ziel sein müssen."

„Entweder war er zu aufgeregt, um genau zu zielen, oder er ist ein miserabler Schütze", mutmaßte Ömer trocken.

„Oder", sagte der Kommissar bedächtig, „er wollte dich gar nicht töten, Mert."

Mert schüttelte den Kopf. „Ein Schreckschuss? Das glaube ich nicht."

„Das ist möglich, aber unwahrscheinlich", sagte Haqani. „Ich vermute, dass der Schütze und der Mörder deiner Oma dieselbe Person sind. Er wollte dich vielleicht nicht töten – zumindest noch nicht."

„Warum war Oma jemandem im Weg?", fragte Mert, seine Stimme bebte vor unterdrückter Wut. „Ich habe nichts, ich bin niemand."

Ömer legte Mert beruhigend eine Hand auf die Schulter. „Erstmal bist du wahrscheinlich ihr Erbe. Das gibt doch ein prima Motiv, oder nicht?"

„Das Motiv muss stark genug sein, um zu morden", sagte der Kommissar nachdenklich. „Was wissen wir über mögliche Verdächtige?"

„Zwei kommen infrage", begann Ömer. „Tante Nasrin und ihr Mann. Die wollen aus dem Anwesen eine Schönheitsfarm machen und haben sich heute aufgeführt, als gehörte ihnen der Laden schon."

„Dr. Güler, der Onkel, ist Arzt. Er könnte ein Motiv und die Möglichkeit gehabt haben", fügte der Kommissar hinzu.

„Aber warum die Spritze?", fragte Mert. „Und keine Fingerabdrücke darauf?"

„Entweder trug der Mörder Handschuhe, oder er wollte den Verdacht gezielt auf jemand anderen lenken", überlegte Ömer laut. „Nur jemand mit medizinischem Wissen könnte Strophantin so einsetzen."

„Haben sie noch andere Verdächtige?", fragte Haqani.

„Taylan, der Makler", warf Mert ein. „Und vielleicht Herr Özgür, unser Verwalter."

„Warum Özgür?", fragte Mert überrascht.

„Weil er kurz nach dem Schuss an die Tür geklopft hat", erklärte Ömer.

„Ist er noch hier?", wollte der Kommissar wissen.

„Ja, draußen bei Ihren Leuten", sagte Ömer und zeigte aus dem Fenster.

„Gut", sagte Haqani und tippte sich an die Schirmmütze. „Ich nehme ihn mir jetzt vor." Er drehte sich um und verließ die Villa, während Mert und Ömer sich einen besorgten Blick gegenseitig zuwarfen.

XXXV

„Wie sieht dieser Professor Lehrner aus?", fragte Sara zögernd, während draußen auf dem Gang die Schritte verklangen und die Stille der düsteren Realität sie wieder einholte. Ihre Stimme war leise, als hätte sie Angst, dass die Wände lauschen könnten.

Aylin dachte einen Moment nach, bevor sie leise antwortete. „Er ist klein, hat eine Glatze und ... ein bisschen füllig."

Sara spürte, wie sich ein Knoten in ihrer Brust löste. Sie atmete tief durch und flüsterte fast erleichtert: „Das ist nicht ‚mein‘ Professor Lehrner. Unser Professor Lehrner ist groß, schlank und hat schwarze kurze Haare, die er vorne manchmal aufstellt. Das kann er nicht sein." Ihre Stimme wurde fester. „Aber ... wer ist dieser Mann dann? Und warum nennt er sich so?"

Das Gefühl von Erleichterung wich sofort einer neuen Welle von Unbehagen. Saras Gedanken rasten. Wie hatte das alles passieren können? Wie war sie wieder hier gelandet? Es fühlte sich an, als würde sich das Netz der Verzweiflung enger um sie ziehen. Und doch klammerte sie sich an den kleinen Funken Hoffnung, der durch ihre Worte zu Aylin geschimmert hatte.

„Wir müssen uns die Frage stellen, wie es diese Typen überhaupt geschafft haben, die Nachrichten von Professor Lehrner zu hacken", murmelte Sara, ihre Stimme bebte leicht.

Sie presste die Hände gegen die kühlen Betonwände, als könnte sie so das Chaos in ihrem Kopf ordnen. „Weißt du, im Sommer im Ferienlager hat dieser … dieser Programmierer Nachrichten von meinem Freund Ömer gefälscht. Er hat mir geschrieben – also, ich dachte, es wäre Ömer –, und wir haben uns tagelang nicht verstanden."

Aylin schwieg einen Moment, dann fragte sie sanft: „Wie ist dein Ömer?"

Sara stockte. Der Klang seines Namens schnürte ihr die Kehle zu. Ihre Augen füllten sich mit Tränen, und ihre Stimme war kaum mehr als ein Flüstern. „Ömer ist … ein Wahnsinn. Er ist Kapitän der Fußballmannschaft, irrsinnig sportlich und so lieb. Man kann sich immer auf ihn verlassen. Aber …" Sie lachte bitter durch die Tränen hindurch. „Manchmal ist er auch unglaublich unbeholfen und unsicher."

„Das klingt schön", sagte Aylin leise, fast sehnsüchtig. „Vermisst du ihn?"

Sara nickte, obwohl sie wusste, dass Aylin es nicht sehen konnte. „Ja", sagte sie, ihre Stimme brach, während eine Träne langsam über ihre Wange lief. „Vor allem jetzt. Er ist in Yozgat … und ich bin hier. Und ich weiß nicht einmal, ob ich hier jemals wieder herauskomme."

Die Stille, die folgte, war schwer wie Blei. Schließlich sprach Aylin wieder, ihre Worte klangen voller Melancholie. „Ich vermisse meine Freunde auch. Besart, Öykü und Yiğit … Jeden Tag frage ich mich, ob sie wissen, dass ich weg bin. Ob sie nach mir suchen." Sie hielt inne, dann fügte sie nachdenklich hinzu: „Vielleicht ist dein Ömer ja auch der Ömer, den ich kenne?"

Sara spürte, wie sich ein Knoten aus Eifersucht und Scham in ihrem Magen zusammenzog. Die Vorstellung, dass Aylin Ömer kennen könnte, brachte ihre Gefühle durcheinander. „Vielleicht", sagte sie schließlich leise und dachte daran, wie voreingenommen sie gewesen war, als Ömer von Aylin erzählt hatte. Jetzt, in dieser bedrückenden Situation, schämte sie sich dafür.

„Aylin", begann Sara schließlich, ihre Stimme war entschlossener. „Meinst du, dass wir das Loch in der Wand größer machen können? Vielleicht können wir uns besser sehen."

„Lass es uns versuchen", antwortete Aylin mit einem Hauch von Hoffnung in ihrer Stimme.

Gemeinsam begannen sie zu schaben, das Kratzen des Metalls hallte in der bedrückenden Stille wider. Ihre Finger schmerzten, doch sie hörten nicht auf. Nach quälend langen Minuten wurde das Loch endlich groß genug, um eine Hand hindurchzustecken. Aylin streckte ihre Hand vorsichtig durch die Öffnung, und Sara griff sie mit zitternden Fingern. Die Berührung war ein Anker in einem Meer aus Angst.

„Es tut so gut, dich zu spüren", flüsterte Sara, ihre Stimme zitterte vor Erleichterung. Dann fiel ihr Blick auf etwas Glänzendes an Aylins Handgelenk. Ihre Augen weiteten sich vor Überraschung und Furcht. „Woher hast du dieses Armkettchen?", stammelte sie. „Das habe ich verloren, als mich der Programmierer im Sommer entführt hat."

Aylin schluckte. „Ich … ich habe es in dem Lieferwagen gefunden. Es hat mir geholfen, nicht aufzugeben, als ich dachte, alles wäre verloren."

Tränen füllten Saras Augen, aber diesmal waren es Tränen der Hoffnung. Sie drückte Aylins Hand fester und flüsterte: „Das Kettchen hat dich stark gemacht. Jetzt gibst du mir Kraft. Wir schaffen das. Zusammen."

In diesem Moment war klar, dass sie füreinander die Rettungsleine waren, die sie durch diese Dunkelheit führen könnte.

XXXVI

„Ömer, aufstehen! Ich höre einen Wagen kommen", rief Mert leise, aber eindringlich. Seine Stimme durchbrach die Stille der noch dunklen Nacht.

Ömer drehte sich schlaftrunken zur Seite, blinzelte und murmelte verschlafen: „Schon? Wie spät ist es denn? Und wer ist das überhaupt?" Seine Stimme klang verschlafen und genervt.

„Vier Uhr dreißig nach mitteleuropäischer Zeitrechnung", antwortete Mert nüchtern, während er aus dem Fenster spähte.

Ömer stöhnte und zog die Decke über seinen Kopf. „Oh Gott, es ist ja noch stockdunkel. Warum steht jemand um diese Uhrzeit vor der Tür?"

Mert zuckte mit den Schultern, hielt aber weiter Ausschau. „Es ist unser Freund, der Makler. Herr Taylan."

„Herrgott", murmelte Ömer und setzte sich langsam auf. „Versuch ihn loszuwerden, diesen … Makellosen." Er schüttelte den Kopf und fügte hinzu: „Ich gehe duschen." Seine Stimme triefte vor Ironie, aber seine Augen verrieten, dass er alles andere als amüsiert war.

Noch bevor Ömer die Treppe hinaufgehen konnte, ertönte ein hartnäckiges Klopfen an der Haustür. Mert öffnete sie und fand sich einem übertrieben freundlichen Herrn Taylan gegenüber.

„Guten Morgen", begann der Makler in seiner gewohnt glatten Art. „Ich wollte mich entschuldigen. Mein taktloses Verhalten gestern – es ist mir schrecklich peinlich." Er verzog das Gesicht in einem gespielten Ausdruck der Reue.

Mert blieb kühl. „Setzen sie sich doch, Herr Taylan," sagte er, während er zur Couch deutete. „Aber ich muss sagen, es ist wirklich früh."

„Ja, danke schön", sagte Taylan und ließ sich nieder. Er ließ seinen Blick über das Zimmer schweifen. „Sie sind allein zu Hause?", fragte er scheinbar beiläufig.

„Nein", antwortete Mert knapp. „Ein Freund ist oben, falls sie das meinen."

Taylan lachte nervös. „Ah, ja, verstehe. Nun ja, mein Besuch mag sie überraschen, aber wie gesagt, ich wollte mich entschuldigen." Er machte eine ausladende Geste. „Sie haben es hier wirklich sehr gemütlich."

„Gefällt es ihnen?", fragte Mert trocken, während er ihn durchdringend ansah.

„Oh, durchaus. Sehr geschmackvoll und solide. Ihre Großmutter war eben eine Dame mit Stil. Ein tragisches Verbrechen, was da passiert ist. Als hätte sie es vorhergesehen." Taylan hielt kurz inne, als wollte er die Wirkung seiner Worte abschätzen.

Merts Stirn legte sich in Falten. „Wie meinen sie das?", fragte er scharf.

„Ich meine ihr Testament", sagte Taylan mit gespieltem Bedauern. „Kurz vor ihrem Tod hat sie es aufsetzen lassen."

Mert lehnte sich zurück, sein Gesicht verriet nichts. „Ach, das wissen sie? Und von wem, wenn ich fragen darf?"

Der Makler lächelte selbstgefällig. „Nun, sie hat es mir anvertraut. Ich nehme an, ihr alter Freund, Rechtsanwalt Selimi, hat es aufgesetzt. Sie wissen wirklich nichts davon?" Er hob die Augenbrauen, als wollte er Merts Unwissenheit als Schwäche darstellen.

Mert blieb ruhig. „Nein, ich habe keine Ahnung."

„Das ist wirklich bedauerlich", fuhr Taylan fort und legte noch eine Spur Dramatik in seine Stimme. „Übrigens, ich habe gestern Abend noch mit Ihrem Onkel, Dr. Güler, darüber gesprochen."

„Ach, mit Onkel Eyyüp?", wiederholte Mert, wobei ein Hauch von Misstrauen in seiner Stimme mitschwang.

„Ja, genau. Ich war bis 22 Uhr bei ihm. Wir haben uns über das Landobjekt unterhalten."

„Die 10 Hektar?", hakte Mert nach, seine Stimme jetzt schärfer.

Taylan nickte, ein triumphierendes Lächeln auf den Lippen. „Ganz genau. Die 10 Hektar, die ich ihnen abkaufen wollte."

Mert verschränkte die Arme vor der Brust. „Die 10 Hektar, mit denen sie ein Millionengeschäft machen wollten, nehme ich an?" Seine Worte tropften vor Sarkasmus.

Der Makler zögerte einen Moment, ehe er seine glatte Fassade wieder aufsetzte. „Nun, Geschäfte sind Geschäfte. Aber ich wollte sicherstellen, dass wir … wie soll ich sagen … unsere Verhandlungen fortsetzen können."

Mert stand langsam auf, sein Gesicht eine Maske aus frostiger Höflichkeit. „Herr Taylan, ich denke, unser Gespräch ist beendet. Guten Morgen."

Taylan zögerte, doch als er den unerbittlichen Ausdruck auf Merts Gesicht sah, erhob er sich. „Nun gut", murmelte er. „Ich wollte ja nur helfen. Einen schönen Tag noch."

Mert schloss die Tür hinter ihm und atmete tief durch. „Der Typ steckt bis zum Hals in Dreck", murmelte er.

Ömer kam die Treppe herunter, das Haar noch feucht. „Und, was wollte unser Freund, der Makellose?"

„Mehr als nur Land kaufen", antwortete Mert düster.

XXXVII

„Zeig her, bitte", drängte Professor Lehrner ungeduldig. „Aber mach vorher unbedingt einen Screenshot vom Standort. Wir dürfen den Standort nicht verlieren."

Schnell tippte Oliver auf seinem Handy, machte einen Screenshot und reichte das Gerät an Professor Lehrner weiter. Dieser zoomte in die Karte, studierte die Details und rief schließlich: „Ich weiß, wo das ist! Eine alte Lagerhalle mitten im Industrieviertel. Los, mein Auto steht draußen. Wir müssen uns beeilen!"

Hastig schnappten sie sich ihre Jacken und stürmten aus dem McDonald's hinaus in die kalte Nacht. „Ruf die Polizei", wandte sich Professor Lehrner an Kimberly, während er den Wagen mit der Funkfernbedienung öffnete. „Sag ihnen, dass sie sofort zur angegebenen Adresse kommen sollen." Er zeigte ihr die Adresse auf dem Handy, und Kimberly nickte, während sie die Notrufnummer wählte.

Oliver und Kimberly sprangen auf die Rückbank des Wagens, während Professor Lehrner den Motor startete und zielstrebig in Richtung des Industrieviertels lenkte. Währenddessen erklärte Kimberly, der Beamtin in der Einsatzzentrale, hastig die Lage. „Bitte beeilen sie sich!", drängte sie. „Es könnte um Leben und Tod gehen."

Die Spannung im Auto war greifbar. Niemand sprach ein Wort, doch die Gedanken der drei überschlugen sich. *Was, wenn sie zu spät kamen? Was, wenn Aylin und Sara ... Nein, das durfte nicht sein. Sie mussten sie finden – lebend.*

Nach einer gefühlten Ewigkeit bog Professor Lehrner in die dunkle, breite Straße des Industrieviertels ein. Vor einer unscheinbaren Lagerhalle stand bereits ein Polizeiwagen, und zwei Beamte warteten auf sie. Die Polizisten musterten die Ankömmlinge aufmerksam.

„Sind sie der Lehrer?", fragte einer der Beamten.

„Ja", antwortete Professor Lehrner knapp. „Wir glauben, dass hier jemand festgehalten wird."

Die Polizisten tauschten einen ernsten Blick. „Warten sie hier. Wir sichern das Gelände." Sie nahmen ihre Taschenlampen und schlichen zur Lagerhalle. Der erste Polizist drehte am Türknauf – und zu aller Überraschung ließ sich die Tür öffnen. Eine Mischung aus Nervosität und Vorsicht breitete sich aus. Die Beamten gaben den drei anderen ein Zeichen, ihnen zu folgen.

Das Innere der Lagerhalle war dunkel und still, die kalte Luft roch nach Metall und Feuchtigkeit. Ein langer Gang erstreckte sich vor ihnen, die Betonwände warfen das Flackern der Taschenlampen zurück. Die Gruppe schlich vorsichtig vorwärts, ihre Schritte hallten dumpf auf dem nackten Boden.

Raum für Raum wurde durchsucht. Die ersten Zimmer waren leer, abgesehen von zurückgelassenem Equipment: Monitore, Tastaturen, Schreibtische, Headsets, Telefone, ... aber keine Computer. Es wirkte, als hätte jemand hastig alles Wichtige mitgenommen.

Im Besprechungsraum fanden sie einen überquellenden Aschenbecher. Oliver blieb stehen, seine Augen fixierten einen Punkt auf dem Tisch. „Da liegt was", flüsterte er und deutete auf einen schwarzen Gegenstand. Der Polizist hob ihn vorsichtig auf: ein Handy. Ein kleines gelbes Post-it klebte darauf. *„Wir sehen uns in einer anderen Welt!"* war darauf geschrieben. Die Botschaft ließ ihnen einen kalten Schauer über den Rücken laufen.

Weiter ging die Suche. Am Ende des Ganges fanden sie zwei verschlossene Türen. Die Polizisten deuteten den anderen, zurückzubleiben. Vorsichtig drehte der erste Beamte den Knauf der ersten Tür. Sie war unverschlossen. Als sie eintraten und mit ihren Taschenlampen leuchteten, sahen sie ... nichts außer einer schmutzigen Matratze, die direkt auf dem Boden lag. Es war eine Zelle – karg und erbarmungslos. An der Wand zeugten Kratzspuren von verzweifelten Versuchen, herauszukommen.

Die zweite Zelle war ebenso leer – dieselbe verlassene Matratze, dieselben Kratzspuren. Die Mädchen waren fort.

Professor Lehrner ballte die Hände zu Fäusten. „Wir sind zu spät", murmelte er. Kimberly schluchzte leise, doch Oliver schüttelte den Kopf. „Wir geben nicht auf. Sie haben uns eine Spur hinterlassen. Wir finden sie, ich weiß es."

XXXVIII

„Selimi. Mammamia. Rechtsanwalt Selimi", sagte Ömer mit einem Anflug von Erleichterung, als er den Namen im Telefonbuch entdeckte.

„Ja, der muss in der Stadt eine Praxis gehabt haben. Der ist ja auch in Omas Alter", erklärte Mert, während er sich über die Tischkante beugte, um Ömer beim Wählen zuzusehen.

„Ich rufe ihn jetzt an", sagte Ömer entschlossen und blätterte schnell weiter, bis er die Nummer fand. „Da haben wir es: 3, 2, 5, 4, 6 … gleich wissen wir mehr."

Nach ein paar Mal Klingeln wurde das Telefon auf der anderen Seite abgenommen. „Ja?", meldete sich eine Stimme.

„Guten Tag, hier ist Ömer. Ich würde gerne mit Rechtsanwalt Selimi sprechen", sagte er höflich.

„Da wirst du kein Glück haben", antwortete die Stimme trocken.

Ömer runzelte die Stirn. „Wer ist denn da?"

„Kommissar Haqani", entgegnete der Mann am anderen Ende.

Ömer schreckte zusammen. „Herr Kommissar? Was machen sie denn da?"

„Ich gehe meiner Arbeit nach", antwortete Haqani mit nüchternem Ton.

„Ist da etwas passiert?", fragte Ömer, eine dunkle Vorahnung in der Stimme.

„Das kann man wohl sagen", erklärte Haqani. „Der Anwalt liegt erschlagen in seiner Bibliothek. Hier ist alles durchwühlt, das reinste Chaos."

„Oh mein Gott", flüsterte Ömer, bevor er schnell auflegte. Mit ernstem Gesicht wandte er sich an Mert. „Selimi wurde ermordet."

Merts Gesicht wurde blass. „Mord? Was ist hier nur los?"

„Wir müssen handeln", sagte Ömer entschlossen. „Ich sehe mir jetzt endlich den alten Sekretär an. Wenn es ein Testament gibt, dann finden wir es dort."

Gemeinsam begaben sie sich zu dem massiven Möbelstück. Ömer drückte, schob und klopfte, bis plötzlich ein leises Klicken ertönte. „Heureka!", rief er triumphierend. „Ich habe es!"

„Unglaublich", staunte Mert, als Ömer eine verborgene Schublade herauszog. „Wie hast du das nur geschafft?"

„Ich bin halt ein Naturtalent", antwortete Ömer mit einem Augenzwinkern. Dann zog er ein Dokument hervor. „Und hier ist es – das Testament."

Feierlich las er die Worte vor: „Und meine Ländereien samt Haus vermache ich meinem Enkel Mert, unter der Auflage, dass das Land erst dann verkauft wird, wenn es in den Bebauungsplan aufgenommen worden ist."

„Oma war wirklich schlau", murmelte Mert bewundernd. „Aber was machen wir jetzt?"

„Wir stellen dem Mörder eine Falle", sagte Ömer entschieden. „Wir tun so, als würden wir das Haus verlassen, und schleichen uns dann zurück. Der wird garantiert versuchen, das Testament zu finden."

Am Abend setzten sie ihren Plan in die Tat um. Sie verließen demonstrativ das Haus durch den Haupteingang und warteten, bis alles still war. Dann kletterten sie über den Zaun und schlichen zurück ins Gebäude. In der Dunkelheit der Küche warteten sie angespannt.

„Psttt, da ist jemand", flüsterte Mert, als leise Schritte im Flur zu hören waren.

Die Küchentür öffnete sich langsam. Ömer sprang auf und schaltete das Licht an. „Herr Taylan? Was machen sie hier?"

„Verflucht", zischte der Makler, bevor er eine Waffe zog. „Ich mache euch fertig."

Doch bevor etwas passieren konnte, ertönte eine laute Stimme: „Hände hoch!" Kommissar Haqani trat in den Raum, die Waffe im Anschlag.

„Bitte nicht schießen!", flehte Taylan und ließ die Waffe fallen.

„Warum haben sie das getan, Taylan?", fragte Haqani.

„Ich hätte ein Millionengeschäft machen können. Aber die alte Frau hat alles zerstört – sogar nach ihrem Tod", knurrte Taylan.

„Und Selimi? Warum musste er sterben?", fragte Ömer mit fester Stimme.

„Er kam mir in die Quere, als ich nach dem Testament suchte", gestand Taylan. „Ich konnte es nicht zulassen, dass er alles verrät."

„Und die Spritze mit dem Gift? Woher hatten sie die?", fragte Ömer.

„Aus Gülers Praxis", antwortete Taylan kalt.

„Eine feine Verwandtschaft hast du", sagte Ömer mit einem bitteren Lächeln zu Mert, bevor er sich an Haqani wandte. „Vielen Dank, dass sie uns geholfen haben, Herr Kommissar."

Kommissar Haqani nickte nur und führte Taylan in Handschellen ab. Die Jungs sahen sich an, spürten Erleichterung – und die Schwere, die zurückblieb.

XXXIX

Kimberly, Oliver und Professor Lehrner standen vor der Lagerhalle, die in der Dunkelheit bedrohlich still dalag. Kimberly zitterte. Die Tränen liefen ihr unaufhörlich über die Wangen, während sie sich an Oliver klammerte. Die sonst so starke und selbstbewusste Kimberly wirkte jetzt gebrochen, überwältigt von der Angst um Aylin und der Verzweiflung, die Zellen leer vorgefunden zu haben. Oliver hielt sie fest, sein eigener Herzschlag hämmerte spürbar gegen ihre Wange. Er wollte etwas Tröstendes sagen, doch die Worte blieben ihm im Hals stecken.

Professor Lehrner hingegen lief unruhig auf und ab. Sein Blick wanderte zwischen der Lagerhalle, der Straße und seinem Handy hin und her. Es war, als suchte er verzweifelt nach einem Zeichen, irgendetwas, das sie auf die richtige Spur bringen könnte. „Das kann doch nicht wahr sein", murmelte er mit bebender Stimme. „Wir müssen nur Minuten zu spät gekommen sein. Minuten!" Seine Worte hingen schwer in der Luft. „Sie haben Aylin wahrscheinlich mitgenommen, als wir die Standortfreigabe aktiviert haben."

In diesem Moment öffnete sich die Tür der Lagerhalle, und einer der Polizisten kam mit schnellen, entschlossenen

Schritten auf sie zu. „Wir haben etwas gefunden", sagte er mit ernster Miene. In seinen Händen hielt er zwei kleine Plastikbeutel. „Kennen sie das?", fragte er und reichte die Tütchen Professor Lehrner.

Der Professor nahm die Beutel, in denen jeweils ein zartes Armkettchen lag, und betrachtete sie verwirrt. „Nein", antwortete er nach kurzem Zögern, „die sagen mir nichts." Er drehte sich zu Kimberly und Oliver um, die immer noch eng umschlungen standen und die Szene bisher kaum wahrgenommen hatten. „Kimberly? Oliver? Erkennt ihr diese Kettchen?", fragte er, während er ihnen die Tütchen entgegenhielt.

Kimberlys tränennasses Gesicht hob sich, und ihre Augen weiteten sich. „Das … das ist Saras", sagte sie stockend und deutete auf das eine Kettchen. „Das hier hat sie im Sommer im Ferienlager verloren." Dann nahm sie das zweite Kettchen näher in Augenschein. „Und das … das hat ihr Ömer geschenkt." Ihre Stimme brach am Ende fast, als sie die Bedeutung ihrer Entdeckung realisierte.

Professor Lehrner und Oliver tauschten entsetzte Blicke aus. „Wie kommt Saras Kettchen hierher, wo wir doch Aylin erwartet haben?", fragte der Professor, sichtlich um Fassung bemüht. Oliver schloss die Augen, seine Stimme war kaum mehr als ein Flüstern: „Weil … weil Sara vielleicht auch hier war."

In der sicheren Höhe von 10.000 Metern lehnte sich der Programmierer entspannt in seinem Ledersitz zurück. Vor ihm thronte die Box mit dem Chivas Regal 18, die er sorgfältig aus dem Kühlschrank geholt hatte. Mit einer gewissen Theatralik öffnete er die Box, entnahm die Flasche und goss sich einen großzügigen Schluck in ein schweres Kristallglas. Der Whiskey funkelte verführerisch im gedämpften Licht der Kabine. „Auf uns", sagte er mit einem kalten Lächeln zu seinen Begleitern und hob das Glas. „Ein perfekter Coup."

Doch während er sich seines Erfolgs sicher war, geschah etwas Unvorhergesehenes.

Plötzlich vibrierte Olivers Handy in seiner Hand. Erschrocken blickte er auf das Display. „AirTag gefunden!" stand dort in leuchtenden Buchstaben. Sein Atem stockte, und sein Herz begann zu rasen. „Das … das kann nicht sein!", murmelte er ungläubig.

„Was ist los?", fragte Professor Lehrner alarmiert, während Kimberly sich instinktiv näher an Oliver drängte.

Oliver öffnete die Tracking-App mit zitternden Fingern. Ein blinkender Punkt erschien auf der Karte. „Das Signal bewegt sich … es verlässt Wien. Es bewegt sich viel zu schnell." Sein Blick flackerte zwischen der Karte und seinen Begleitern. „Das ist … das ist ein Flugzeug!"

Professor Lehrner starrte ebenfalls auf die Karte. „Ein Flugzeug?" Seine Stimme war rau vor Unglauben. Kimberly biss sich auf die Lippe. „Das kann nur bedeuten, dass sie entkommen wollen. Aber warum empfangen wir das Signal erst jetzt… und nicht schon vorher?"

Oliver runzelte die Stirn und sagte mit bebender Stimme: "Vielleicht war das AirTag irgendwo drinnen... vielleicht in einem Kühlschrank? Deshalb konnte das Signal nicht gesendet werden. Aber jetzt... jetzt wissen wir, wo sie sind!" Hoffnung und Angst kämpften um die Oberhand in seiner Stimme.

Sie standen da, starrten gemeinsam auf den kleinen blinkenden Punkt, der sich rasant entfernte. Ihr Entschluss stand fest: Das war noch nicht das Ende.

Fortsetzung folgt.